IMPERIO
CRUEL

EL IMPERIO KNIGHTS RIDGE : 3

TRACY LORRAINE

Tracy Lorraine, autora de los bestsellers *USA Today* y *Wall Street Journal,* te trae la siguiente entrega de su **nueva serie romántica de mafia oscura y matones de instituto.**

El imperio se desmorona...

Ella no me creyó. Incluso ahora se niega a abrir los ojos.

Pero mientras las sirenas suenan a lo lejos y ella me mira fijamente, no puede negarlo.

No se puede tapar el sol con los dedos.

La amenaza está más cerca de lo que imaginábamos y descubrir esa verdad es más peligroso que las mentiras en las que creció.

Estamos en nuestro punto de quiebre, pero no voy a caer sin luchar. Y estoy seguro que no voy a perderla. No después de todo lo que hemos luchado juntos.

Stella Doukas podría haber comenzado como la princesita de su padre.

Pero voy a hacerla mi reina.

Queridos lectores,

Imperio Cruel es el tercero y último de la trilogía de Stella y Sebastian y la primera trilogía de la serie El Imperio Knight's Ridge. Este libro es un romance oscuro que contiene contenido maduro y protagonistas exigentesque algunos lectores pueden encontrar perturbadores. Léase con precaución.

CAPÍTULO 1

Stella

No siento las piedras del suelo mientras caigo de rodillas. El único dolor que asalta mi cuerpo mientras alcanzo a Seb y Toby, que yacen en el suelo en la oscuridad, es el de mi corazón rompiéndose.

—No, por favor. No.

Está demasiado oscuro para ver realmente nada, y aunque pueda estar rezando en silencio para que aquí haya ocurrido algo más, en el fondo sé que no voy a ser testigo de un milagro.

Una respiración entrecortada viene de un lado de mí mientras una mano en el otro agarra la mía.

—No pasa nada, hermanita —se esfuerza Toby, con los ojos cerrados, el dolor grabado en cada centímetro de su rostro.

—Lo siento mucho. Lo siento mucho.

Agarro la mano de Toby y la aprieto con fuerza mientras mi cabeza sigue dando vueltas por lo que sea que tengo en el cuerpo.

Mi cuerpo quiere apagarse, rendirse a lo que sea. Pero no puedo.

—Cariño, nada de esto es culpa tuya.

El sonido de la voz de Seb rompe algo dentro de mí, y en el momento en que le veo y encuentro sus ojos oscuros mirándome fijamente, me rompo.

Caigo sobre su cuerpo y me aferro a él mientras mis lágrimas empapan su camisa junto con la sangre.

No me doy cuenta de que hay alguien más a nuestro alrededor, así que me sobresalto cuando un par de manos me rodean por los brazos y me apartan de ellos.

—No —grito, luchando por liberarme.

Pataleo con las piernas, intentando hacer contacto, pero mi cuerpo apenas lo consigue, mis extremidades se agitan inútilmente, todos mis años de entrenamiento no son más que un recuerdo lejano mientras me veo obligado a observar cómo una masa de zombis rodea a mis chicos, bloqueándolos de mi vista.

—¡NOOO! —Vuelvo a gritar, tratando de redoblar mis esfuerzos para escapar, pero mi cuerpo tiene otras ideas, apagándose más rápido de lo que puedo controlar.

—Están ayudando, Stella. Saben lo que hacen —me dice al oído una voz familiar.

Nos detiene al borde de toda la acción y noto que otros dos vienen a pararse a nuestro lado. Al apartar los ojos de la escena que tenemos ante nosotros, veo a Nico y Alex de pie, con expresiones sombrías aún más desgarradoras por las sombras.

Un sollozo sale de mi garganta y la realidad me golpea.

Al sentir que he renunciado a luchar, me sueltan, aunque sólo durante unos segundos porque unos fuertes brazos me rodean el cuerpo, sujetándome.

—Todo va a salir bien —me dice Theo al oído. El tono serio de su voz me impide discutir a pesar de que cada centímetro de mi cuerpo grita:

—¿Cómo? ¿Cómo es posible que todo vaya bien?

Vuelvo a caer sobre él y aprovecho su fuerza mientras mis piernas casi se rinden.

En un movimiento que estoy jodidamente segura de que no estaba planeado, me agarran ambas manos, tanto Alex como Nico aprietan, ayudando a mantenerme unida.

Los hombres se mueven delante de nosotros, algunos desaparecen entre los árboles, buscando al tirador, estoy segura, mientras otros centran sus esfuerzos en Seb y Toby, que bien podrían estar luchando por sus vidas ahora mismo.

Lágrimas silenciosas recorren mi rostro mientras espero una señal, cualquier cosa que me diga que van a estar bien.

Alguien mira hacia Theo y le hace un gesto con la cabeza, y mi corazón se hunde.

—¿Qué significa eso? —Exijo.

—Vamos, Princesa. Tenemos que movernos para que los paramédicos puedan hacer su trabajo.

—No. No voy a dejarlos. No lo haré, Theo —grito cuando me echa por encima del hombro y me sujeta con manos firmes en la cintura y marcha entre los árboles, justo cuando dos ambulancias se detienen en seco justo delante de nosotros.

Pero no importa cuánto patalee, golpee y grite, su agarre no se afloja y sus pasos no vacilan.

Alguien abre la puerta de un carro y, finalmente, Theo me pone en pie, pero al estar tanto tiempo boca abajo después de beber lo que sea que haya bebido, mis piernas no son más que espaguetis y caigo en picada de inmediato.

Por suerte, los chicos no están tan borrachos como yo pensaba, o tal vez los acontecimientos de los últimos treinta minutos los han despejado un poco, porque consiguen atraparme antes de que caiga al suelo.

—Vamos, Princesa. Necesitamos una ventaja al hospital para que podamos estar allí para ellos.

Sabiendo que Alex tiene razón, dejo que me lleve dentro. Se amontonan detrás de mí, pero no antes de que vea a Emmie corriendo hacia el carro.

—Espera —grito, impidiendo que Theo cierre la puerta.

—¿Qué está pasando? Alguien dijo que hubo disparos.

—Entra o vete a la mierda —gruñe Theo.

—Entra —grito.

Asimila mi estado antes de echar un vistazo a los asientos llenos, pero Alex está en mi onda y la arrastra al interior, depositándola en el regazo de Theo.

—¿En serio? —gruñe.

Si la situación fuera diferente, me divertiría su reacción… pero tal como está, no siento más que pavor.

Ignorando su cojín humano, Emmie se gira para poder mirarme.

—¿Qué está pasando? —Tiene los ojos muy abiertos y llenos de miedo mientras mira entre los míos.

—S-Seb…

—Han disparado a Seb y a Toby —dice Nico con naturalidad, como si no le afectara, lo cual sé que es mentira porque lo está sintiendo tan intensamente como yo.

—Mierda, ¿están bien?

Está claro que mi reacción a esa pregunta lo dice todo, porque ella simplemente alarga la mano y me la agarra.

—Estarán bien. Son de la mafia; son como inmortales o algo así, ¿verdad?

—Algo así —murmura Alex con tristeza.

Sus palabras no ayudan en absoluto.

Seb perdió a su padre en un tiroteo. Desde luego, *no son* inmortales.

—Todo irá bien, ¿verdad? —Mira a Theo, rogándole que le diga que sí.

—Por supuesto —respira, estudiándola un poco demasiado de cerca.

—¿Dónde está Calli? —pregunta Nico de repente.

—Um…

—Emmie —gruñe.

—La dejé bailando con un tipo. Vine en cuanto me enteré, no sé dónde…

—Joder —ladra, sacando el celular del bolsillo.

—Mierda, no lo hice… ella estará bien.

—Haré que uno de los chicos la agarre y la traiga para reunirse con nosotros.

Se hace el silencio en el carro y el miedo que ya siento en el estómago aumenta a cada segundo que pasa.

Con los párpados cerrados, apoyo la cabeza en el hombro de Theo, absorbiendo el apoyo que Emmie me ofrece con su mano.

—Creo que me drogaron —confieso, mis ojos se cierran mientras mi cuerpo se apaga.

CAPÍTULO 2

Sebastian

En cuanto abro los ojos, me doy cuenta. Puede que sienta que me han pasado el cerebro por una picadora, pero ni siquiera eso, ni que me peguen un puto tiro, es suficiente para hacerme olvidar el sonido de su voz al otro lado de la línea cuando respondí a su llamada.

El miedo.

Un violento escalofrío me recorre la espalda.

—¿Dónde está? —Exijo cuando sólo encuentro a una persona en la habitación conmigo.

Levantando la cabeza, Theo me parpadea un par de veces, aparentemente más aturdido y confuso que yo.

Levanta la mano, se aparta el cabello de la frente y gira los hombros.

—Ella está bien. Está en su propia habitación siendo revisada.

—¿Por qué? ¿Qué ha pasado? ¿Está herida?

Sacude la cabeza y siento un alivio como nunca había sentido, que me tira de espaldas a la cama. Me quedo sin aire en los pulmones y la realidad me invade.

Podría haberla perdido esta noche. Si no me hubiera llamado cuando lo hizo, él podría haberla atrapado.

Podría ser ella la que tuviera una bala en el hombro y estuviera en la cama de un hospital.

O peor.

—¿Toby? —pregunto, más recuerdos golpeándome.

—Se pondrá bien. Volvió de la operación hace una hora.

—Joder —murmuro, echando la cabeza hacia atrás y mirando al techo.

Ese hijo de puta me salvó la vida, no me cabe duda.

Puede que la puntería del cabrón fallara con su primer disparo, pero con el segundo... si Toby no se hubiera abalanzado sobre mí, apartándome del camino, seguro que me habría dado.

—¿Es malo?

—No. Aunque los dos tendrán cicatrices para impresionar a las chicas.

Aprecio su necesidad de aligerar el tono, pero se queda lejos del objetivo.

—Esto es un puto desastre. —Se hace el silencio en la habitación, el dolor de mi hombro es casi insoportable, pero estoy vivo, así que no voy a ponerme en plan maricón e insistir en que me den más calmantes. El maldito cabestrillo que me han puesto ya es bastante malo.

No me quedaré aquí más tiempo del necesario.

Necesito estar con Stella. Necesito mantenerla a salvo.

Mira lo que pasó esta noche. Yo no estaba allí y ella...

—¿Por qué la revisan si está bien? —pregunto, recordando sus palabras de antes.

—La drogaron —confiesa Theo, restregándose la mano por la cara.

—¿Estuvo en la fiesta?

Dejando escapar un largo suspiro, estira las piernas ante sí.

—No lo sé. O eso, o tiene a uno de los nuestros trabajando para él.

—Ninguno de ellos es tan jodidamente estúpido.

—Bueno, te gustaría pensar que no, pero las pruebas podrían sugerir lo contrario.

—¿Tenemos algo sobre el tirador?

—Sólo la bala extraída del pecho de Toby. — Hago una mueca de dolor, la culpa me invade por haber recibido literalmente esa bala por mí. Hijo de puta desinteresado—. Papá la está enviando a analizar. Encontraremos a este tipo, Seb. Lo encontraremos.

—Lo sé. Sólo tiene que ser antes de que sea demasiado tarde. Esta noche debía ser jodidamente segura.

—Joder, me alegro de que estés bien —confiesa Theo, sentándose hacia delante una vez más, aparentemente incapaz de quedarse quieto durante más de dos minutos.

—Necesito verla. Necesito ver con mis propios ojos que…

—Lo sé. No esperaba menos. Pero no voy a cargar contigo, joder —afirma, levantando una ceja hacia mí.

—Hará falta algo más que un agujero en el hombro para impedirme caminar —afirmo con obstinación.

Pero me arrepiento en cuanto echo las sábanas hacia atrás. Puede que esté usando mi brazo bueno, pero joder, duele.

—¿Ah, sí? —pregunta Theo, viendo claramente la mueca en mi cara mientras lucho contra ella.

—Vete a la mierda. Duele un poco, eso es todo.

—Un poco —bromea.

Aprieto los dientes y balanceo las piernas sobre la cama. La bata de hospital que me pusieron poco después de que la ambulancia nos llevara a Urgencias me hace gemir.

—Vámonos antes de que Janice vuelva para darte un baño en la cama.

Gruño en cuanto oigo el nombre. —Dime que no está de turno esta noche.

—No se puede, hermano. Ella también se emocionó al ver tu cara.

Sí, apuesto a que sí.

Todas las discusiones que tuve con ella mientras Stella estaba en el hospital vuelven a mí.

—No me extraña que duela. Apuesto a que me cosió sin aliviar el dolor.

—Bueno, eso explicaría por qué seguías desmayándote.

—Yo no… vete a la mierda —ladro cuando veo su sonrisa burlona mientras rodea la cama para ayudarme.

—¿Seguro que puedes hacerlo? —me pregunta, sujetándome por la cintura.

—Necesito verla.

Me ayuda a arrastrar los pies por la habitación y abre la puerta de un tirón.

—Dios, los dejo solos cinco minutos...— Sophia dice, sonando agotada.

—No voy a discutir con ese testarudo —dice Theo a modo de excusa—. Sabes que no parará hasta conseguir lo que quiere.

Sophia mira por encima del hombro en la dirección de la que acaba de venir.

—Está dormida.

—No me importa —escupo.

—Joder —suspira mi hermana, cogiendo tímidamente mi otro lado, teniendo cuidado con mi hombro atado y ayudándome por el corto pasillo.

—Ves —dice Theo cuando pasamos por la ventanita hacia donde está Stella—. Sigue tan buena como la última vez que la viste.

Un gruñido retumba en mi garganta ante sus palabras, pero no puedo negar que son ciertas.

Puede que su aspecto no sea el mejor ahora mismo -su piel está pálida, su maquillaje se ha corrido por toda la cara y tiene evidentes huellas de lágrimas en las mejillas-, pero es hermosa. Siempre lo será para mí.

Un movimiento junto a su cama desvía mi atención de mi chica y encuentro a Galen sentado, con la cara tensa. La persistente pintura de la cara de zombi hace poco por ocultar el dolor grabado en sus rasgos. Calvin, su seguridad y su ama de llaves están sentados al otro lado de la habitación, con el ceño fruncido.

—Deberíamos llevarte de vuelta —dice Sophia.

—No. Necesito hablar con él. —Me lanzo hacia delante, haciendo a un lado el dolor mientras alcanzo la puerta y uso el picaporte para mantenerme erguida.

Galen se sobresalta y abre mucho los ojos al verme allí de pie.

—Mierda, deberías estar en la cama.

Aparto mis ojos de los suyos cuando se levanta y vuelvo a mirar a Stella.

—Lo sé. Sólo necesitaba... —Me quedo sin palabras. Algo me dice que no necesita las palabras—. ¿Qué le dieron?

—GHB. Ven a sentarte —dice apresuradamente, haciéndose a un lado. —Aunque deberías estar en una cama.

—Vamos a esperar fuera —dice Calvin, y Angie y él salen de la habitación para darnos algo de intimidad, pero no antes de que Angie me apriete el hombro bueno en señal de apoyo.

Haciendo caso omiso de Galen, Theo y mi hermana detrás de mí, avanzo arrastrando los pies hasta la silla y le tiendo la mano.

Gime mientras conectamos y me duele el corazón al saber que es consciente de que estoy aquí.

—Todo va a salir bien, cariño —le digo frotándole los nudillos con el pulgar.

~~~

Sólo pude estar cinco minutos con Stella antes de que mi enfermera viniera a llevarme a rastras a mi habitación.

Su expresión cuando me vio allí sentado era de pura muerte.

Le habría dicho a la mayoría de la gente a dónde ir cuando empezaron a darme órdenes, pero Janice... hay algo en ella que me hace escuchar. No tengo ni idea de si tiene hijos, pero joder, lo siento por ellos si existen.

Sophia y Theo me acompañaron a mi habitación y me ayudaron a meterme en la cama antes de que volviera a desmayarme rápidamente.

Puede que sólo haya sido una bala en el hombro, pero los analgésicos que me dan son letales.

Cuando vuelvo en mí, un olor me llena la nariz y me acelera el ritmo cardíaco.

—¿Nena? —susurro, sin estar del todo seguro de si sigo soñando o si realmente está aquí conmigo.

—Hey.

Su voz me pone la piel de gallina y un escalofrío de necesidad me recorre la espalda.

Abro los ojos y me encuentro con un espectáculo increíble.

Se me cae la barbilla al verla tumbada a mi lado, compartiendo mi almohada.

Tiene un aspecto un millón de veces mejor que cuando la vi en su habitación, por mucho tiempo que haya pasado. Le han quitado el maquillaje, dejando su hermosa piel limpia, le han arreglado el pelo y ya no lleva el disfraz.

—¿Cómo te encuentras? —pregunto, sin dejar de examinarla en busca de heridas a pesar de que me han dicho que no tiene ninguna.

—¿Yo? Yo no fui al que dispararon, Seb. ¿Qué mierda? —Su tono es un poco enfadado, y me sobresalta un poco.

—No quise decir…

—Mierda. Lo siento.

Inclinándose hacia delante, su cálida mano me acaricia la mandíbula mientras su frente se aprieta contra la mía.

—¿Tienes idea de lo jodidamente aterrador que fue eso?

Un flashback de cuando fue apuñalada me golpea.

—Sí, la verdad. Lo sé.

Se le llenan los ojos de lágrimas mientras me mira fijamente.

—Creía que estaban muertos —susurra, con la voz entrecortada por la emoción.

—Hará falta más que…

—No —suplica—. No, por favor. Sin bromas.

Asiento, sin poder hacer otra cosa que lo que me pide.

—¿Has visto a Toby?

Ella sacude la cabeza.

—Todavía no, pero los chicos están con él. Hice que nos dejaran solos.

—Hmm —tarareo, frotando mi nariz contra la suya—. Me gusta cómo piensas.

—Sebastian, estás en el hospital.

—Un hombre todavía tiene necesidades, nena.

—Eres insufrible.

—Y estás increíblemente buena. No puedo evitar que se me ponga dura cada vez que te miro.

Al oír mis palabras, baja la mirada.

—Dios mío. No dejes que Janice vea eso, podría empezar a pensar que te estás ablandando con ella.

—Definitivamente se ablandará si ella se acerca, no te preocupes por eso.

—Dios —murmura, con una sonrisa en los labios.

Me rodea con el brazo, se acurruca en mi lado bueno y nos quedamos tumbados en silencio, agradeciendo que esta noche no haya ido tan mal como podría.

La respiración de Stella se estabiliza y empiezo a pensar que se ha dormido. Pero justo cuando cierro los ojos para hacer lo mismo, mi nombre flota en el aire.

—¿Sí, cariño? —le susurro acariciándole el brazo con el pulgar.

Se mueve para volver a mirarme.

—Te quiero.

Se me cae la barbilla al suelo y se me escapa todo el aire de los pulmones mientras la miro con incredulidad.

Sé que lo siente. Lo veo dentro de ella cuando me mira. Lo vi en la forma en que quiso reaccionar ante mí cuando le dije lo que sentía.

¿Pero escuchar las palabras?

Joder.

Me hace apreciar que se contenga de decirlo como reacción a que yo lo haga porque saber lo mucho que lo siente... Joder, hace que se me rompa el corazón de todas las mejores maneras.

—Stella, yo…— Sus dedos presionan mis labios.

—Descansa.

Incapaz de hacer nada más que lo que ella dice, cierro los ojos una vez más, dejo caer mi nariz sobre la parte superior de su cabeza y la inspiro.

CAPÍTULO 3

Stella

—Hola —susurro cuando Theo y Alex entran en la habitación de Seb y me encuentran acurrucada con él en la cama. Ninguno de los dos parece muy sorprendido.

—Está despierto —me susurran, siguiendo mis órdenes de decírmelo en cuanto Toby vuelva en sí.

Han pasado poco menos de veinticuatro horas desde que ambos fueron traídos.

A Toby lo llevaron directamente al quirófano y a Seb lo mandaron a que le pusieran puntos.

Todos acabamos en el mismo pabellón donde estuve después de ser apuñalada. Una sala que desde entonces he descubierto que está totalmente financiada por la familia Cirillo.

No sé por qué no me di cuenta antes. El nivel de atención que recibí durante mi primera estancia fue increíble, así que tiene todo el sentido del mundo.

Los dos tienen ahora habitaciones privadas para recuperarse y, a pesar de que Seb quería darse el alta en cuanto pudiera, todos hemos conseguido convencerle de que se quede una noche más después de haberse roto los puntos durante su pequeña búsqueda para verme mientras yo estaba fuera ayer por la mañana.

Tan suavemente como puedo, intento subir desde el lado de Seb.

Me duele el cuerpo, pero no recuerdo por qué.

Lo único que recuerdo es huir de una figura oscura y encapuchada, encontrar a Seb y Toby en el suelo y despertarme en el hospital para encontrar a mi padre, Calvin y Angie a mi lado.

La cara de papá era una visión agradable hasta que registré los cortes y moretones que lo cubrían.

Se negó a explicármelo todo mientras estuve ingresada, pero con el disfraz de zombi y la cara pintada, no hacía falta ser un genio para darse cuenta de que había estado en la fiesta trabajando en seguridad, y supongo que fue uno de los que salieron en busca del tirador.

—¿Adónde vas? —retumba una voz profunda y somnolienta detrás de mí mientras una mano me agarra por la cintura.

—Voy a ver a Toby. No te preocupes, no voy a salir corriendo.

—Joder, espero que no —gime.

—No te dejaré solo. Tienes compañeros de juego.

Dejo caer un beso sobre sus labios carnosos, me zafo de él y me levanto.

Por suerte, parece que mis piernas, o mejor dicho, todo mi cuerpo, está listo para cooperar.

No tengo ni idea de cómo conseguí lo que hice con la cantidad de GHB que tenía en mi organismo, pero es seguro decir que tardé bastante tiempo en que desaparecieran los efectos persistentes.

—¿Estás bien? —Theo pregunta, mirando un poco preocupado cuando me suelto de la cama.

—Sí. —Doy un par de pasos hacia la puerta, pero me detengo cuando estoy a su lado. Le rodeo con los brazos por encima de los hombros, me pongo de puntillas y le abrazo con fuerza durante unos segundos.

—Gracias —le digo al oído.

—Cuando quieras, Princesa.

Le doy un beso en la mejilla y le suelto antes de que el gilipollas posesivo de la cama empiece a quejarse.

Miro a Alex y sonrío al ver una sonrisa cómplice en sus labios.

—Me voy. Acribíllalo todo lo que quieras por eso. Estoy bastante segura de que vi a la enfermera con algún tipo de lubricante antes.

Me escabullo de la habitación antes de que ninguno de ellos pueda responder. A pesar de todo, tengo una sonrisa de oreja a oreja mientras avanzo por el pasillo hasta la habitación de Toby.

Puede que todo sea una mierda ahora mismo, pero los chicos que una vez pensé que odiaba hacen que todo esto sea un poco mejor. El hecho de que todavía podemos tener algún tipo de normalidad hace que todo sea un poco más fácil.

En cuanto abro la puerta y miro a mi alrededor, los ojos de Toby se cruzan con los míos y una sonrisa se dibuja en sus labios.

—Hola, hermanita. ¿Cómo te va?

No tengo ni idea de dónde viene. Me sentía bien, fuerte, pero en cuanto habla, se abren las compuertas y empiezo a sollozar como un bebé.

A través de mis lágrimas, Toby me mira fijamente con una expresión de total impotencia en el rostro.

—Lo siento. No sé qué ha pasado —confieso, acercándome a su cama y cogiendo su mano extendida.

—Oye, está bien —susurra—. Voy a estar bien.

Levanta la mano y me quita las lágrimas de la mejilla mientras resoplo.

Pensé que sería Seb el que me rompería, pero está claro que no.

—Creí que habías muerto —digo, repitiendo las mismas palabras que le dije a Seb cuando me miró por primera vez.

Ni siquiera intenta una réplica ingeniosa, intuyendo que ahora mismo no puedo con las bromas.

—Mientras tú no lo estés.

Dejo caer la cabeza entre las manos y exhalo un largo suspiro.

—Eso estuvo demasiado cerca.

—Lo estuvo. Pero también, fue lo más cerca que estuvimos de atraparlo. Está tomando más riesgos. Lo que significa que es más probable que cometa un erro.

Entiendo lo que dice. Pero al mismo tiempo, me invade un terror de mierda al pensar en lo que ocurrirá la próxima vez que este tipo se arriesgue. A dos de nosotros nos dispararon. Tres de nosotros acabamos en una cama de hospital. ¿Qué pasará después?

—Vamos a ganarle, Stel. Te lo prometo, joder.

Me aparta la mano de la cara y la sujeta con fuerza.

—No va a llegar a ti. No cuando tiene que pasar por nosotros primero.

—Eso es lo que me da miedo. —Prefiero que me mate a que haga daño a todos los que me rodean. Es a mí a quien quiere por cualquier razón. No a ellos.

—Tal vez debería…

—No —escupe, su voz dura y severa a pesar de su estado—. No puedes tomar decisiones tú sola sobre esto. Y no vas a arriesgar tu cuello con la esperanza de salvar al resto de nosotros. Somos una familia. Hacemos esto juntos.

—Joder, Toby. Odio esto.

—Yo también, pero podemos odiarlo juntos. ¿Sí? Ya no estamos solos.

La sinceridad de sus ojos hace que las lágrimas vuelvan a brotar de los míos.

—¿Qué he hecho para merecerte? —pregunto mientras su puerta se abre detrás de mí.

No me giro para mirar, suponiendo que será una enfermera o uno de los chicos.

Pero en cuanto Toby me mira por encima del hombro, todo su cuerpo se tensa y sus labios hacen una mueca.

—Papá, ¿qué haces aquí?

Todo el aire sale de mis pulmones.

¿*Papá*?

Joder.

Toby me aprieta la mano, haciéndome saber que todo va a ir bien, pero el cabrón de su padre es la última persona con la que quería encontrarme hoy. O cualquier puto día, para el caso.

—Han disparado a mi único hijo, ¿no se me permite visitarle?

—Por supuesto. No esperaba verte. Sé que estás ocupado con mamá y toda esta mierda.

Sus zapatos chirrían contra el suelo mientras rodea la cama.

Un hormigueo, y no de los buenos, recorre mi piel cuando sus ojos me miran. O, al menos, la parte de atrás.

—No sabía que tenías novia, hijo. ¿Me la vas a presentar?

Lo siento —dice Toby rápidamente.

Le vuelvo a apretar la mano y me giro para mirar a su padre.

En el momento en que nuestras miradas se cruzan, la ira cruza su rostro.

Sabe exactamente quién soy.

Enderezo la columna vertebral, esbozo la mejor sonrisa que puedo y me trago cualquier aprensión por conocer a este hijo de puta.

—Encantado de conocerle, señor Ariti.

—Estella, qué maravilloso conocerte después de todos estos años.

Se me eriza la piel de asco mientras miro fijamente al hombre que ha hecho todo lo posible por arruinar las vidas de mi madre y mi hermano.

Me rechinan los dientes mientras lucho por esbozar una sonrisa.

Lo que realmente quiero hacer es agarrar cualquier tipo de arma que tenga a mano y no dejar que el cabrón se levante hasta verle dar su último aliento, pero sé que no puedo.

Así que, en lugar de actuar, dejo que esa pequeña fantasía se desarrolle en mi cabeza mientras sigo mirándole fijamente.

Por mucho que quiera hacerle daño, sé que no me corresponde.

Después de todo lo que ha pasado, Toby merece ser el que dé el golpe final.

—Tú también, Jonas. Aunque debo admitir que no he oído hablar mucho de ti.

—Sí, bueno. Parece que Toby y tú han conectado.

—Ahora mismo necesita todo el apoyo posible, ¿no crees?

—Por supuesto. Toby tiene grandes amigos.

Sí. Lástima por algunos de su familia.

—Bueno, como puedes ver, estoy vivo —casi sisea Toby a su padre. Si aún no sabía exactamente lo que sentía por su donante de esperma, ya he visto todo lo que necesitaba para comprender su odio hacia el hombre al que debe llamar padre.

De repente, todo lo que he pasado recientemente con mi propio padre parece palidecer en comparación.

¿Así que él no sabía nada de un acosador que yo ni siquiera insinuaba tener? ¿Y qué? ¿Guardaba secretos? Al menos nunca me ha hecho daño físico, y sé a ciencia cierta que nunca lo haría. Ni a nadie que yo ame.

Estudio a Jonas mientras mira a su hijo con lo que estoy seguro que es falsa preocupación. A diferencia de mi padre, y del de Nico, al que por fin he conocido, Jonas no muestra signos de haber participado en la persecución de esa escoria el domingo por la noche.

—¿Estabas en la fiesta, Jonas? —le pregunto, mi voz enfermizamente dulce.

Asiente.

—Estaba, sí. Fue una gran noche antes de que… bueno… tú la arruinaras.

Mis cejas se levantan conmocionadas.

—Oh, cierto. Bueno, sí, supongo que ayudé a estropear las cosas. Aunque no estoy seguro de que sea del todo culpa mía.

—Hmm… —murmura, claramente en desacuerdo conmigo—. Perdóname, Stella… —Me muerdo el interior de las mejillas para no exigirle que me llame Stella. Puede que no sea fan de mi nombre completo, pero este cabrón no tiene derecho a llamarme por el mismo nombre que mis amigos, que la gente que de verdad me cae bien—. Pero antes de que llegaras, ninguno de nuestros eventos ha acabado a tiros y con nuestros soldados en el hospital.

—Con el debido respeto, Jonas, eres parte de una organización criminal. Apostaría dinero a que eso no es cierto.

Un ruido extraño retumba en su garganta mientras la mano de Toby aprieta la mía, con diversión y orgullo destellando en sus ojos. Aunque el miedo subyacente nunca parece desaparecer.

—Los dejo para que se pongan al día. Seguro que tienen mucho de qué hablar.

Inclinándome, beso a Toby en la mejilla.

—Enviaré a uno de los chicos.

Hay una parte de mí que quiere hacer un enorme dolor en el culo de mí misma y quedarse, pero no estoy segura de que pueda estar en una habitación con ese hombre por más tiempo, sabiendo lo que sé.

No es hasta que salgo de la habitación y aspiro una enorme bocanada de aire que me doy cuenta de que en realidad no estaba respirando.

Sacudiéndome el asco de tener que mirar a ese hijo de puta a los ojos, vuelvo a bajar hacia Seb.

—¿Qué pasa? —pregunta nada más entrar. Tanto Theo como Alex se levantan de un salto.

—¿Qué te hace pensar que algo va mal? —pregunto, no sé si horrorizada o impresionada por lo rápido que puede leerme.

—Estás tan blanca como una sábana.

—Estoy bien. Acabo de tener el placer de conocer a Jonas.

—¿Está aquí? —pregunta Alex, con cara de asombro.

Seb y yo compartimos una mirada. Por lo que sé, sólo nosotros dos somos conscientes de lo mal que está la situación con la familia de Toby.

—¿Sí?

—Ese cabrón nunca aparece cuando Toby lo necesita. Está tramando algo.

Se ha ido de la habitación antes de que pueda decir una palabra.

—Ven aquí, cariño —dice Seb, tendiéndome la mano.

No es hasta que avanzo hacia él que me doy cuenta de que está vestido—. ¿Vas a alguna parte?

—Sí, a casa con mi chica.

Sus palabras me revuelven el estómago y mis labios esbozan una sonrisa.

—Al menos está fuera de combate por un tiempo. Podría tener algo de paz —murmura Theo, pero ambos le ignoramos.

—¿Seguro que estás bien para irte?

—Princesa —advierte Seb—. Te diste de alta después de ser apuñalada y cogiste un vuelo bastante largo. Tengo una herida de bala limpia…

—Y puntos rotos —añado, sólo para dejar clara su terquedad.

—Y puntos rasgados —repite—. Y me voy a casa para que me cuide mi enfermera privada.

—Ya veo. ¿Y qué espera que esta enfermera haga por usted exactamente?

—Y esa es mi señal para irme —dice Theo, empujando de la silla y caminando hacia la puerta—. Estaré esperando en el carro.

Seb ni siquiera levanta la vista cuando su amigo se va.

—Así que estaba pensando —dice, paseando sus dedos por mi muslo—. Si te encargara uno de esos pequeños uniformes de enfermera, podrías…

—Buen intento, gilipollas.

—Te salvé la vida, cariño. Un poco de agradecimiento te vendría muy bien ahora mismo.

Una carcajada sale de mi garganta.

—Sí, claro, grandulón. —Le doy una palmada en el pecho -el lado no lesionado-, pero antes de que consiga apartarla, me agarra la muñeca y se lleva la palma a la boca.

—Me necesitas, nena —gruñe, con sus ojos clavados en los míos mientras sus labios y luego su lengua rozan mi piel.

Mi estómago se aprieta mientras el calor florece entre mis piernas.

Maldito sea.

—Casi tanto como yo te necesito a ti.

—Seb. —Pretende salir como una advertencia, pero no es más que un gemido entrecortado.

—Si no pensara que Janice va a volver en cualquier momento con mis medicinas, entonces te sugeriría que hicieras algo al respecto. —Me empuja la mano hacia abajo hasta que no tengo más remedio que rodear su dureza con mis dedos.

—Sebastian. —Esta vez hay un poco más de fuerza en su nombre.

—Han pasado días, cariño. Me estoy muriendo aquí.

Pongo los ojos en blanco, me levanto de un salto y aparto la mano justo a tiempo para que Janice se una a nosotros.

Echa un vistazo a nuestras caras de culpabilidad y niega con la cabeza.

—¿Listo para dejarme en paz, jovencito? —le pregunta a Seb, sin dejar de mirarle con complicidad.

No sé cuál es su problema con ella, siempre ha sido encantadora conmigo. Pero tampoco me gustaba Seb cuando lo conocí, así que quizá no debería sorprenderme. Puede ser un capullo arrogante cuando quiere. Y sólo puedo imaginarme el grano en el culo que fue cuando le obligué a vivir en el pasillo.

El remordimiento me inunda por cómo le traté durante mi estancia en el hospital, pero entonces recuerdo todas las cosas que me hizo y empieza a remitir un poco.

Sí, somos tan malos como los demás.

—Tengo tu analgésico, que te tomarás —afirma, clavándole una mirada cómplice.

—Sí, señora —responde sarcásticamente.

—No te preocupes, me aseguraré de que se las lleve —le digo.

—Bien. Escúchala, Sebastian. Tiene una buena cabeza sobre los hombros.

—Tiene muchas cosas buenas en su cuerpo, Janice.

—Por Dios —murmuro, agarrando algunas de sus cosas que aún están desperdigadas por la habitación y metiéndolas en su bolsa.

—Eres una mujer valiente, ¿lo sabías? —me pregunta, pasándome la bolsa de la farmacia.

—Valiente o estúpida. El jurado sigue deliberando.

Se ríe entre dientes mientras se dirige a la puerta.

—Sus papeles están bien, joven. Puede irse. Y —añade antes de desaparecer por la esquina, —me alegraré de no volver a verlos en una de mis camas—. Nos clava una mirada severa antes de dejarnos solos de nuevo.

—Como si quisiera volver —murmura Seb mientras se arrastra de la cama.

—La quieres de verdad.

—Hmm. Vamos, chica. Vamos a casa.

—Me parece bien.

Puede que no hubiera tenido muchas opciones para pasar la primera noche aquí, pero de ninguna manera me iba a ir mientras él estuviera ingresado, por mucho que todos insistieran en que lo hiciera. Supongo que tuve suerte de que no me diera a probar de mi propia medicina y me dejara dormir en las sillas del pasillo.

CAPÍTULO 4

Sebastian

—¿Pensaba que estabas esperando en el carro? —pregunto cuando Theo sale de la habitación de Toby.

—Iba, pero Jonas se fue cuando yo salía.

—Vaya, sí que se ha esforzado —murmura Stella a mi lado.

—¿Va todo bien? —busco saber, no gustándome la oscuridad en los ojos de mi mejor amigo.

—S-sí. Venga, vamos a llevarte a casa.

Cuando miro por la ventana de la habitación de Toby, veo que Alex sigue sentado a su lado, pero Toby está inconsciente.

Tenemos que hablar de lo que pasó el domingo por la noche, pero ahora no es el momento.

—Sí —asiento, dando un paso adelante mientras Stella me rodea la cintura con el brazo como si fuera a poder evitar que me cayera si mis piernas decidieran ceder.

Es divertido, pero no la disuado. Cualquier excusa es buena para que me toque.

Theo no dice nada en todo el camino, y eso no ayuda a calmar el miedo que siento en el estómago.

En cuanto llegamos a la cochera, Stella empuja la puerta y sale de un salto, dispuesta a ayudarme.

—Hermano, ¿qué pasa? —pregunto rápidamente, por si no quiere decir lo que le molesta delante de Stella.

33

Sus ojos encuentran los míos en el espejo.

—Nada.

Sé que miente, pero en cuanto Stella abre mi puerta, él sale y desaparece dentro de la casa antes que nosotros.

—¿Qué le pasa?

—Ni puta idea. Pero parece que vas a tener que subirme por las escaleras tú misma, princesa.

Me mira de arriba abajo una vez que estoy ante ella.

—Sí, eso no va a pasar —se burla—. Estoy segura de que tienes esto cubierto.

Theo ya ha desaparecido en la habitación cuando ambos llegamos arriba. Siguiendo su ejemplo, hacemos lo mismo. Y no salimos hasta que Stella se escabulle para coger nuestra comida para llevar y las bebidas.

~~~

Sonrío mientras escucho a Stella riendo en el salón con Calli y Emmie. Han aparecido hace poco más de una hora para rescatarla de mi malhumorado culo; sus palabras, no las mías.

Por mucho que quiera encerrarla aquí conmigo para asegurarme de que está a salvo y, por supuesto, para que cuide de mí, sé que no puedo.

Ni siquiera ha sugerido salir de casa, lo que me alegra, pero sé que estoy de prestado. Puede que parezca un poco más preocupada después de los sucesos del domingo por la noche, pero nunca será el tipo de persona que rehúye el peligro. Sé que quiere atrapar a ese cabrón tanto como nosotros. Sólo temo que haga algo estúpido para lograrlo.

La puerta se abre y miro hacia ella con emoción, esperando ver su cabello rubio asomar por dentro. Pero enseguida me doy cuenta de que no tengo tanta suerte.

—Hola, ¿qué tal? —Le pregunto a Theo mientras cierra la puerta tras de sí.

Cuando se vuelve hacia mí, veo en sus ojos la misma mirada oscura y atormentada que ayer, de camino a casa desde el hospital.

Se deja caer en mi silla después de tirar la ropa abandonada en el suelo.

—Lo sabías, ¿verdad?

—¿Sobre qué? —pregunto, necesitando algo más de información.

—Sobre Jonas. Maria.

—Eh... —Dudo, la culpa me invade por ocultarle algo así. Theo, Alex y yo no tenemos secretos, o al menos no solíamos tenerlos. Pero ahora con Stella, las cosas son diferentes.

—No era mi historia —digo, frotándome la nuca.

—Lo sé, lo entiendo. Pero mierda. ¿Cómo coño no lo sabíamos? —pregunta, el dolor evidente en su tono, la cara tensa al pensar en lo que ha pasado Toby solo.

—Porque él no quería que lo supiéramos. De la misma forma que sólo ustedes saben la verdad sobre mi madre.

—Joder. Odio esto. Sabía que Jonas era un idiota, pero joder...

—Lo sé. Toby necesita encontrar una manera de acabar con ese cabrón. No tengo ni idea de lo que tiene encima, pero no puede ser suficiente para que siga respirando.

—De acuerdo.

Theo se muerde el labio inferior, sumido en sus pensamientos.

—Escúpelo —le exijo.

—¿Crees que Jonas tiene algo que ver con toda esta mierda con Stella?

—No —digo con confianza—. Si la quería muerta, si quería castigar a Galen, entonces simplemente… lo haría. Este no es su estilo.

—¿La tortura no es su estilo? ¿No escuchaste el tipo de control que tiene sobre Toby y María? Creo que este es exactamente su estilo.

—Lo sé, pero… esto es diferente. Yo sólo… no.

Theo me estudia mientras vuelvo a considerar esta línea de pensamiento.

—De acuerdo —concede finalmente Theo—. ¿Pero quién es?

—La puta pregunta del millón —murmuro mientras otro aullido de risa sale del salón.

—Esto es jodidamente raro, amigo. Hay chicas pasando el rato en mi casa.

—Te encanta —le digo, haciéndole un gesto para que se vaya.

—¿Yo? —Frunce el ceño mientras me mira fijamente.

—Calli es genial. Es agradable verla salir de su habitación por una vez. Y Emmie parece…

—Como un auténtico grano en el culo —termina por mí.

—En serio, ¿cuál es tu trato con ella? Sueles ir a por ese tipo.

—Yo no —argumenta.

—Claro —suspiro, deslizándome de la cama y dirigiéndome al baño, cabreada con el cabestrillo que me sujeta los brazos y que Stella insiste en que siga llevando—. Las chicas emo calientes son totalmente lo tuyo. —Cierro la puerta antes de que pueda responderme, aunque unos segundos después algo sospechosamente duro choca con la madera.

Cabrón susceptible. Se está imaginando, follándosela de seis maneras a partir del domingo.

Espero encontrar mi habitación vacía cuando salgo, así que me sobresalto un poco cuando descubro que está de pie junto a mi ventana.

—¿Qué es? ¿Hay algo ahí fuera? —pregunto, un poco asustado.

He intentado disimular un poco por el bien de Stella. Sé que la noche del domingo sigue atormentándola -lo veo cada vez que la miro a los ojos-, pero mentiría si dijera que no estoy un poco nervioso, esperando a ver qué viene después de este hijo de puta.

—Nada. Todo va bien.

Me pongo a su lado y miro hacia la oscuridad. La casa frente a nosotros está iluminada, su familia dentro haciendo lo que sea que hagan. O más bien, su madre y los niños. Estoy seguro de que Damien no está por ninguna parte, como de costumbre.

—Ojalá supiera cuál va a ser su próximo movimiento.

—Tú y yo.

Mis ojos escudriñan lo poco que puedo ver, pero no hay nada. No hay nadie. No es que realmente lo esperara. Tiene que ser un puto gilipollas para intentar algo en casa del jefe.

Pero supongo que se enfrenta a todos nosotros. Debe pensar que es realmente especial si cree por un segundo que va a ganar.

—Oye, ¿qué estás haciendo? —Stella pregunta, irrumpiendo por la puerta detrás de nosotros.

—Nada —digo, dándole la espalda a la ventanilla y metiéndome la mano libre en el bolsillo, recorriéndola con la mirada.

Lleva puesta una de mis sudaderas con capucha y debajo sólo un pequeño pantalón corto que ha desaparecido. El nivel de provocación es casi insoportable. Y si no confiara explícitamente en Theo, o estuviera bastante convencido de que tanto Calli como Emmie son heterosexuales, le exigiría que se cambiara. Porque maldita sea.

—Deja de hacerte ideas, hermano. Todavía estás en una prohibición de sexo, ¿recuerdas? —Theo bromea, sonando demasiado feliz por ello.

—No lo he olvidado —gruño. Joder, ¿cómo voy a olvidarlo si va por ahí así?

—¿Vienes a pasar el rato? Emmie trajo rosquillas.

—Me apunto —digo, incapaz de rechazar la oferta de estar con mi chica y las rosquillas.

Me alejo de la ventana, me acerco a ella, le paso los dedos por el cabello de la nuca y cierro los labios sobre los suyos.

—Mmm, parece que has empezado —susurro, lamiendo su labio inferior.

—Te quedas con las sobras —confiesa.

—Sabes a cielo, nena.

Introduzco mi lengua en su boca y arrastro su cuerpo contra el mío, ignorando el dolor de mi hombro. Merece tanto la pena, joder.

—Me muero por ti, Diablilla.

Ella gime en mi beso, haciéndome saber que el sentimiento es definitivamente mutuo mientras se hunde en mi abrazo.

Algo duro me golpea la cabeza y me obliga a soltarla.

—¿Qué mierda? —Theo se para detrás de mí, incapaz de salir de la habitación porque estamos bloqueando la puerta.

—Me tienen a dieta.

—Necesitas echar un polvo, hermano. En serio, todo este estrés es malo para tu salud.

Me mira fijamente, con rostro impasible.

—Quítate de en medio, joder.

Con una carcajada, Stella me agarra de la mano y me lleva a la sala, donde Calli y Emmie están sentadas en los sofás alrededor de una enorme caja de donuts.

Mi estómago gruñe al verlo.

—Se te ha visto mejor, Seb —gime Emmie.

—Me dispararon. ¿Y qué?

—Veo que no instalaron ningún humor mientras estabas en el hospital.

Le doy la espalda y agarro una de las rosquillas cubiertas de chocolate.

Sus labios se entreabren como si estuviera a punto de soltarme otra bravuconada, pero Theo se une a nosotros y, en cuanto levanta la vista y lo ve, cualquier comentario mordaz que estuviera a punto de soltar parece marchitarse y morir.

Se pone la máscara y, con su habitual mueca cuando mira a Theo agarra la rosquilla más rosa que queda en la caja.

—Toma, toma este. —La forma en que lo dice me hace temblar los dientes, es tan enfermizo y falso.

—¿Por qué? ¿Con veneno para ratas?

—Sí. Estoy deseando ver cómo se derriten tus entrañas.

—Y dicen que el romanticismo ha muerto — murmuro alrededor de mi bocado de dulzura.

Stella y Calli se ríen, pero Emmie y Theo se miran con el ceño fruncido.

Debe de pensar que el riesgo de intoxicación no es tan grande, porque al cabo de un par de segundos agarra la rosquilla y se la mete casi entera en la boca, para disgusto de Emmie.

—Gracias —murmura, marchando a la cocina a por una bebida antes de desaparecer en su habitación y cerrar la puerta tras de sí.

—Deberías ir a animarle —sugiere Stella.

—Vete a la mierda. Su actitud no es mi problema.

—No sé, creo que probablemente podrían ayudarse mutuamente a liberar algo de estrés —digo, sintiéndome valiente al haber una mesa de café entre nosotros.

—¿Qué coño intentas decir? —gruñe.

—Que pareces tan tensa como él.

—No estoy tensa. —Resopla frustrada.

—¿No? ¿Tu padre y la señorita Hill te mantienen despierta toda la noche con su…?

—Cállate de una puta vez —sisea, con la cara crispada por la ira.

—¿Qué? Se están tirando, ¿verdad? Sabía que era ella con un motero de aspecto rudo en el estacionamiento la semana pasada.

—No es rudo —escupe Emmie mientras Calli y Stella se ríen.

—No, no lo es. Está buenísimo, eso es lo que es—.

—¿Perdona? —pregunto, levantando las cejas, y retrocedo y miro a mi chica con ojos nuevos.

—El padre de Emmie. Está bueno —confirma.

—Tiene como… cuarenta.

—Difícilmente. Tienes que mirar más de cerca.

—Entonces, ¿qué estás diciendo? ¿Que soy demasiado joven para ti?

Se lo piensa un momento y yo me preparo para lo que va a venir a continuación.

—Quiero decir… estás bien por ahora. Pero ya sabes, nunca digas nunca. El padre de Emmie podría aburrirse con la señorita Hill y podría estar dispuesto a cambiarla por una modelo más joven.

Se me escapa una carcajada, mientras Calli se ríe a carcajadas. Incluso Emmie esboza una sonrisa, lo que me hace preguntarme si realmente hay algo en las rosquillas.

Arrojo el resto de la mía a la caja, saco el brazo malo de su cabestrillo y salto sobre Stella, inmovilizándole los brazos por encima de la cabeza y atrapando sus muslos entre mis rodillas.

—¿Qué fue eso, cariño?

Su pecho se agita mientras me mira fijamente.

—Oh, mierda. Puede que tengamos que irnos. Ambos tienen esa mirada.

—¿Qué es *esa* mirada? —pregunta Stella sin apartar sus ojos de los míos.

—Estan a punto de empezar un maratón de folladas, y no nos importa quién mire —anuncia Emmie alegremente.

—¿Cómo puedes saber eso? No me la he follado delante de ti... todavía.

Los ojos de Stella se oscurecen al oír mis palabras. Mi Diablilla está tan dispuesta como yo a un poco de exhibicionismo.

—Y no vas a empezar ahora —dice Calli, agarrando otra rosquilla y levantándose—. Em, ¿vienes o quieres mirar? Sé que ha pasado tiempo, pero seguro que no has olvidado cómo funciona.

Una carcajada retumba en mi garganta, pero mis ojos no se apartan de mi chica.

No se me escapa que tanto Emmie como Theo parecen estar en el mismo barco. Tal vez realmente podrían hacer uso el uno del otro. Tiene que ser mejor que se maten el uno al otro. A menos que Emmie no mintiera sobre el veneno para ratas y él ya esté muerto en su habitación, claro.

—Hasta luego, primo —dice Calli a través de la puerta de Theo, pero no obtiene respuesta. —Idiota —murmura, enlazando su brazo con el de Emmie y llevándola hacia la puerta—. ¿Qué? ¿Querías ir a ver cómo estaba? —le pregunta Calli cuando Emmie no hace ademán de irse con ella.

—¿Qué? No, claro que no —escupe—. Diviértanse, chicos. Intenten no ensuciar el sofá de Theodore. —Escuchar el nombre completo de Theo hace que Stella frunza las cejas.

—¿Qué? —pregunto.

—Nunca había pensado en su nombre completo.

Agacho la cabeza y le acaricio el cuello.

—Me alegro. Espero que eso signifique que estabas pensando en mí —gruño contra ella, casi ahogándome en su dulce aroma y en la suavidad de su piel.

—O el padre de Emmie —sugiere valientemente—. Dios mío, Seb —chilla cuando le hundo los dedos en el costado, haciéndole cosquillas.

Se agita debajo de mí, lo que me permite subirme la sudadera, dejando al descubierto su vientre y su sujetador deportivo.

—Seb —grita cuando no la dejo.

Mi hombro grita de dolor, pero verla sonreír debajo de mí hace que merezca la pena con creces.

Enrollo los dedos alrededor de la tela que cubre sus tetas, la arrastro hacia arriba, dejándola al descubierto, e inmediatamente dejo caer mis labios sobre uno de sus pezones, succionándolo profundamente en mi boca.

—Oh, Dios —gime con fuerza, arqueando la espalda, ofreciéndose más a mí.

Sus dedos se enredan en mi cabello, sujetándome. No es que vaya a ir a ninguna parte. No la he tenido desde el domingo, y eso es demasiado tiempo.

Mis labios siguen acariciando sus pechos, haciéndola gemir más cuando me muevo, bajándole los pantalones cortos y las bragas por las piernas y echándomelos por encima del hombro.

—Necesito probarte, nena.

Me arrodillo y arrastro su culo por el borde del cojín.

—Sí —grita, abriendo las piernas para mí antes de que yo tenga la oportunidad de hacerlo—. Sabía que estabas tan desesperado como yo.

Gruño, presionando mis palmas contra sus muslos y abriéndola más.

Su coño brilla de excitación y se me hace agua la boca.

—Seb, por favor —me suplica cuando lo único que hago es mirarla.

—Tienes un coño muy bonito, nena.

—Me alegro, pero ¿podrías dejar de mirarlo, joder, y tocarlo en su lugar? —exige, haciéndome reír.

—Sólo porque me lo pediste muy amablemente.

Capítulo 5

Stella

—Dios, sí —grito cuando se aferra a mi clítoris y chupa hasta que no sé dónde empieza el dolor y acaba el placer.

Mis uñas arañan su cuero cabelludo antes de que mis dedos se retuerzan en su cabello desordenado con la esperanza de arrastrarlo más cerca.

No debería dejarle hacerlo. Debería estar descansando. Pero joder.

—Mierda —grito cuando me mete dos dedos hasta el fondo, enroscándolos de esa forma que me vuelve loca.

Mi orgasmo avanza más rápido de lo que jamás creí posible mientras él trabaja con precisión. Supongo que pensar que estaba jodidamente muerto y luego tener que aguantar unos días hace eso.

—Seb —grito—. Sí. Tan cerca.

Me olvido de dónde estamos, de quién puede estar escuchando. Lo único que me importa es el placer que está a punto de estallar dentro de mí.

—Corréte por mí, nena —gruñe contra mí, su voz profunda y retumbante me hace cosas.

Aumenta la velocidad y presiona su lengua contra mi clítoris con más fuerza. Me parto.

—Seb —grito mientras mi cuerpo se convulsiona y tiembla, encendiéndose como un millón de fuegos artificiales.

No se detiene hasta que los últimos temblores han abandonado mi cuerpo, y cuando lo miro sentada entre mis muslos, tiene la puta sonrisa más amplia en la cara, la boca y la barbilla brillando por mi placer.

—Joder. Te quiero —brama, se pasa la mano por la boca y se lanza a por mí.

Sus labios chocan con los míos en un beso contundente. Sentir mi propio sabor en él me anima a arrastrar los pies por su cuerpo, metiéndolos bajo su cintura.

—Joder, nena —gime cuando lo expongo y me agacho para envolver con mis dedos su dura longitud—. Necesito dentro de ti, Diablilla.

—Estoy aquí. Tómame.

Con las manos firmemente apoyadas en mis caderas, se sube al sofá y se acomoda entre mis piernas.

Estira la mano hacia abajo y frota su polla contra mi humedad, provocándonos a los dos, si nos guiamos por la tensión de sus abdominales y los tics de su mandíbula.

—Seb, fóllame —ladro cuando hace exactamente lo que estaba a punto de exigirle y me llena de un rápido empujón.

Mi coño se agita a su alrededor, adaptándose a su repentina invasión.

Se detiene un instante, se pliega sobre mí y encuentra mis labios. Me lame la boca con la lengua, imitando el movimiento de su polla dentro de mí cuando empieza a mover las caderas.

—Te he echado mucho de menos, Diablilla.

—He estado justo aquí —respiro cuando mete la cara en mi cuello.

—Lo sé, pero… te necesitaba. Esto. Estaba tan jodidamente aterrorizada cuando respondí a tu llamada.

Girándome hacia un lado, le agarro la cara áspera con las manos y le arrastro para que no tenga más remedio que mirarme.

—Estoy aquí, cariño. Estoy bien.

—Gracias a Dios. Voy a matar a ese hijo de puta una y otra vez cuando por fin le pongamos las manos encima.

—Ponte a la cola. Ese puto enfermo es mío.

No creía que fuera posible, pero al pensar en mí matando a alguien, Seb sólo se pone más duro dentro de mí.

—Eres perfecta. —Sus labios vuelven a reclamar los míos, impidiéndome responder, aunque no estoy segura de lo que diría aunque pudiera.

—Necesito más —gime dentro de nuestro beso.

—Fóllame, Seb. Toma lo que necesites.

Levantándose, apoya su peso en el antebrazo contra el reposabrazos mientras mete el otro contra su pecho, haciendo que la culpa se abalance sobre mí, pero cuando hace rodar sus caderas una vez más, rozando todas mis terminaciones nerviosas, me olvido de todo.

—Sí, sí —grito, animándole mientras golpea ese punto una y otra vez.

Mi segunda liberación surge hacia adelante.

—Clítoris, nena. Déjame mirarte.

Sin perder un segundo, me paso la mano por el estómago y hago exactamente lo que me dice.

—Oh, mierda, sí —gime mientras me aprieto a su alrededor, mi liberación me golpea en un tiempo récord.

En cuestión de segundos, un gruñido retumba en su pecho mientras su polla se sacude dentro de mí, llenándome de calientes chorros de semen.

Se desploma sobre mí, con el pecho agitado mientras luchamos por recuperar el aliento.

—Nunca tendré suficiente de ti, Diablilla. —Y como para probar su punto, su polla comienza a endurecerse dentro de mí una vez más.

—Se supone que tienes que estar descansando —le digo, recordando por fin que le impuse una prohibición sexual cuando volvimos del hospital.

—Podemos por unos minutos. Luego podemos ir de nuevo.

—No va a pasar. Necesito que te cures bien para que estemos listos para enfrentarnos juntos a ese hijo de puta.

—Sabes exactamente qué decir para ponérmela dura —murmura contra mi garganta, su aliento caliente hace que se me ponga la piel de gallina por todo el cuerpo.

Estoy demasiado perdida para oír pasos en la distancia, pero estoy segura de oír la puerta abrirse y a Alex anunciar:

—Hey, qué pasa hijo de puta-oh mierda.

Tanto su risa como la de Nico resuenan en el aire mientras ambos luchamos por taparnos.

—Parece que llegamos cinco minutos tarde —dice Nico, dejándose caer por uno de los otros sofás—.

Una pena. Me vendría bien un poco de emoción esta noche.

—¿Consideras que vernos follar es un entretenimiento?

—¿Porno en vivo? Claro que sí. Si tengo suerte, Seb podría incluso sacar la navaja y cortarte.

—Dios, Nico —murmura Alex.

—¿Qué? No hay nada malo en un pequeño juego de sangre, ¿eh, Princesa?

—Uh… ¿Seb ya te mostró su marca? —pregunto, alejando esto de tener que coincidir con Nico en algo remotamente sexual.

—Vete a la mierda —ladra Alex—. ¿Te dejó?

—Demasiado jodidamente cierto que lo hizo. Me lo debía. —No puedo evitar sonreír al recordar lo extrañamente excitante que fue ver cómo la hoja le cortaba la piel.

—Vamos a ver —dice Nico, que de repente parece un poco más interesado.

Ambos llevan sus trajes de trabajo, pero está claro que no han tenido un día divertido.

—Vete a la mierda, no te voy a enseñar —gruñe Seb, dejándose caer de nuevo en el sofá a mi lado y atrayéndome hacia su cuerpo.

—No seas marica. Queremos ver las pruebas de que le entregaste tus pelotas a Stella.

—No llevo ropa interior.

—Amigo, te hemos visto la polla mucho más de lo que creo que es saludable —señala Alex, lo que me hace sentir más que un poco de curiosidad por la mierda que los cinco han hecho en el pasado. Pero entonces pienso en la fiesta de Nico y supongo que tengo mi respuesta.

—Vamos—. Le doy un codazo suavemente, más que feliz de estar del lado de los chicos.

—Por el amor de Dios —refunfuña, volviendo a bajarse el chándal y agarrándose la polla mientras expone la cara interna del muslo a sus amigos.

—Joder, creía que estaba de broma —ladra Alex, aplaudiendo divertido.

—No —dice Seb, casi con suficiencia, mientras vuelve a taparse—. Ella es mi dueña. No me importa quién lo sepa.

Me pasa el brazo por el hombro, me acerca y me besa en la cabeza mientras Nico empieza a tener arcadas.

—Puto bicho raro —murmura, claramente sin haber conocido nunca a una mujer que realmente le haya dado guerra y le haya mantenido en vilo. Algún día ocurrirá, y será divertidísimo, estoy seguro.

—¿Dónde coño está Theo? —pregunta Alex, sacando un porro de su cartera y poniéndoselo entre los labios.

Seb se ríe a mi lado, supongo que pensando exactamente lo mismo que yo.

—En su habitación. Supongo que como no tiene la música alta se está masturbando, escuchando a mi chica gritando mi nombre.

—Joder —murmuro. Puede que lo estuviera pensando, pero no hacía falta decirlo en voz alta—. Voy a limpiarme.

Dejo caer un beso sobre los labios de Seb, me zafo de su abrazo, agarro mis bragas desechadas y me dirijo al pasillo.

—¿Han visto a Toby hoy? —pregunto antes de entrar en nuestra habitación.

—Sí —dice Nico—. Está bien. Sólo aburrido. —Asiento, contenta de que no haya estado solo, y me deslizo hacia el dormitorio, pero no antes de que Nico continúe—. Debería salir en unos días. Tampoco es que lo esté deseando.

—Puede venir aquí —ofrece Seb, regalando alegremente otra de las camas de Theo.

—¿Y escucharlos follar cada diez minutos? Seguro que prefiere arriesgarse con el cabrón de su padre —suelta Alex.

Mientras me dirijo al baño, el celular de Seb se enciende en la cómoda y no puedo evitar reírme cuando lo miro y veo la vista previa.

Theo: Te odio, joder.

~~~

—¿Estás realmente segura de que quieres hacer esto? —Seb pregunta por millonésima vez desde que nos despertamos.

Apenas nos hemos movido desde que abrí los ojos y me encontré con que me miraba mientras dormía. Parece ser su nueva afición, y no sé si me encanta o me asusta por completo.

—Sí —le aseguro, ladeando la cabeza para mirarle.

Levanto la mano y le paso los dedos por la frente, intentando alisar las arrugas de la preocupación.

—Todo va a salir bien.

—Agradezco tu positivismo, pero hay muy pocas posibilidades de que sea así.

—Tus hermanas son increíbles, Seb. Y no puedo esperar a conocer a Phoebe.

Una sonrisa se dibuja en sus labios al mencionar a su sobrina.

No tardé mucho en averiguar quiénes eran las dos hermosas mujeres de cabello oscuro que aparecieron en mi habitación del hospital el lunes por la mañana. Ambas compartían los mismos ojos misteriosos que el tipo que estaba a mi lado.

Ambas estaban prácticamente emocionadas por conocerme, a pesar de que los dos estábamos en camas de hospital.

Sabía que iban a ser increíbles por la forma tan cariñosa en que Seb habla de ellas, pero nada podría haberme preparado para lo adorables, comprensivas y protectoras que eran con su hermano menor.

Se me encogió el corazón al ver la profundidad de su amor por él, incluso en el poco tiempo que pasamos juntos. Después de todas las pérdidas que ha sufrido, y el dolor continuo con su madre... no pude evitar amarlos a ambos al instante.

Y, afortunadamente, ellas también parecían aprobarme.

Nunca había conocido a la familia de un chico. Demonios, nunca he tenido un novio serio. El día que llamé a Seb así para asustarlo, me golpeó igual de fuerte.

Mudarse con él debería haber sido el gran paso, pero todo lo relacionado con eso me parecía bien. ¿Pero darle ese título? Se sentía tan oficial. Tan real. Pero tan correcto al mismo tiempo.

—Yo también quiero que la conozcas, pero… —dice Seb, sacándome de mis pensamientos.

—Lo sé, Seb. Pero nunca te juzgaría a ti, a ella, a ninguno de ustedes por cómo ha lidiado -cómo está lidiando- con todo esto. Quiero ser parte de tu vida, lo bueno, lo malo y lo feo, si eso es lo que quieres también.

—Lo es. Es sólo que nunca…

—Confía en mí —le insisto, mirándole fijamente a los ojos oscuros—. Nada me asustará ahora. Ya he visto casi todo lo malo.

—¿Sólo la mayoría?

Se me dibuja una sonrisa en los labios.

—Estoy segura de que hay muchas otras mierdas que has hecho y de las que aún no me has hablado. Como cuánta gente has matado y cómo lo hiciste.

Se ríe ligeramente, pero no me da las respuestas que estoy buscando. Si cree que un gran número de cadáveres va a hacer que me aleje de él, está claro que no me conoce muy bien.

—Hoy no es el día, nena —respira, agachándose y rozando mis labios con un beso suave y burlón.

—No puedes distraerme con sexo, Sebastian —le reprendo, aunque al pronunciar las palabras, mi cuerpo se inclina automáticamente hacia el suyo, amoldándose a su costado.

—¿Ah, sí? ¿Quieres apostar? —Se ríe entre dientes mientras me acaricia el cuello, poniéndome la piel de gallina.

—Eres una mala influencia —le digo mientras me tumba boca arriba y me mira fijamente a los ojos.

—Lo intento. Ahora deja de distraerme, tengo hambre—. Me guiña un ojo antes de descender por mi cuerpo y hacerme gemir.

Mi risa se interrumpe cuando me abre las piernas y hunde su cara entre ellas.

~~~

Para cuando llegamos -tarde- a casa de la familia de Seb, tengo las piernas como gelatina y juro que podría echarme la siesta el resto del día.

Su mano aprieta la mía cuando nos acercamos a la puerta principal. No necesito mirarle para saber que está nervioso.

—Está bien, Seb. No necesitas…

—Ya era hora —anuncia Zoe, abriendo la puerta de par en par y sonriéndome—. Te ha traído de verdad. —Me abraza como si fuéramos amigas de toda la vida, y me sobresalto ante su amabilidad. No estoy acostumbrada a muestras de afecto tan evidentes, sobre todo con alguien a quien acabo de conocer.

—Vamos, la cena está casi lista.

—¿Yorkshires? —pregunta Seb cuando entramos y nos quitamos los zapatos.

—No tienes fe, hermano —dice Zoe alegremente.

—Hay una razón —murmura Seb.

Miro a los dos con una sonrisa en la cara. Me encantan sus bromas, pero aún más, me encanta la mirada de pura adoración en los ojos de ambos cuando se dan pena el uno al otro. Es un alivio ver que Seb tiene ese tipo de amor en su vida, aunque la situación de sus padres esté más que jodida.

La casa es bonita. Es más pequeña que la de papá, y desde luego más pequeña que las dos casas de la finca Cirillo, pero sigue siendo impresionante. Y estoy segura de que con un poco de cariño podría volver a ser un hogar increíble, pero tal y como está, está totalmente maltratada. Entiendo por qué; no puedo imaginar que el mantenimiento de este lugar haya sido precisamente una de las prioridades de todo el mundo.

—Prepárate —susurra Seb antes de que pasemos a la cocina.

—Miren quién nos ha honrado por fin con su presencia —anuncia Zoe, asegurándose de que todas las miradas se vuelven hacia nosotros.

—Stella —respira Sophia, dejando los guantes de horno en la mano y acercándose también para abrazarme.

—Hola, me alegro de volver a verte.

En cuanto me suelta, me agarra por los brazos y me sujeta mientras me estudia. Me arden las mejillas al saber que probablemente reconocerá el corrector de mi cuello, que no disimula muy bien las marcas que Seb ha dejado en mi cuerpo esta mañana.

—Sebastian —gruñe, confirmando mis sospechas—, se supone que estás descansando.

—No te preocupes, hermanita. Stella me mantuvo en reposo —bromea, se acerca al horno y me deja pasmada cuando empieza a comprobar las cosas.

—¿Siempre hace lo mismo? —le pregunto divertida mientras saca la leche del frigorífico y la deja junto a una jarra y unos huevos.

—Espera —murmura Sophia—, probablemente estés a punto de aprender algo nuevo sobre tu chico.

Estoy tan absorto viendo a Seb golpear a un bateador que ni siquiera me fijo en la chica morena que se acerca a nosotros.

—Mamá.

—Ven aquí, pequeña. Tienes que conocer a la novia del tío Sebby.

Oír a otra persona llamarme así me llena la barriga de mariposas.

Aparto los ojos de Seb una vez más y vuelvo a mirar a su sobrina.

—Hola, guapísima —la arrullo, y ella me dedica una amplia sonrisa y me tiende los brazos.

Sophia se ríe de su hija, que se contonea en sus brazos para liberarse.

—Creo que le gustas. Parece que Seb no es el único bajo tu hechizo.

Mientras agarro a Phoebe de los brazos de Sophia, oigo a Seb murmurar:

—Sabía que esto era una mala idea.

—Ignora a tu tío gruñón —le digo a Phoebe con voz de bebé—. Sólo está enfadado porque le superan en número todas estas mujeres impresionantes.

—¿Impresionantes? —Seb se burla.

—Sabes que habla con sentido, hermanito —dice Zoe, dándole una palmada en la cabeza con una espátula.

Saco una de las sillas de la mesa y me siento con Phoebe aún en brazos.

—¿Dónde está mamá? —Seb pregunta vacilante.

—Arreglándose —dice Sophia, abriendo el horno para ver qué hay dentro.

Dejándoles un poco de intimidad, vuelvo a mirar a Phoebe y empiezo a decirle tonterías mientras los demás siguen moviéndose por la cocina como una máquina bien engrasada, charlando y poniéndose al día unos con otros.

Sólo unos minutos después siento un cosquilleo en la piel y, cuando levanto la vista, lo encuentro apoyando el culo en la encimera, mirándome con algo parecido al asombro en los ojos.

Hola —digo sonriéndole.

—Hola. —Sonríe y se muerde seductoramente el labio inferior con los dientes. Es totalmente inapropiado para nuestra compañía, pero no puedo evitar que el dolor de la necesidad -a pesar del número de orgasmos que ya me ha provocado esta mañana- me apriete el bajo vientre.

—Tienen que dejar de follar… a los…. —Las palabras de Zoe vacilan cuando su hermana mayor le lanza una mirada mordaz—. De mirarse a los ojos.

—¿Te estamos incomodando, Zo? —Seb pregunta con un brillo malvado en los ojos mientras empuja desde el mostrador—. Quizás deberías ser menos rara. Algún chico podría estar interesado entonces.

Estoy a punto de reprenderle por darle cuerda a su hermana, pero no tengo oportunidad porque ya ha cerrado el espacio entre nosotros. Me agarra por la barbilla y me besa con fuerza.

—¿En serio? —murmura Zoe.

No se retira hasta que me quedo sin aliento y me retuerzo en el asiento. Es totalmente inapropiado con un niño pequeño en el regazo, pero no me importa. Sobre todo, cuando miro hacia abajo y veo que Phoebe nos mira con una sonrisa bobalicona.

—Creo que te aprueba, Diablilla—

—Creo que está completamente enamorada de ti —le digo mientras ella le mira como si literalmente le hubiera colgado la luna.

—Bueno, sí. Eso es porque soy jo… —Otro gruñido rasga el aire—. Alucinante —termina Seb, clavando a su hermana una mirada de muerte—. Ven aquí, preciosa.

—No, no deberías…— Seb ignora mi argumento mientras me arranca a Phoebe de los brazos y se sienta con ella en la silla a mi lado.

Sus risitas contagiosas llenan la cocina mientras él le hace cosquillas. Ambos sonríen de oreja a oreja y eso me derrite el corazón.

Cuando siento que me miran, alzo la vista y veo que Sophia y Zoe nos observan con una expresión similar.

Hasta que unos pasos suenan desde algún lugar más allá de la cocina y todo el mundo se tensa visiblemente.

—Todo irá bien —le susurro a Seb, acercándome para apretarle la mano.

CAPÍTULO 6

Sebastian

El corazón me late por todo el cuerpo mientras los pasos de mamá se acercan.

Sophia y yo compartimos una mirada, y encuentro la misma aprensión en sus ojos.

Su expresión me aterra, porque sé que ya ha visto de qué humor está mamá y no quiero que todo esto sea un desastre. Me gustaría que conociera a Stella y que fuera normal. Sólo una vez.

Pero temo que sea pedir demasiado.

En cuanto los pies de mamá tocan el pasillo, dejo de respirar.

Parece que tarda una eternidad en comunicarse con nosotros, pero cuando lo hace y consigo verla, respiro aliviada.

Se ve… bien. Realmente bien.

Es casi demasiado bueno para ser verdad.

—Seb, hijo mío —dice con una amplia sonrisa en la cara.

Miro a Sophia, que se encoge de hombros en plan *déjate llevar* y empujo para ponerme en pie con Phoebe aún en brazos.

—Hola, mamá. —Cierro el espacio entre nosotros y dejo caer un beso en su mejilla hundida.

Puede que tenga buen aspecto, mejor del que le he visto en bastante tiempo, pero eso no quiere decir que parezca sana. Sus ojos siguen siendo oscuros, su piel de un extraño color gris y sus labios finos y fruncidos. Está claro que no se encuentra bien, a pesar del esfuerzo que ha hecho para disimularlo.

—¿Dónde está tu…? —Recorre la cocina rápidamente antes de que sus ojos se posen en Stella, escondida en un rincón de la mesa—. ¿Chica? —suspira, toda su cara se ilumina.

No puedo evitar sonreír también, porque Stella parece más torpe de lo que nunca la he visto.

Parece que conocer a mis padres, o al menos a mi madre, es lo único que rompe su dura coraza.

—Hola —chilla, mirando entre mamá y yo nerviosamente—. Soy Ste…

—Stella, lo sé, cariño. He oído hablar mucho de ti.

—¿O-oh? —balbuceo. Apenas he hablado con ella desde que apuñalaron a Stella, así que sé que no ha salido de mí.

Mamá mira a Sofía y yo encuentro mi respuesta.

—H-hola, Helen. Encantada de conocerte. —Stella se levanta de la silla y se acerca torpemente a mamá, que inmediatamente rodea a mi chica con sus frágiles brazos y la atrae hacia sí.

No puedo evitar reírme al ver la cara de asombro de Stella.

No sé muy bien qué esperaba de conocer a mamá, pero no la había pintado muy bien, así que no me sorprende su reacción.

—No puedo creer que mi chico por fin haya conocido a alguien. Y a alguien tan guapa como tú. —Stella retrocede de nuevo y se deja caer en su silla una vez más mientras yo bajo al suelo a una Phoebe que se retuerce—. Sabes, cuando llegue el momento, me vas a hacer unos nietos preciosos. Como mi pequeña Phoebe, ¿verdad, cielo? —dice mamá, agachándose hacia mi sobrina, que se tambalea hacia ella.

Miro a Stella y veo que tiene cara de horror.

—No te preocupes, no los espera pronto.

—¿No es así? —pregunta mamá, aún con cara de estar distraída con su nieta, pero escuchando claramente todo lo que ocurre a su alrededor.

—Ignórala —le digo a Stella, volviendo al horno para ver cómo están mis Yorkies cuando suena el timbre.

—¿Has probado antes uno de los *puddings Yorkshire* de Seb, Stella? —pregunta mamá, ocupando el asiento que dejé libre cuando entró.

—Eh… no. En realidad, no tenía ni idea de que podía cocinar.

—Sebastian —me reprende mamá—. Tienes que cocinar para tu chica. Cuidarla. Mantenerla feliz—.

—Demasiado ocupado manteniéndola con vida —murmuro, para diversión y horror de Sophia y Zoe.

—Me aseguraré de que lo haga. Hemos estado un poco ocupados.

—Ya veo —murmura mamá, mirando el cuello de Stella antes de volverse hacia mí—. Empiezo a preguntarme si eres un vampiro en secreto, querida.

Resoplo una carcajada. No tiene ni idea de lo cerca que está de la verdad.

—La cena está lista —anuncio feliz, esperando poner fin a esa línea de conversación. Cuanto menos sepan mi madre y mis hermanas de cómo nos divertimos Stella y yo, mejor.

—Estoy emocionada. Es mi primera cena asada como Dios manda.

Mamá me lanza una mirada mordaz, pero no hay malicia detrás, solo burla.

—Prometo que cocinaré para ella pronto. Podemos mandar a Theo fuera, necesita algo de diversión.

—Sabes que siempre son bienvenidos aquí —dice mamá, haciendo que mi interior se retuerza de culpa.

—Lo sé, mamá —digo, dejando un humeante cuenco de patatas mientras Sophia trae su dorado pollo asado.

Un fuerte estruendo en el pasillo nos sobresalta a todos. Stella abre mucho los ojos y se levanta de un salto; su mano va hacia la pistola que sé que lleva guardada en la parte trasera de los vaqueros casi tan rápido como yo voy a por la mía.

Puede que sea exagerado para una cena con mi familia, pero no me arriesgaré.

Unos pasos fuertes se dirigen hacia nosotros mientras todo el aire parece ser succionado fuera de la habitación.

Pero en cuanto aparece una persona, respiro aliviado.

—Retírate, Sebby —dice Jason, marchando y yendo directo hacia mi hermana.

—Ugh…

—Lo has conseguido —exclama Sophia mientras Phoebe balbucea al ver a su papá.

—Claro que sí. Y encontré a este vagabundo merodeando en la entrada. No ibas a darle de comer, ¿verdad? —Jason pregunta mientras Carl se une a nosotros.

—Está destinado a la seguridad —señalo.

—Vamos, hermano. Tenemos suficiente potencia de fuego aquí para dominar a cualquier hijo de... —Mi hermana gruñe y todos nos reímos. Ella realmente está luchando una batalla perdida aquí—. Hijo de puta —Jason señala, para nuestra diversión—. Deja que el hombre coma.

—Claro —concedo, señalando una silla libre—. Porque así es mejor. Te traeré un plato.

—Te lo agradezco, amigo —dice, más agradecido de lo que esperaba. Quizá era un poco mezquino esperar que se quedara fuera solo.

Jason y Carl están prácticamente rebotando en sus asientos esperando para emplatar cuando vuelva.

—Las damas primero —dice Sophia, reprendiendo a los chicos.

En sólo unos segundos, todos -o las damas al menos- se lanzan al agua.

Me siento a ver cómo Stella llena su plato, con los ojos muy abiertos mientras se concentra en la comida. No habíamos comido antes de venir aquí -bueno... yo sí, pero no comida de verdad-, así que sé que tiene que estar tan hambrienta como yo.

Como si percibiera mi atención, levanta la cabeza antes de dar el primer bocado y sus ojos encuentran los míos de inmediato.

La sonrisa que ilumina su rostro me derrite el corazón.

Verla aquí, tenerla en medio de mi jodida familia… hace que me duela el corazón de la forma más increíble.

—Te quiero —digo por encima de la mesa, haciendo que su sonrisa se ensanche antes de corresponderme.

Recorro con la mirada a todo el mundo y la satisfacción se apodera de mí.

Mamá incluso parece feliz mientras come y, por primera vez en… una eternidad, me pregunto si realmente existe la posibilidad de que cambie las cosas. Si la presencia de Stella podría tener algún extraño poder curativo para ella, como lo hizo conmigo.

En la mesa retumba una conversación fácil y Carl se une a ella como si siempre hubiera estado aquí. No me hace mucha gracia que se acerque demasiado y presencie a mamá si tiene un ataque de nervios, pero tal y como están las cosas, parece que está aguantando. Ni siquiera está bebiendo. Nadie lo hace, en realidad.

No es hasta que se sirve el postre cuando todo se va a la mierda.

Una fuerte alarma suena en algún lugar del exterior y Stella se levanta de un salto, reconociendo claramente el sonido.

—Mi carro —suelta asustada, corriendo hacia la entrada de la casa.

Jason, Carl y yo le pisamos los talones.

—Stella, espera, podría ser una… trampa —le digo, sabiendo que es demasiado tarde porque ella ya está de pie en medio de la calzada, gritando de frustración.

—Hijo de puta —grita, girando sobre sí misma como si fuera a encontrar al culpable.

No tiene sentido. Creo que todos sabemos que ya hace tiempo que se fue.

—Joder. Esto es culpa mía. No debería…

—No debías saberlo —le digo a Jason, aunque tengo que forzar las palabras entre dientes apretados, porque él suele ser jodidamente más listo que esto.

Supongo que todos pecamos de ingenuos al no esperar que pasara algo aquí.

Stella echa humo en silencio mientras contempla los neumáticos rajados y la ventana destrozada de su bebé.

Me acerco a ella y le pongo la mano en la parte baja de la espalda.

—Ese puto enfermo nos está vigilando. Siguiéndonos —gime.

—Lo sé. Te dije que debería haber conducido.

Aspira, a punto de estallar, pero en cuanto me mira a los ojos, la lucha la abandona.

—Lo siento, cariño —susurro, rodeándola con mis brazos y abrazándola con fuerza.

—¿Por qué? No es culpa tuya.

—Aún no lo he atrapado —murmuro, incapaz de detener la sensación de fracaso que me invade. Debería estar protegiéndola, pero él no para de recibir golpes, y ninguno de nosotros lo ve venir.

—Esto no depende de ti, Seb. Lo encontraremos juntos. Lo mataremos juntos.

Un gemido retumba en mi garganta ante la imagen que arrastran sus palabras.

—Eso es algo con lo que puedo estar de acuerdo.

Meto los dedos bajo su barbilla y rozo sus labios durante un instante, consciente de que toda mi familia nos está mirando.

—¿Crees que Theo me dejará conducir su Ferrari mientras lo arreglan? —pregunta Stella con un brillo travieso en los ojos.

Sacudo la cabeza y me río de ella.

—Buen intento, nena.

Se encoge de hombros y vuelve a mirar a su querido Porsche.

—Carl, ¿puedes arreglar esto? —pregunto, cogiendo la mano de Stella y llevándomela. Su pobre bebé lo ha pasado fatal las últimas semanas.

—Claro que sí.

—¿Qué pasa? —Mamá pregunta en cuanto entramos en casa. Tanto Sophia como Zoe están al tanto de todo lo que ha pasado, pero claramente decidieron mantener a mamá al margen. Sabias.

Como parece que le va tan bien, lo último que queremos es que vuelva a bajar tan pronto.

—Sólo un tipo que intenta intimidarnos. Nada que no podamos manejar.

—Sebastian —grita Sophia desde la cocina, obligándonos a todos a movernos.

—¿Qué pasa?

Estudio el peluche estropeado de Phoebe en su mano.

Le han arrancado los ojos y tiene un enorme tajo en el vientre por el que sale todo el relleno.

—La puerta trasera estaba abierta —dice Zoe, sin necesidad de darnos más pruebas de que estaba aquí. Dentro de nuestra casa.

Un violento escalofrío me recorre la espalda.

—Sebastian, ¿qué está pasando realmente?

—Joder —murmuro, restregándome la mano por la cara.

Esta vez, Sophia no se queja de mi lenguaje. En su lugar, una expresión de preocupación se dibuja en su rostro.

Lo entiendo. Yo también lo siento.

—Probablemente deberías llevar a Phoebe a casa. No la queremos cerca de esto. —*No queremos convertirla en un objetivo.* Me guardo ese último pensamiento para mí. No hace falta decirlo.

Todos sabemos lo que está en juego.

Sería jodidamente útil si supiéramos lo que este hijo de puta realmente quiere.

Pensé que era Stella.

Pero luego me desconcertó cuando me envió esa foto de ella, permitiéndome encontrarla.

¿La quería muerta, o se suponía que debía encontrarla aun respirando?

¿Era una prueba? ¿Intentaba averiguar cuál era realmente mi lealtad hacia ella?

El agotamiento pesa sobre mí mientras miro fijamente a mi hermana.

—Sí —está de acuerdo—. ¿Vas a estar bien? ¿Y mamá? ¿La llevo conmigo?

Miro hacia donde está sentada en la mesa junto a Stella.

Quiero decir que sí, pero ya sé que no vale la pena luchar.

—Ella no irá contigo, y ambos lo sabemos.

—Lo sé —suspira mi hermana con tristeza.

—Jase, Carl y yo revisaremos la casa antes de que te vayas. Prueben la alarma y asegúrense de que ella la active. Pero no es a ella a quien quiere este puto enfermo. Es Stella—. *Pienso*. Si es tan listo como está resultando ser, debería saber que hacerle daño a mamá no le va a llevar muy lejos. Especialmente cuando todos esperamos despertarnos una mañana y descubrir que tiene una sobredosis.

Ella asiente.

—Bien. Empezaré con este lote.

La dejo para que se deshaga del peluche estropeado y empiece a limpiar la cocina, y me vuelvo hacia mamá y Stella.

Suelto un suspiro y arrastro una silla.

—¿Están bien los dos?

~~~

Para cuando hubimos limpiado el desastre que habíamos hecho en la cocina y nos aseguramos de que la casa era segura, me dolía el hombro -no es que fuera a admitirlo abiertamente- y estaba más que preparada para llevarme a mi chica a casa.

Seguro de que mamá estaba a salvo y de que no iba a hacer ninguna estupidez, Carl nos llevó a los dos a casa, prometiéndonos que el bebé de Stella volvería como nuevo.

Theo había salido, así que después de indicarme que sentara el culo en el sofá, Stella nos preparó a los dos un impresionante chocolate caliente con todos los aderezos, se sentó a mi lado y se quedó mirando lo que fuera que hubiera puesto en la tele sin pensar.

La melancolía recorre la habitación, la televisión apenas se oye mientras nos perdemos en nuestros pensamientos.

—Esto no va a terminar, ¿verdad? —Stella dice tristemente después del tiempo más largo de sólo abrazar su taza en sus manos.

—Por supuesto que lo es. Somos más listos que él—. Aunque las palabras me saben amargas en la lengua al pronunciarlas. Está demostrando que, de hecho, es más listo que nosotros una y otra vez.

—No parece que nos esté llevando muy lejos ahora mismo, Seb.

—Lo sé. Yo sólo… —Me quedo sin palabras, sin tener realmente nada que decir—. Evan está comprobando las grabaciones de seguridad en casa de mamá, a ver si podemos ver algo. Si no, sólo tenemos que confiar en que podemos ser más astutos que él en algún momento.

Stella traga saliva nerviosa.

—Tenemos que salir y darle oportunidades para atacar. No podemos permitir que nos siga a la escuela con esta mierda. No podemos poner todas esas vidas en riesgo.

—De acuerdo. Pero no creo que sea tan estúpido como para intentar algo en la escuela. La seguridad en ese lugar es una locura.

—¿Así que estás diciendo que tal vez ese es el lugar para atraparlo?

—Tal vez. Pero tienes razón sobre todos los demás. Ya ha causado suficiente daño.

Suelta un suspiro y vuelve a acomodarse en los cojines, apoyando los pies en mi regazo.

—Odio esto —dice, sonando agotada.

—Mejorará. Te lo prometo, joder.

CAPÍTULO 7

Stella

El viernes por la tarde, todo empezaba a ser demasiado. Toby seguía en el hospital a pesar de que le habían dicho que pronto le darían el alta. Seb y yo nos pasamos toda la semana fuera de casa, vagando sin rumbo por Londres con la esperanza de sacar a este cabrón de su escondite, forzando que ocurriera algo.

Y no ha pasado nada.

Y me estoy volviendo loca.

Sé que lo hace a propósito para asustarme. Es como ha funcionado en el pasado. Lo deja el tiempo suficiente para que yo piense que se aburrió y encontró a alguien más para atormentar, y luego boom, ahí está, explotando mierda justo en frente de mi cara. Quiero decir, no literalmente. Al menos, todavía no.

Creo que todos los demás se sienten un poco igual, porque es el comienzo del fin de semana y todos estamos holgazaneando en casa de Theo, bebiendo cerveza. No creo que sea la forma habitual que tienen los chicos de pasar un viernes por la noche, sobre todo Nico y Alex, que parecen ser los más fiesteros del grupo.

Estoy a punto de sugerir que hagamos algo cuando todas sus células hacen ping simultáneamente.

Miro a Seb y veo cómo saca el celular de su chándal y se queda mirando la pantalla al mismo tiempo que todos los demás.

—Deberíamos irnos —dice Nico.

—¿Ir a dónde? —pregunto, sintiéndome excluida.

Seb me pasa su móvil, para lo que sirve, porque lo único que encuentro es una dirección que me devuelve la mirada desde un número desconocido.

—Útil —murmuro, devolviéndoselo.

—Es para una pelea —dice Theo, completando algunos de los espacios en blanco.

—¿Como una pelea clandestina? —pregunto, mi interés más que despertado.

—Sí. Es en una hora en un viejo hotel al otro lado de la ciudad.

—Entonces… ¿a qué estamos esperando? Nico tiene razón, deberíamos irnos.

—No estoy seguro de que sea…

—Seb —digo, acercándome al borde del sofá—. Tenemos que salir. Tenemos que sacar a este cabrón de su escondite. Y no puedo imaginar una mejor manera de pasar nuestro viernes por la noche que ver a un par de tíos dándose una paliza.

Frunce el ceño.

—¿En serio? —pregunta, con los ojos oscurecidos por otras ideas sobre cómo podríamos pasar la noche.

—¿Sabes quién está luchando? —pregunta Theo a Alex.

—No. Aunque Xander ha estado buscando otra oportunidad en el ring, así que tal vez él.

—Nos vamos —anuncio, poniéndome en pie de un salto y apoyando las manos en las caderas, esperando a que uno de ellos -Seb principalmente- discuta.

Pero para mi sorpresa, cuando habla no hay discusión.

—Ya has oído a la princesa. Pon tus cosas en orden.

—Dame treinta, necesito cambiarme.

Me miro el chándal y la sudadera de gran tamaño y me estremezco. Sí, definitivamente tengo que cambiarme.

Theo me llama la atención mientras me doy la vuelta y se me ocurre una idea.

En cuanto llego al dormitorio, agarro el celular y le envío un mensaje a Emmie.

Este tipo de cosas llevan su nombre por todas partes.

Stella: ¿Quieres salir?

Emmie: ¡SÍ! Estoy aburrida. ¿Adónde vamos?

Considero su pregunta por un momento, con el dedo golpeando el lateral de mi móvil.

Stella: Es un secreto, pero creo que te encantará.

Emmie: Oh, misterioso. ¿Qué llevo puesto?

Stella: Tu mierda normal. Te recogeremos en 45 minutos.

Me manda un pulgar hacia arriba y yo dejo el celular para prepararme.

Corro al baño y me doy la ducha más rápida de mi vida antes de ponerme una camiseta vieja de un grupo de música, unas mallas y unos calzoncillos que apenas me cubren el culo.

Después de rizarme el pelo, que necesita desesperadamente un refrescamiento -el plateado se está desvaneciendo y dejando al descubierto los tonos más cálidos de debajo que desterré hace unos años-, me maquillo los ojos de negro y me pongo el rojo más oscuro que tengo en los labios.

Me estoy rociando con mi perfume favorito cuando Seb se cuela en la habitación.

—Vaya, ¿ahora tomas prestada la ropa de Emmie?

Me doy la vuelta para mirarle y entrecierro los ojos.

—Qué raro. ¿Vas así? —le pregunto, echando un vistazo a su sudadera gris, que me deja entrever lo que lleva debajo.

—Mirándome así, haces que no quiera ir a ningún sitio que no sea esta habitación, Diablilla.

—Contrólate, Sebastian. Vamos a salir. Quiero ver a algunos chicos malos perder algo de sangre.

Se pasa la camiseta por la cabeza y se quita el chándal, mostrándome todo lo que tiene, ya que va en plan comando, se pone unos calzoncillos y busca ropa limpia.

—Te pasa algo, lo sabes, ¿verdad? —pregunta con voz burlona.

—Se necesita uno para conocer a otro.

Sentada en el borde de la cama, me calzo las botas moteras de tacón y me subo las hebillas.

—¿Alguna vez has estado en el ring?

—No para una pelea de verdad. Sólo he entrenado con los chicos. Aunque Alex, Daemon y Nico pelean.

—¿Ah, sí? —Sabía que tenían habilidades desde el día que entrenamos en el gimnasio, pero nunca se me ocurrió que podrían pelear de verdad.

—No aceptan peleas durante la temporada de fútbol porque el entrenador les da por el culo cuando aparecen medio muertos después.

—¿Entonces no son muy buenos? —Me quedé mudo.

Se ríe entre dientes.

—Sí, de hecho, lo son.

Asiento, me pongo en pie una vez más, cojo el bolso y me lo echo al hombro.

Me acerco a Seb por detrás y le rodeo la cintura con los brazos, apoyando la barbilla en su hombro gracias a los centímetros de más que me proporcionan mis botas.

—Hola —digo, captando sus ojos en el espejo que hay frente a él.

—¿Por qué tengo la sensación de que estás a punto de pedirme algo que no me va a gustar?

—Porque lo soy —respondo con una sonrisa.

—Continúa.

—Vamos a recoger a Emmie de camino.

Deja escapar un suspiro.

—¿De verdad?

—Sí. Es totalmente lo suyo, ¿no crees?

—Probablemente —admite. —Los chicos no estarán contentos.

—Que se jodan los chicos. También es mi noche y quiero a una de mis chicas allí.

—¿No podías haber invitado a Calli?

—¿Crees que tendría algún interés en ver a un par de chicos dándose una paliza?

—Ni por un segundo, pero al menos no tendríamos que aguantarla a ella y a Theo echándose el ojo toda la noche.

No puedo evitar reírme.

—Tal vez deberíamos enviarlos al ring. Hacerles discutir lo que sea que esté pasando entre ellos.

—Es noche de lucha, nena. No noche de porno en vivo.

Le suelto de la cintura y le golpeo el hombro juguetonamente.

—Eres una pesadilla.

—Puedes darle la noticia a Theo.

—O podemos enviarlo con los demás y apareceremos con su sorpresita a cuestas.

Seb sacude la cabeza divertido.

—Estás jugando con fuego —le advierte.

—Sí, es divertido. Ahora vámonos. —Abro la puerta de un tirón y salgo por ella hacia donde siguen esperando los chicos.

—Mierda —suelta Alex antes de casi atragantarse con su cerveza.

Nico le da una palmada en la espalda, demasiado fuerte, para ayudarle.

—Sí, creo que lo has pillado, joder —se queja, dándole un puñetazo en el hombro a Nico.

—Estás buenísima, princesa —dice Nico, recorriendo perezosamente mi cuerpo con la mirada.

—¿Quieres llegar a la puta pelea? —Seb gruñe desde detrás de mí.

—Muy bien, cálmate de una puta vez, amigo. Apenas la he doblado sobre el sofá y me la he follado—.

—El hecho de que estés pensando en ello ya es bastante malo —murmura Seb.

—Joder —dice Theo, recogiendo las botellas y tirándolas en la cocina—. Vámonos antes de que acabe aquí la noche de las peleas.

Agarra una chaqueta y pasa los brazos a través de ella antes de sacar su pistola del cajón y meterla en la parte trasera de sus pantalones.

—¿Tienes la navaja? —Me pregunta Seb, y yo palmeo mi bolso.

—La tengo en el bolsillo.

—Bien. Stella y yo conduciremos por separado. Nos encontraremos allí —dice a los demás mientras bajan las escaleras hacia el garaje.

—¿Por qué? —Alex responde—. ¿Necesitas hacer una parada para un poco de tiempo a solas?

—No. Lo habríamos hecho encantados ahora mismo con todos ustedes escuchando.

—Sí, no lo sabemos, joder —grita Theo.

—Los celos no son una buena mirada, hermano. Tal vez podamos encontrarte una chica esta noche.

—¿En una pelea? Jodidamente improbable.

—Ya veremos —susurro, lo suficientemente bajo como para que sólo Seb pueda oírme.

Se encoge de hombros y yo me río complacida.

Alex y Nico suben al Maserati de Theo, y Seb me abre la puerta del acompañante mientras yo miro el Ferrari de Theo con nostalgia.

—Muchas gracias, amable señor —me burlo cuando vuelvo a centrar mi atención en él.

Mi culo está a sólo unos segundos de golpear el cuero cuando él alarga la mano y me agarra por la garganta.

Sus ojos pasan entre los míos y mis labios oscuros mientras mi ritmo cardíaco se acelera.

—Si quieres amabilidad, Diablilla, estás con el tipo equivocado.

Le sonrío, retándole a que lo demuestre.

—Más tarde —respira, leyendo mis silenciosas palabras.

Me suelta y yo caigo de bruces en el asiento soltando un gemido de frustración.

—¿Estás bien? Me lanza una mirada malévola mientras se deja caer en el asiento de al lado y arranca el carro, con sus sensuales manos enroscándose en el volante y haciendo locuras en mi interior.

Me muerdo el labio inferior mientras imagino lo que sentirían esos dedos, abriéndome y…

—Diablilla —gruñe Seb.

Reprimiendo mis facciones, aparto los ojos de él y miro por el parabrisas.

—Vamos a llegar tarde.

No necesito mirar para saber que me está sonriendo. Puedo sentirlo.

Al cabo de un rato, sale del garaje y se dirige hacia la parte de Emmie en la ciudad.

Vive al otro lado del Colegio Knight's Ridge. Desde que busqué un poco en Google después de que confesara quién es su abuelo, he descubierto que vive justo en el límite del territorio de los *Royal Reapers*, mientras que nosotros, obviamente, estamos justo en medio del de la Familia Cirillo.

Mi necesidad de saber si Seb sabe con quién está emparentada Emmie es casi demasiado grande a medida que nos acercamos a su casa, pero casi consigo tragarme la pregunta. Algo me dice que, si lo supiera, diría algo al respecto. Me siento culpable por no habérselo contado, pero luego pienso que no es mi secreto. Es la vida de Emmie y respeto su necesidad de mantenerla alejada de los chicos.

Encontré algunos viejos artículos de periódico de hace unos años que aludían al hecho de que los *Reapers* y los Cirillo tienen algo de mala sangre en su pasado, y odiaría ser la razón por la que los chicos-Theo- tuvieran más problemas con Emmie. Asumiendo que *él no* sepa ya exactamente quién es ella.

La puerta trasera del coche abriéndose me sobresalta.

—Hola, zorras —dice Emmie alegremente, dejándose caer en el asiento trasero.

—¿Estás bien? —susurra Seb, dándose cuenta de que me he perdido un poco en mi propia cabeza.

—Sí, estoy bien. —Le sonrío antes de girarme hacia la chica muy maquillada del asiento trasero—. Vaya, tu maquillaje está a punto, Em.

—Gracias. Estaba aburrido y lo hice antes de que me mandaras un mensaje. Estaba destinado a ser. Entonces, ¿a dónde vamos?

—¿Quieres ver a unos brabucones dándose de hostias?

—Depende de si es Theo el que recibe una patada en la cabeza —contesta, haciendo que Seb se ría a mi lado.

—Probablemente no, pero puedo ofrecerte a dos aleatorios haciéndolo.

—Supongo que tendré que tomar eso, entonces. ¿Qué es esto, alguna mierda de mafia clandestina?

—No —responde Seb—. ¿Has oído hablar de El Circuito?

—Joder, ¿vamos a ir a una pelea de Circuitos? —pregunta, sonando de repente más emocionada de lo que nunca la he oído—. ¿Los invitaron?

—Claro que sí.

—Imbéciles con suerte. He estado tratando de entrar en la lista desde siempre.

—Claramente tienes los contactos equivocados.

Los ojos de Emmie se cruzan con los míos en el espejo. Su gratitud por no haberle dicho a Seb quién era se refleja claramente en sus ojos.

El trayecto hasta el local es corto y, segundos después de aparcar en el aparcamiento improvisado en la parte trasera del hotel abandonado, los tres salimos del coche.

—¿Te parece bien dejarlo aquí fuera? —pregunto, mirando a los coches y motos destartalados que nos rodean.

—Sí, nadie se atrevería a tocarlo. —*Aparte de él.* Seb no necesita decir esas palabras. Las oigo alto y claro.

—Aquí hay muchas motos —comenta Emmie, mientras recorre con la mirada la variedad de modelos.

—El Circuito atrae a luchadores del MC local, así como a nosotros y a algunas otras organizaciones.

—¿Organizaciones? —pregunta Emmie con una ceja levantada.

—Bien. Pandillas. ¿Mejor?

—Mucho. Llamémoslo como es, ¿sí? Así que, un lugar lleno de moteros sedientos de sangre y mafia. ¿Qué podría salir mal esta noche? —pregunta con ligereza mientras nos dirigimos a una puerta custodiada por un par de tipos aterradores vestidos de cuero.

Seb se adelanta, reconociéndolos claramente, y Emmie se pone a mi lado.

—Esto podría haber sido una muy mala idea —susurra, subiéndose la capucha como si sintiera la necesidad de esconderse.

—¿A cuántos miembros del club conoces?

—No muchos, pero muchos me conocen.

—Mierda —siseo, dándome cuenta de que puede que no lo haya pensado bien—. Pero quieres estar aquí, ¿verdad?

—¡Claro que sí! Llevo años rogándole a mi tío que venga, pero por lo visto soy demasiado joven e inocente o algo así.

No puedo evitar soltar una carcajada.

—¿Tu tío te conoce de algo?

—Creo que es más que tiene miedo de la reacción de mi padre, para ser honesto. Papá no sabe que he estado saliendo con Cruz, y me matará si se entera.

—¿Si? —pregunto.

—Vale, cuando. Yo sólo… ugh… quiero saber quién soy. Mi historia.

—Créeme, lo entiendo. Así que pasamos la noche en las sombras.

—O simplemente me hago hombre y les digo a los chicos quién soy realmente. ¿De verdad crees que no lo saben?

—Está claro que Seb no —susurro.

—No, ¿pero lo hace Theo?

—Probablemente. Tengo la impresión de que ese imbécil lo sabe todo.

—Sí, es un poco así, eh. A la mierda —dice, quitándose la capucha—. A quién coño le importa si lo saben. Estoy segura de que nadie me reconocerá.

—Vamos, princesa Emmie —bromeo, ganándome una mirada asesina que estoy seguro haría acobardarse a muchos otros.

Un poco más alta, enlaza su brazo con el mío y finalmente nos reunimos con Seb, que me presenta, pero afortunadamente ignora a Emmie.

—Entonces, ¿quién pelea esta noche? —Emmie pregunta mientras bajamos las escaleras hacia el sótano.

A cada paso que damos, la temperatura aumenta y la excitación se hace más fuerte. El olor del viejo edificio olvidado se mezcla con el sudor masculino y hace que se me arrugue la nariz.

—Xander y Joker.

—Entonces será una buena noche —grita por encima de la música cada vez más alta que retumba debajo de nosotros. La seguridad en su voz demuestra que sabe de lo que habla, y Seb me lanza una mirada confusa.

Me encojo de hombros, pero no creo ni por un segundo que Emmie vaya a salir de esta noche sin ser descubierta.

No estoy segura de si será algo bueno o no. Esperemos que lo primero. Tal vez si Theo no lo sabe ya, descubrirlo podría hacer que la mire un poco diferente.

Sacudo la cabeza ante mis propios pensamientos. Son una gilipollez. Claro que lo sabe.

Nos envuelve la oscuridad al pie de las escaleras y nos rodea una espesa nube de humo, tanto de cigarrillo como de hierba.

—Dios —toso mientras se me humedecen los ojos.

—Pronto te acostumbrarás. Vamos, busquemos a los chicos y entreguemos el regalo de Theo.

Me río, enlazo mi brazo con el de Emmie y dejo que Seb nos arrastre hacia un bar improvisado construido con viejas cajas.

Con tres cervezas calientes en la mano, Seb sigue luchando entre la multitud, la mayoría de la cual ya está borracha y más que preparada para un poco de derramamiento de sangre.

Nos empujan y empujan mientras nos abrimos paso entre los cuerpos que están de pie frente al ring. Una vez que estamos casi a través, veo Theo, Alex, Daemon y Nico de pie en lo que parece una especie de zona VIP.

Sí, claro. Apenas puedo controlar la necesidad de poner los ojos en blanco mientras miro a los cuatro de pie como si fueran los putos dueños del lugar.

—¿Es un evento de Cirillo? —le pregunto a Seb al oído cuando por fin nos separamos de la multitud.

—No. El Circuito es neutral. Mickey usa luchadores de todas las organizaciones de Londres. Cualquiera que le traiga dinero. Pero esta pelea es en nuestro territorio, así que nos llevamos una parte de los beneficios y controlamos la seguridad, ese tipo de cosas.

—¿Así que todos sabían que esto iba a pasar antes de que llegara el mensaje? —pregunto con las cejas apretadas.

—No. Evan y Jonas trabajan con Mickey. Lo habrán ordenado todo. No nos enteramos automáticamente a menos que preguntemos, Alex, Daemon o Nico estén peleando, o nos necesiten por seguridad.

Asiento mientras nos acercamos a los demás, y no puedo evitar sonreír cuando la cara de Theo se transforma en una de pura furia al ver a la chica detrás de mí.

¿Cuál es su verdadero problema?

—Stella —gruñe.

—¿Qué? Traje a una amiga. Aguántate, Cirillo.

Sus ojos parpadean entre los míos y los de Seb como si estuviera esperando a que Seb qué... ¿me echara la bronca por pedirle que recogiera a Emmie?

Ugh. Gilipollas engreído.

—Da igual —murmura, nos hace un gesto con la mano y desaparece entre la multitud.

—Uh oh... parece que has pinchado al oso ya enfadado, Princesa —murmura Alex ligeramente.

—Tiene que superarse —murmuro, viendo cómo se lo traga la multitud.

Alex se encoge de hombros.

—Tu amigo lo vuelve loco.

—Es un capullo y estamos mejor sin él —anuncia Emmie, llevándose la botella a los labios—. ¿A qué hora es el evento principal? —pregunta, olvidándose por completo de la reacción de Theo hacia ella.

—Treinta minutos. Primero unos combates de calentamiento. —Nico hace crujir los nudillos como si se imaginara entrando él mismo en el ring.

—¡Chicos! —retumba una voz profunda cuando un tipo mayor, tatuado y de aspecto rudo se acerca a nosotros. Tiene cicatrices en la cara y una nariz que parece haberse roto demasiadas veces. Mickey, supongo.

—Mickey, ¿cómo te va? —Alex pregunta—. Mucho tiempo sin vernos.

—Tuvimos que agachar la cabeza tras el batacazo del último combate.

Mis cejas se levantan mientras escucho, intrigada.

—Fue una noche de locos.

—Bueno, crucemos los dedos para que esta noche sea un poco más tranquila.

—Joder, mejor, necesito el dinero después de ese espectáculo de mierda. ¿Así que por quién apostáis, chicos?

Me alejo cuando empiezan a hablar de las estadísticas de los luchadores y me vuelvo hacia Emmie, que tiene una sonrisa inusual en la cara.

—¿Qué te tiene tan contenta? —pregunto con una sonrisa. La suya es contagiosa.

—Esto. —He querido esto desde que sé que existe. Pero papá mantiene todo sobre este lado de nuestras vidas bajo llave. Cruz me está ayudando a descubrirlo todo, pero no está precisamente contento con ello. Algo me dice que en realidad tiene miedo de mi padre. Aunque nunca lo admitiría.

—Tu padre está en el club, ¿verdad?

Ella niega con la cabeza.

—No. Salió cuando mi madre estaba embarazada de mí. No quería esta vida para mí.

—¿Cómo le va?

—Bueno, ahora mismo, está demasiado ocupado con Piper para darse cuenta de lo que estoy haciendo. Así que yo diría que bien.

—¿Piper? —pregunto.

—Señorita Hill.

—Ooooh. Va a perder la cabeza cuando se entere. Apuesto a que es muy caliente cuando está enojado.

—Cállate, idiota. —Me da una leve palmada en el hombro, riéndose de mi comentario. —La verdad es que da mucho miedo, pero seguro que puedo con él—. Me guiña un ojo, y la cara de inocencia que pone me hace reír.

—¿Quién coño da miedo? —pregunta Seb, rodeando mi cintura con sus brazos, apretando su frente contra mi espalda.

—El padre de Emmie.

—¿Debería empezar a preocuparme por no ir en moto?

—Siempre hay tiempo para aprender. —Le doy una palmadita condescendiente en el brazo—. Ya tienes la tinta. Aunque un poco más no te vendría mal.

—¿Ah, sí? —me pregunta, con su voz profunda en mi oído, enviando una oleada de necesidad a través de mí—. ¿Estás lista para pelear, nena? —me dice.

—No estaba intentando… —digo riéndome cuando me gira para ver a dos luchadores, ambos vestidos sólo con pantalones cortos y las manos vendadas, que suben al cuadrilátero—. ¿El calentamiento?

—Sí, aunque se sabe que son bastante brutales. Considéralo una audición para el evento principal.

Y como si el luchador más cercano a nosotros oyera las palabras de Seb, vuela hacia el hombre ligeramente más pequeño, lanzándole un puñetazo tras otro hasta que cae rendido instantes después. El público enloquece, haciéndome estremecer mientras el ganador lo celebra con los puños en alto. El jodido engreído apenas ha sudado.

—Vale, eso fue…

—Brutal.

CAPÍTULO 8

Stella

Después de que el hombre ensangrentado y golpeado fuera arrastrado fuera del ring, aparecieron dos nuevos tipos que estaban mucho más igualados.

Fueron el calentamiento perfecto para el público que esperaba con impaciencia el combate principal.

Me subo a un gran cajón detrás de mí y Emmie me sigue, lo que nos da a las dos una vista mucho mejor, ya que casi todo el mundo dentro de este viejo y destartalado edificio es más alto que nosotros y nos bloquea la vista.

El edificio en sí no es muy diferente de aquel en el que celebramos la fiesta de Halloween, y eso hace que me recorra un hilillo de inquietud.

Debería sentirme segura sabiendo que la mayor parte de este lugar está lleno de hombres que nos protegerían felizmente tanto a mí como a Emmie -suponiendo que la reconozcan-, pero así es exactamente como estaba previsto que fuera también Halloween, y mira cómo acabó.

—Esto es jodidamente increíble —grita Emmie cuando el luchador que empieza a salir vencedor asesta un puñetazo de aspecto especialmente doloroso en la cara del otro, que ve cómo la sangre salpica el suelo, ya de por sí asqueroso.

Aparto los ojos de los luchadores mientras bailan unos alrededor de otros, y la veo rebotando en su asiento junto con ellos.

—Sí —estoy de acuerdo—. Lo es.

Busco a los chicos entre la multitud y veo a Seb hablando con Theo junto a la barra. Cada pocos segundos, mira para asegurarse de que estoy exactamente donde me dijo que me quedara.

Theo todavía parece cabreado. En realidad, parece más que cabreado. Incluso desde aquí, a través del lugar a oscuras y el humo, puedo ver que tiene la mandíbula apretada mientras escucha lo que sea que esté diciendo Seb.

—Hola —me dice una voz conocida, pasándome dos botellas nuevas de cerveza.

—Hola —digo, sonriendo a Daemon—. Hace tiempo que no te veo.

—He estado ocupado tratando de atrapar a tu acosador, Princesa.

—Bueno, te lo agradezco. ¿Cómo va todo? Los chicos no han dicho mucho.

—Eso es porque no hay mucho que contar. Las imágenes de seguridad de la casa de Seb sólo mostraban una figura oscura. Nada que apuntar a nadie —dice, repitiendo lo que ya sé—. Seguimos vigilando a la gente.

—Supongo que se refiere a los italianos, pero no quiero decirlo cuando inevitablemente nos rodeen unos cuantos.

—Si necesitas ayuda, estoy más que dispuesta a...

—¿De verdad crees que te dejaría hacer algo estúpido? —pregunta Daemon, asintiendo con la cabeza en dirección a Seb.

—No tiene el control para *dejarme* hacer nada.

Daemon me mira fijamente con una expresión ilegible en la cara, como si me estuviera retando a admitir que no lo sospechaba.

—Mira, quiero que atrapen a este hijo de puta. Ha hecho daño a demasiada gente que me importa.

Asiente una vez con la cabeza antes de que el rugido de la multitud interrumpa cualquier cosa que hubiera estado a punto de decir.

Miro hacia el ring y veo que el ganador lo está celebrando, mientras que el perdedor se marcha cojeando, con un aspecto bastante desmejorado.

La emoción que me rodea aumenta al saber que los dos próximos luchadores en el ring son los que todo el mundo ha estado esperando.

No tengo ni idea de quiénes son ni a qué bandas pertenecen, pero parece que nada de eso importa aquí esta noche. Todos están aquí por la misma razón, y parecen haber dejado cualquier rivalidad en la puerta.

La música sube de volumen mientras la gente empieza a corear, el alcohol y vete a saber qué más en sus sistemas hace que empiecen a perder el control.

Es un espectáculo estar sentado aquí, viendo a todos los brabucones perder la cabeza. Son como un montón de niños en una tienda de dulces.

Una vocecita interior quiere decirme que debería tener miedo. Emmie y yo sólo somos dos del puñado de mujeres que he visto aquí, pero no me preocupa lo más mínimo. Sé cuidar de mí misma y sé que los que me cuidan son más que capaces.

Seb nos alcanza justo a tiempo para que la multitud del otro lado se separe, y dos figuras oscuras y encapuchadas aparecen en la oscuridad a través de una densa nube de humo.

El miedo se apodera de mí, tensando todo mi cuerpo.

Los recuerdos de Halloween se agolpan en mi mente: yo corriendo por los jardines con una figura encapuchada siguiéndome.

No sé si lo nota o si ve mi reacción, pero la cálida mano de Seb se posa en mi muslo antes de incorporarse en el pequeño espacio que hay a mi lado. Me rodea la cintura con el brazo y me abraza con fuerza.

Me obligo a volver al aquí y ahora me inspiro profundamente por la nariz, arrepintiéndome un poco cuando el denso humo de la habitación me golpea la garganta.

—¿Estás bien?

—Sí, claro —miento, no quiero que sepa que sólo un hombre oscuro encapuchado me pone los pelos de punta.

Debería ser más fuerte que esto.

Si permito que mi miedo saque lo mejor de mí, entonces *él* ganará.

Los dos luchadores entran en el ring y son anunciados, aunque apenas puedo oír nada por encima de los gritos del público.

—Ambos son *Reapers* —me grita Emmie al oído.

—¿Cómo lo sabes?

—Mira sus tatuajes.

Escudriño sus torsos hasta que mis ojos se posan en dos marcas idénticas.

—¿Los conoces?

—Xander, sí. Está bueno.

Miro a uno y a otro, intentando averiguar a cuál de los dos se refiere. Para ser justos, los dos están bastante guapos en calzoncillos y con la tinta a la vista.

—El de cabello claro —dice, percibiendo claramente mi confusión.

—Sí, lo es.

Suena la campana que anuncia el comienzo del combate y se hace un gran silencio en la sala mientras todos esperan impacientes a ver quién da el primer puñetazo.

Emmie grita emocionada a mi lado cuando Xander es el que da el primer paso.

—Joder, Em. Casi me meo encima —le grito.

—Lo siento. Lo siento. Es sólo excitante. ¿No lo es?

Lo es, pero no se lo digo. En lugar de eso, me río y vuelvo a centrarme en los luchadores.

Al final del tercer asalto, ambos parecen bastante maltrechos mientras sus entrenadores les pasan una botella a cada uno y se limpian el sudor y la sangre del cuerpo.

Seb se inclina hacia mi oído.

—Joker va a caer en la siguiente ronda.

Me echo hacia atrás, mirándole.

—¿Cómo lo sabes?

—Llámalo sexto sentido—. Guiña un ojo.

—Sebastian, ¿está pasando algo raro? —pregunto con una ceja levantada.

—Estás en una habitación llena de bastardos despiadados e inmorales, nena. Por supuesto que pasa algo.

—Claro, por supuesto. —Qué ingenuo fui al pensar que esto podría ser una pelea legítima.

Y seguro, no dos minutos en el cuarto asalto, Joker cae y golpea.

Toda la sala se vuelve loca cuando se anuncia que Xander es el ganador, incluida Emmie, que me grita al oído.

Aunque los gritos de excitación pronto se convierten en gritos de miedo cuando suenan una serie de disparos antes de que una fuerte explosión al otro lado de la sala haga temblar todo el edificio a nuestro alrededor.

El corazón me salta a la garganta cuando se desata el caos.

Nunca había visto a la gente moverse tan rápido en toda mi vida, ya que los que no están acostumbrados a este tipo de violencia corren a toda velocidad hacia la única escalera para escapar.

—Venga, vamos —grita Seb, sacándome de la caja.

El corazón me palpita en los oídos mientras busco a Emmie, pero ella ya se está moviendo.

—Ventana —brama Seb, cogiendo mi mano temblorosa y corriendo en dirección contraria a todos los demás.

El humo llena la habitación más rápido de lo que creía posible mientras Seb nos arrastra directamente al meollo del asunto.

—Espero, joder, que sepas adónde vas —le grito, con los ojos escocidos y los pulmones ardiendo mientras lucho por no respirar.

—¿No lo hago siempre?

Unos disparos en algún lugar peligrosamente cerca detrás de nosotros cortaron cualquier tipo de respuesta que pudiera haber tenido.

Miro hacia atrás, pero nos ha envuelto el humo. Lo único que distingo a lo lejos es la escalofriante visión de enormes llamas anaranjadas.

—¿Emmie? —grito, dándome cuenta de que ya no está a mi lado—. Seb, hemos perdido a Emmie.

Se detiene y me pone las manos en la cintura.

—Te voy a sacar, nena —dice con firmeza, la voz áspera por los efectos del humo en la garganta.

—No, necesitamos…

—No —ladra en un tono que me impide discutir—. Voy a levantarte. Hay una ventana, gatea por ella, agarra mi carro y vete a casa. Enciérrate.

—No te voy a dejar aquí.

—Haz lo que te digo, Diablilla.

Sus ojos se clavan en los míos y sé que no tengo más remedio que obedecer, aunque sólo sea porque vamos a asfixiarnos si seguimos aquí.

Mete sus llaves en mi bolso, me levanta hasta que puedo poner los pies sobre sus hombros y localizar la ventanilla que ha mencionado.

Es jodidamente pequeño, hasta el punto de que no tengo ni idea de si podré colarme por él o no.

Intento soltar el pestillo, pero no se mueve.

—Joder. No se abre —grito.

—Aplástalo. Haz lo que sea.

Me tiemblan las manos y la cabeza empieza a darme vueltas por la inhalación de humo, y sólo empeora al estar más arriba.

Aparecen manchas negras en mi visión mientras busco a tientas en mi bolso, intentando coger mi pistola.

Apenas puedo agarrarlo con fuerza, pero apunto en la dirección correcta y disparo, el cristal se rompe instantáneamente ante mí.

—¿Qué coño?

—Hago lo que me dices —grito, aspirando una profunda bocanada de aire mientras se precipita al interior del sótano.

—Joder —gruñe mientras suenan más disparos a nuestro alrededor.

Utilizo mi arma para derribar el cristal del marco antes de gritarle que me levante más alto.

—Tú también tienes que venir —le suplico mientras me levanto con los antebrazos y empiezo a arrastrarme por el agujero, con la esperanza de no cortarme demasiado en el proceso.

—No, necesito encontrar a los chicos. Métete directamente en el carro y conduce a casa. Prométemelo —me pide, su voz suplicándome que haga lo correcto. Que me ponga a salvo para que él no tenga que preocuparse por mí.

—Lo prometo —digo, arrastrando las piernas y rodando lejos de la ventana sobre el suelo frío y duro que hay debajo de mí.

—Corre, Stella —le oigo decir mientras suenan más disparos y un fuerte estruendo.

Me pongo en pie a trompicones, con los pulmones y la garganta ardiendo mientras escudriño a mi alrededor.

Estoy en el estacionamiento, pero apenas puedo ver nada. Hay gente por todas partes mientras intentan huir de la escena.

Corro hacia delante, mis piernas apenas siguen el ritmo de mi cuerpo mientras avanzo hacia los carros, sacando las llaves de Seb de mi bolso.

Lo último que quiero hacer es irme, pero sé que tiene razón. Si se trata de mí, entonces tengo que irme de aquí.

—¿Emmie? —grito, con el dolor desgarrándome la garganta al hacerlo con la esperanza de encontrar a mi amiga, pero mi voz se pierde en el caos.

La busco entre la multitud, pero no veo a nadie que reconozca.

Sigo mirando en dirección contraria cuando choco directamente con otra persona.

—Mierda, lo siento… —jadeo cuando unas manos me sujetan los brazos. Al girar la cabeza, me fijo inmediatamente en un par de ojos negros. Aunque no son esos los que me llaman la atención, sino las heridas que tiene en la cara.

Es el luchador.

El que acaba de perder.

Más disparos provienen del edificio antes de que el sonido de las sirenas en la distancia perfore el aire, y recuerdo que necesito estar haciendo algo que no sea quedarme aquí mirando a este tipo como si lo conociera.

Me suelto de su mano y corro entre la gente hasta que pulso el botón de desbloqueo del carro de Seb y veo las luces.

Quiero suspirar aliviada, pero no puedo. No mientras sigan dentro y Emmie no esté.

—Joder. Joder —ladro, golpeando el volante con las palmas de las manos.

Cuando vuelvo la vista hacia el edificio, el corazón me salta a la garganta al ver las llamas que ahora lamen las paredes exteriores.

—Por favor. Por favor —susurro, suplicando a quien quiera escucharme.

Los necesito a todos a salvo.

Para cuando salgo del estacionamiento, la multitud se ha reducido un poco, lo que me asegura no aplastar a nadie en mi huida.

Aun así, busco entre la multitud el rostro de Emmie, rezando por poder encontrarla. Pero todos los rostros, la mayoría oscurecidos por el hollín, muchos de ellos con heridas dolorosas, posiblemente mortales, y disparos, son irreconocibles.

Forzando el enorme nudo en la garganta al no ver a nadie conocido, aprieto el acelerador y dejo atrás la destrucción.

Un sollozo se desgarra en mi pecho al saber que dejo a Seb. Dejándolos a todos. ¿Pero qué otra cosa puedo hacer?

El carro de Theo no ha vuelto cuando entro en el espacio de Seb, y suelto un suspiro de dolor cuando apago el motor.

Los pensamientos de ellos muriendo en ese infierno no salen de mi cabeza mientras mi paranoia empieza a apoderarse de mí.

Mirando por el retrovisor, busco movimiento, cualquier cosa.

¿Formaba todo esto parte de un gran plan para dejarme sola?

Sacudo la cabeza, sintiéndome ridícula.

¿Cómo iba a saber alguien que me obligarian a irme sola? Si se trataba de mí, seguro que alguien podría haberme disparado a bocajarro mientras estaba sentado en ese cajón.

No se trata de ti, Stella.

Pero, aun así, cuando por fin salgo del coche, lo hago con la pistola en la mano, lista para disparar si es necesario. La sangre me corre por los oídos mientras mi pecho sigue agitándose, y no es hasta que cierro la puerta tras de mí que me obligo a relajarme.

Aquí estoy a salvo.

Ahora sólo tengo que esperar a ver si alguien más lo está.

CAPÍTULO 9

Sebastian

—Seb —una voz familiar retumba a través del espacio lleno de humo—. Joder, ¿estás bien? —pregunta Theo cuando me acerco a él tras abrirme paso entre muebles rotos y cadáveres.

Está agachado detrás de una mesa volcada con la capucha tapándole la boca para ayudarle a respirar.

—Sí. Stella se ha ido a casa. ¿A qué nos enfrentamos?

Sacude la cabeza.

—No lo sé. Hemos eliminado a cuatro de ellos. Los otros han desaparecido.

—Los atraparemos. Esos cabrones no se irán de aquí sin nosotros.

—¿Dónde están los demás?

—De caza. ¿Estás cargado?

—Por supuesto —digo, levantando mi arma.

Un fuerte estruendo interrumpe lo que Theo iba a decir cuando una parte del edificio se derrumba a nuestro alrededor.

—Tenemos que encontrar a esos hijos de puta y largarnos de aquí mientras podamos.

Otra ronda de disparos perfora el aire antes de que retumbe la voz fría y hueca de Daemon.

—Un poco de puta ayuda estaría bien.

—Vamos —ordena Theo.

Nos abrimos paso a través de la habitación, manteniéndonos agachados con la esperanza de encontrar un poco de aire a medida que nos acercamos a las llamas.

El calor empieza a chamuscarme los pelos de los antebrazos, pero no es suficiente para detenerme. No cuando sé que mis hermanos están aquí abajo.

Encontramos a Alex y Nico con dos tipos inmovilizados en el suelo, ambos con sangre supurando de ellos. Daemon tiene otro inmovilizado contra la pared con el antebrazo presionado en la garganta.

Extiende la mano y le arranca el pasamontañas, dejándonos ver su rostro.

—Malditos coños mentirosos —escupe Daemon en la cara del tipo.

No tengo ni puta idea de quién es, pero está claro que Daemon lo sabe bien.

Algo más se derrumba detrás de nosotros, las llamas comienzan a envolver el espacio.

—Tenemos que movernos, joder —dice Theo mientras Alex y Nico sacan a los chicos del suelo.

Por suerte, casi todos los que han podido se han ido.

—¿A dónde carajo se fueron los *Reapers*? —pregunto.

—Esto ha sido una puta trampa —ladra Daemon, confirmando mis sospechas.

En silencio, subimos las escaleras y salimos del edificio en llamas justo antes de que el techo caiga detrás de nosotros.

—Joder, ha estado cerca —murmura Alex, volviendo la vista hacia la devastación.

Una furgoneta negra se detiene delante de nosotros y, en cuanto levanto la vista, veo a Evan en el asiento del conductor y a Galen a su lado.

—Mételos, átalos —Daemon instruye como si fuera el puto jefe.

Está claro que su tono de voz también molesta a Theo, porque esquiva a Alex y se dirige directamente a la cara de Daemon.

—¿Quieres recordar de una puta vez a quién estás mandando?

Daemon tics de la mandíbula, sus ojos se oscurecen con ira.

—Recuerda tu puto sitio, soldado —se burla Theo, subrayando, y no por primera vez, que siempre va a estar más arriba en la Familia que todos nosotros. No importa cuántos años o muertes tengamos a nuestras espaldas.

—Basta ya de medir pollas —murmura Alex—. ¿Qué tal si nos largamos de aquí antes de que llegue la policía?

Las brillantes luces azules intermitentes en la distancia insinúan que no están lejos.

—Entren de una puta vez —vocifera Evan, anulando cualquier autoridad que pudiera tener Theo, y todos acatamos las órdenes de inmediato.

Cierro la puerta trasera cuando el primer coche de policía dobla la esquina del edificio en llamas. Sin esperar a que nos sentemos, Evan pisa el acelerador y atraviesa la ciudad.

No podemos ver nada aquí atrás, pero no lo necesitamos para saber adónde vamos.

Puede que todos seamos jóvenes y relativamente nuevos en esto, pero todos sabemos lo que nos espera.

Igual que los estúpidos que ahora tenemos atados y amordazados a nuestro lado.

Si aún no se han arrepentido de enfrentarse a nosotros, seguro que lo harán cuando acabe la noche.

Sólo tardamos diez minutos en meter a los hombres en el viejo almacén y atarlos a las sillas mientras tanto Evan como Galen observan, más que contentos de dejar que seamos nosotros los que nos ensuciemos las manos.

—Así que —empieza Evan una vez que llevan suficiente tiempo sentados esperando a que pase algo. Una parte de mí quiere que chillen como putos cerdos sólo para poder volver con Stella. Pero la otra parte, la que lo recuerda todo de la última hora, la que se pregunta qué aspecto tiene después de haber atravesado una ventana llena de putos cristales rotos, quiere que guarden sus secretos, que nos hagan trabajar por ello.

Hago crujir los nudillos, ignorando el dolor de mi hombro.

Ya tenía ganas de acción después de ver las peleas. ¿Pero ahora? Ahora estoy jodidamente desesperado por ello.

—¿Quieren decirnos por qué decidieron reventar una pelea de circuito en un puto terreno neutral, putos italianos? —Evan ladra. Aunque su voz está cargada de ira, su rostro es una máscara de piedra que no delata absolutamente nada.

Cada uno de ellos mantiene la mirada firme, sin que ninguna palabra salga de sus labios.

Por mí, de puta madre.

Evan ni siquiera me devuelve la mirada. Me lanzo hacia delante y golpeo con el puño una de las caras de ese estúpido.

El sonido de su mandíbula crujiendo bajo la fuerza del golpe llena la habitación, enviando una descarga de adrenalina a través de mí.

Sin embargo, no reacciona, sólo flexiona la mandíbula cuando el dolor inmediato del golpe desaparece.

—¿Necesitas más? —murmuro—. Puedo ir toda la noche, hijo de puta.

Mi segundo golpe le da en la nariz. La sangre estalla, empapa su camisa blanca y me salpica los brazos.

—Coño sucio —escupo, sacudiéndome las salpicaduras calientes de la piel.

—¿Alguien quiere hablar ya? —Evan retumba.

Siguen en silencio.

—Nico, Alex. ¿Quieres unirte a la fiesta?

No hace falta pedírselo dos veces. Ambos se adelantan para asestar unos cuantos golpes dolorosos a los otros tipos mientras Theo y Daemon se quedan atrás, observando cómo calentamos a nuestros prisioneros.

—O-órdenes vinieron de arriba —balbucea finalmente uno de ellos, escupiendo una bocanada de sangre a los pies de Nico. Tiene la cara hinchada y sangra por los nudillos de acero de Nico.

—No jodas, gilipollas —gruñe Alex.

—Vamos a necesitar más que eso si crees que tienes, aunque sea una pequeña posibilidad de salir vivo de esta.

Evan está mintiendo. Todos lo sabemos.

Ninguno de estos cabrones va a salir de aquí esta noche por el puto numerito que han montado, vengan de donde vengan las órdenes.

Tenemos terreno neutral por una puta razón.

Los tres continuamos hasta que los tipos atados a las sillas apenas están conscientes, los seis cubiertos de sangre.

Mi pecho se agita, el sudor me recorre la espalda y me duelen los músculos, pero es tan jodidamente dulce.

Lo único mejor sería que mi chica estuviera aquí.

Joder, sí.

Una sonrisa de satisfacción se dibuja en mis labios cuando pienso en ella cubierta de sangre, follándola contra una de las paredes mientras celebramos haber sacado lo que necesitábamos de estos coños.

Quizá no debería haberla echado.

—No sabemos de dónde vino la orden, ¿de acuerdo? El jefe no nos lo dijo.

Miro fijamente al hombre que tengo delante, con los ojos casi completamente hinchados.

—Estás mintiendo —siseo.

—No lo está —confirma otro—. Nos dijeron que viniéramos a montar una escena.

—¿Por qué? —Evan retumba.

—No lo sabemos.

—P-por favor —gimotea el primer hombre, claramente agonizante. —Sólo seguíamos órdenes.

Miro a Evan, intentando saber qué piensa.

No me creo una puta palabra, pero él es el experto en lenguaje corporal aquí, así que veremos si estoy en algo o no.

—Theo, Daemon. —Asiente a ambos, y los tres instintivamente damos un paso atrás, sabiendo que eso es lo que quiere el jefe.

La sonrisa en la cara de Daemon es francamente mortal mientras da un paso adelante, sacando su cuchillo del bolsillo.

Joder. Esto va a doler.

Theo sigue su movimiento y ambos seleccionan a sus víctimas. Las que chillaron primero. Ambos presionan las puntas de sus cuchillos en sus gargantas.

—La verdad —exige Evan.

Theo es el primero en clavar su cuchillo en la garganta del tipo, y el del medio entra en pánico.

—Tienes una serpiente.

—¿Quién? —Evan pregunta, mostrando cero reacción o shock.

—Honestamente, no lo sabemos. Pero esta orden… vino de dentro de tu familia.

—Mientes —afirma Galen, hablando por primera vez.

—No. Sabemos que has estado buscando a alguien a quien echarle la culpa de toda tu mierda últimamente, y sabemos que no puedes encontrar a nadie. Es porque estás buscando en el lugar equivocado.

Miro a Galen y sus ojos se encuentran con los míos, los dos pensamos lo mismo.

Stella.

—Vete —me dice—. Alex, Nico. Ustedes también.

—Señor —murmura Alex a Galen.

Los tres damos la espalda a nuestros cautivos mientras uno de ellos grita como un loco. Pero no miro atrás para ver qué han hecho Theo o Daemon.

Mi única preocupación es Stella.

Si esto es una trampa, si *él,* quienquiera que sea, ha planeado esto, entonces podría haber estado esperándola.

—Joder. Tenemos que encontrarla —digo, saliendo, corriendo del almacén.

Para mi asombro, Carl nos espera con el motor ya en marcha.

—Tenemos que volver a casa.

—De acuerdo —asiente mientras todos nos amontonamos—. ¿Te has divertido? —pregunta con una sonrisa burlona, echando un vistazo a mi estado.

—Algo así —murmuro, mirándome los nudillos rotos.

Mis puños se curvan. No es nada comparado con lo que va a pasar cuando lleguemos al fondo de esto.

CAPÍTULO 10

Stella

Con los brazos rodeando las piernas que tengo apretadas contra el pecho, me balanceo hacia atrás en el sofá.

—Vamos —suplico en voz baja—. Ven a casa. Por favor.

Estoy sentada en la oscuridad, por si alguien viene a buscarme y ve las luces encendidas. Le prometí a Seb que llegaría a casa sano y salvo, y tengo toda la intención de cumplir esa promesa.

Lucho por contener el miedo, pero a medida que pasan los segundos, cada vez me cuesta más convencerme de que todo va bien. Que Seb, todos ellos, han salido sanos y salvos.

Me tiembla todo el cuerpo y siento la sangre helada correr por mis venas mientras espero algo, lo que sea, de ellos.

Mi móvil está en silencio a mi lado y quiero que se encienda con el nombre de Seb, que me diga que viene a por mí.

Pero nunca lo hace.

Me entran ganas de llamar a Calli, a mi padre, a Toby, pero no puedo. No quiero asustar a Calli ni hacer que Toby se sienta inútil. Y tengo la sospecha de que papá ya estará metido en lo que está pasando, así que lo último que necesita es que le llame como una niña necesitada.

Exhalo un suspiro tembloroso.

Estarán bien. Sólo están ayudando a la gente o algo así.

Un fuerte estruendo en el exterior me hace gritar como una perra y salto del sofá con piernas débiles.

La idea de que se trata de separarme de los chicos para que él pueda llegar a mí sigue rondando en mi mente.

Sacudo los brazos a los lados mientras camino hacia la ventana y miro hacia fuera.

No veo a nadie, ni nada preocupante, pero hay alguien ahí abajo.

Se oye otro golpe y luego un traqueteo de la puerta del garaje, lo que explica por qué no veo a nadie.

Pero no son los chicos, eso lo sé. Esa cerradura es rara, pero todos saben manejarla con facilidad, a diferencia de mí, que me he rendido unas cuantas veces en favor de la puerta principal.

Me muerdo el interior de las mejillas para no gritar y ver quién es.

El traqueteo continúa durante unos segundos, con el estómago revuelto y el corazón amenazando con salírseme del pecho.

La próxima vez que oiga algo, será la puerta principal.

—Dios mío —jadeo, agarro mi pistola y bajo corriendo las escaleras con ella en alto y lista para defenderme.

Joder. Joder. Joder.

¿Estoy a punto de conseguir mi primera muerte?

Mi pie golpea el último escalón cuando la puerta se abre. Le quito el seguro y pongo el dedo en el gatillo cuando… Emmie me mira con ojos muy abiertos y horrorizados.

—Joder. ¿Eras tú? —Ladro, bajando mi arma—. Joder. Joder. Em.

Cierra la puerta y yo casi me tiro sobre ella, la rodeo con los brazos y la aprieto con fuerza mientras intento calmarme.

Ya sé que a Emmie no le gustan mucho los abrazos, pero conmigo sujetándole los brazos a los lados, ni siquiera tiene la oportunidad de intentarlo.

—Me alegro mucho de que estés bien —respiro.

—Vale, Stel. Me estás asustando un poco —confiesa.

—Lo siento. Es que… estoy flipando.

—¿Tú crees? —pregunta como si ambos no acabáramos de escapar de un puto edificio en llamas.

—¿Dónde están los chicos?

Niega con la cabeza, frunciendo las cejas.

—No lo sé. ¿Ninguno de ellos está aquí contigo?

Tomo su mano entre las mías, compruebo que ha cerrado bien la puerta y la arrastro escaleras arriba.

—Seb me empujó a través de una ventana, me dio las llaves de su carro y me dijo que trajera mi culo de vuelta aquí. Le dejé en el edificio —confieso, con la voz quebrada por el miedo.

—Estará bien —me asegura por detrás, aunque su propia voz transmite sus verdaderos sentimientos—. Todos lo estarán —añade, como si el mero hecho de oír las palabras en voz alta las convirtiera en realidad.

Cualquier otro día, me burlaría de ella por demostrar que le importaba. Pero ahora mismo, eso es lo más alejado de mi mente.

—¿Quieres tomar algo? —pregunto cuando llegamos al final de las escaleras.

—Eh…— Emmie duda—. S-seguro.

La dejo sentada, abro el congelador y agarro la botella de vodka que había escondido allí hace unos días.

Le quito el tapón, me llevo la botella a los labios y bebo un par de tragos. No lo suficiente para emborracharme, pero sí para aliviar mi miedo.

Me dejo caer en el sofá opuesto al de Emmie -en el que estaba sentado cuando me dio un susto de muerte-, me acurruco y envuelvo las piernas con los brazos una vez más.

—¿Algo? —pregunto cuando Emmie comprueba su móvil.

Ella sacude la cabeza antes de que se haga el silencio a nuestro alrededor.

—Deberías ir a limpiarte—. Ella asiente hacia mis brazos.

Cuando miro hacia abajo, mis ojos se abren de par en par al ver la sangre que los cubre.

—Mierda, yo…— Ahora que los veo, puedo admitir que realmente duelen.

—Tus piernas también. Vamos, ¿tienes un botiquín aquí?

—No —ladro, quedándome quieta—. No me moveré hasta que vuelvan.

—Estás chorreando —dice, mirando al suelo—. Theo te matará por mancharle de sangre.

Levanto una ceja.

—¿Qué? —suelta—. Sabes que tengo razón.

—Lo sé —digo apretando los dientes—. Sólo… necesito saber que están bien.

—Lo entiendo, Stella. Pero sentarte aquí desangrándote en el proceso no va a ayudar.

Se levanta del sofá y se acerca. Me quita la botella del regazo, le da un trago, la deja en el suelo y me coge la mano.

—Vamos. —Tira con tanta fuerza que no tengo más remedio que ponerme en pie y seguirla hasta el dormitorio.

En cuanto entramos, el persistente aroma de Seb me golpea y tengo que luchar para que no se me escape un sollozo.

Cuanto más tiempo pasa, menos capaz soy de ignorar el pánico que crece en mi interior.

—Ten fe —dice Emmie, sonando mucho más confiada sobre las habilidades de los chicos de lo que normalmente lo haría. Circunstancias atenuantes, supongo.

—Lo sé. Pero… —Me detengo, no quiero perder la cabeza hasta estar segura—. Tal vez deberíamos volver. Ayudar o…

—No. Tienes que estar aquí. Si esto tiene algo que ver con ese enfermo que te ha estado siguiendo, entonces probablemente esté esperándote en algún sitio para hacer exactamente eso.

Emmie me empuja hacia el asiento cerrado del retrete, y yo bajo el culo mientras ella rebusca en el armario del baño.

Se pone a limpiar los cortes que marcan mis piernas por arrastrarlas a través de esa ventana.

—Este es profundo. Podría necesitar puntos.

—Sólo tápalo, estará bien.

—Stella, realmente creo...

—Dijiste que teníamos que quedarnos aquí. No voy a ir a un puto hospital por una tirita de lujo.

Me mira, se le dibuja un argumento en los labios, pero se lo traga.

—Vale. Pero cuando vuelvan, quizá quieras reconsiderarlo.

—Sí, ya veremos.

Me lanza una mirada que lo dice todo. *Seb te hará ir.*

Sí, si está vivo.

—Vamos, necesito más de ese vodka.

—¿Em? —pregunto mientras la sigo a la sala.

—Sí.

—¿Cómo has vuelto tan rápido?

Su cara está un poco pálida cuando me vuelvo hacia ella.

—Umm... Yo... uh... conduje el carro de Theo.

—Eh... —Empiezo, una sonrisa de satisfacción tirando de mis labios—. ¿Te dejó llevar a su bebé?

—Déjame... —dice, arrugando la nariz.

—Dios mío. Te va a matar. —Me doy la vuelta para coger la botella, un pensamiento me golpea—. Espera —digo, tragando rápidamente un chupito—. No tienes la puta licencia.

—Me lo imaginaba... más o menos...

—¿Más o menos? ¿Qué has hecho, Em? —pregunto, con los ojos muy abiertos.

—Bueno, ¿qué esperaba? Me dio sus llaves y me dijo que me fuera tan rápido como pudiera. Pensé que me estaba diciendo que lo usara.

Tiene razón, podría haberlo sido, pero algo me dice que no. Apenas nos deja tocar su carro, y mucho menos acercarnos al volante. Y tenemos licencias.

Estoy a punto de volver a preguntarle qué ha hecho cuando unas voces en el piso de abajo llegan a mis oídos.

—Están aquí —grito, dejando caer la botella y corriendo hacia las escaleras.

Estoy a medio camino, la mitad superior de mi cuerpo va más rápido que mis piernas en mi necesidad de ver que está bien, cuando se abre la puerta principal.

—Seb —grito, lanzándome desde las escaleras.

Menos mal que está atento, porque consigue atraparme en el aire sin retroceder demasiado.

—Joder, nena —gruñe mientras lo rodeo con mis brazos, abrazándolo tan fuerte como me es físicamente posible.

—Tenía tanto miedo de que no salieras.

—Tranquila —me dice al oído, abrazándome con la misma fuerza mientras empieza a subir las escaleras.

Las voces nos siguen, pero no levanto la cara del cuello de Seb para ver quién está con él. Estoy demasiado aliviada de que esté aquí y de una pieza.

Nos baja al sofá una vez arriba y me rodea con las manos la parte superior de los brazos, arrastrándome hacia atrás desde su cuerpo.

A regañadientes, lo suelto, pero el corazón se me sube a la garganta cuando consigo mirarlo bien.

—Mierda —jadeo, mis ojos recorren toda la sangre que lo cubre—. Joder, ¿estás…?

—No es mío, cariño. No pasa nada. Estoy bien.

Mis ojos se llenan de agua, el ardor tras ellos demasiado para negarlo, y una lágrima cae libre.

Toda su cara se ablanda ante mi reacción, y levanta una mano sucia y me limpia la lágrima, probablemente manchándome la mejilla con la sangre de quienquiera que sea.

—Eh… por muy reconfortante que sea —empieza Alex, haciéndome girar para mirar quién ha llegado con Seb—. ¿Alguien nos va a decir qué ha pasado con el carro de Theo?

Al igual que Seb, tanto Alex como Nico están cubiertos de sangre, y los lugares que no están cubiertos están negros por el fuego.

Emmie gime, tirándose en el sofá.

—Tuve un pequeño accidente de camino aquí.

—¿Accidente? —Nico se burla.

—¿Qué has hecho? —pregunto de nuevo. Sabía que ocultaba algo.

Se estremece visiblemente.

—Me hice un poco amiga de una pared.

—¿Un poco amiga? —Nico pregunta, sus cejas maldita cerca de golpear su línea del cabello.

—La mierda era intensa. No me concentraba.

—No jodas —retumba Seb—. Te va a masacrar cuando lo vea. Será mejor que estés lista para sacar las tetas para distraerlo o algo.

Los chicos sueltan una carcajada ante su comentario mientras yo le doy una ligera palmada en el hombro.

—Yo no… ew, no. Probablemente debería irme antes de que…

—Joder, no, no vas a huir de esto —afirma Alex, cruzando los brazos sobre el pecho y dando un paso adelante como si se dispusiera a retenerla físicamente dentro del apartamento.

—Bien. Pero sólo porque quiero ver si está vivo.

—Y tú finges que no te importa —murmuro, ganándome una mirada asesina.

—Está vivo —dice Seb con confianza—. Les dejamos a él y a Daemon torturando a los cabrones que empezaron todo eso.

—¿Los atrapaste? —pregunto, sorprendida.

—Claro que sí. ¿Por quién nos tomas? — pregunta con una dramática mirada.

—¿Dónde están? —pregunto, curiosa por su cámara de tortura.

Seb vuelve a mirar a Emmie.

—¿Qué? No voy a decir nada —dice ella, levantando las manos en señal de defensa.

—Están donde nadie los encontrará.

Dejo escapar un suspiro frustrado. Supongo que eso es todo lo que estoy consiguiendo ahora.

—Cariño, estás sangrando —dice Seb, pasando el dedo por mi brazo.

116

—Estoy bien.

—Eso es mentira. Está atravesando el vendaje.

—Parará.

Echa la cabeza hacia atrás y me mira fijamente a los ojos.

—Le dije que necesitaba puntos en algunos, pero se negó a ir al hospital—. Emmie añade con ayuda.

—Bien. Te necesito a salvo —dice Seb, confirmando que he hecho lo correcto—. Pero hay que mirarlas —dice mientras inspecciona los cortes más profundos de mi muslo.

—Lo tengo cubierto —dice Alex, sacando su móvil del bolsillo y caminando hacia la cocina. —Oye, ¿estás libre para venir a curar a alguien por nosotros? —pregunta.

—¿Quién es?

—Su madre. Es enfermera.

—Oh.

—Voy a ducharme —dice Nico, retrocediendo hacia la puerta—. Pero volveré. No me pierdo la reacción de Theo.

—Están exagerando. Me dio sus llaves. No es culpa mía que no sepa conducir —dice Emmie.

—¿Realmente te dijo que condujeras su carro hasta aquí? —Seb pregunta, sonando tan sorprendido como yo.

—Bueno… no con tantas palabras. Me tiró sus llaves y me dijo que viniera lo antes posible. La llave de su carro estaba allí, así que pensé… Da igual. No es como si no tuviera suficiente dinero para arreglarlo. Están todos tan jodidamente forrados que da asco —resopla, cruzando los brazos sobre el pecho—. Puedo con él —murmura—. Es sólo un hijo de puta que necesita una lección.

—Oh sí, no me pierdo esto por nada.

Nico vuelve a desaparecer por las escaleras y Alex se acerca con cerveza.

—Tendré diez años. Yo también voy a ducharme. Pide algo de comer, me muero de hambre—. Arroja un menú de comida para llevar sobre el regazo de Emmie y todo su cuerpo se tensa.

—¿Qué soy, tu maldita esclava?

—Puedes ser lo que quieras ser, nena. —Me guiña un ojo seductoramente—. Puede que seas más del tipo de Theo, pero no soy de los que rechazan un cuerpecito caliente cuando se lo ofrecen.

—No lo soy, gilipollas —suelta.

—El otro día decías que necesitabas una buena polla, Em. Quizá deberías aceptar su oferta —sugiero—. Solo puedo dar fe de su habilidad para besar, pero… —me quejo cuando Seb me clava los dedos en las costillas.

—Basta, Diablilla —me gruñe al oído.

Tomando sus mejillas sucias entre mis manos, le sostengo la mirada.

—Los celos te sientan bien, nene —ronroneo.

Me inclino hacia delante y le muerdo el labio inferior, haciendo que sus ojos se oscurezcan de deseo.

—No folles ahí en el sofá —gimotea Emmie detrás de mí.

Sus manos me aprietan las caderas, obligándome a apretar su ya dura polla.

Un gemido sale de mis labios cuando la costura de mis pantalones roza mi clítoris.

—No, no hasta que esté cosida y no esté sangrando por todo el sofá de Theo. No necesita más razones para volverse loco cuando llegue a casa.

Dicho esto, él no deja de moverme en su contra, y yo desde luego no hago ningún movimiento para impedírselo.

—Así que quieres pizza entonces —murmura Emmie, claramente ignorándonos—. Supongo que los otros tipos querrán comer.

—Sí. Torturar a la gente hace que los chicos tengan hambre —confirma Seb, su voz como puro puto sexo.

Me agarra la barbilla con fuerza, sus dedos se clavan en mi piel de la forma más deliciosa mientras me arrastra hasta sus labios, sin dejar de mover las caderas.

Mi liberación se dispara y mi entorno desaparece.

—Destrúyeme, Diablilla —gruñe en nuestro beso.

Un roce más en mi clítoris y caigo.

Se traga mis gemidos de placer mientras desgarran mi cuerpo.

—Entonces, ardiente para ti —oigo anunciar a Emmie una vez que la sangre deja de pasarme por los oídos.

—Disculpe, necesito…

—¿Ir a noquear a uno en tu habitación? —Emmie ofrece.

—No —me regaña Seb, levantándome de su regazo y sin intentar ocultar que tiene que recolocarse los pantalones mientras se levanta—. Acaba de llegar un carro. Voy a dejar entrar a la madre de Alex.

—Oh —responde un poco avergonzada, mientras yo suelto una risita divertida.

—¿Era necesario? —se enfurruña una vez que Seb ha desaparecido escaleras abajo.

—¿Después del estrés de la última hora? Claro que sí.

—El azar sería una buena cosa.

—Alex ya se ha ofrecido. Estoy segura de que aún podrías…— Me lanza una mirada que me detiene—. Vamos, sabes que te encantaría.

—Sí, probablemente —concuerda—. Pero lo que no disfrutaría es su fanfarronería de mierda después.

Mis labios se separan para discutir, pero para ser justos, tiene razón.

—Stella, Emmie, ella es Gianna, la mamá de Alex y Daemon.

—Hola, encantada de conocerte —digo, forzando una sonrisa feliz en mis labios mientras Emmie apenas la mira.

—La pizza tardará cuarenta y cinco minutos —murmura—. Voy al baño.

—Bien, veamos qué tenemos aquí —dice Gianna, bajando una bolsa a la mesita y dejándose caer a su lado mientras inspecciona mis heridas—. Te curaremos enseguida, cariño.

CAPÍTULO 11

Sebastian

El pizzero entra en casa de los Cirillo cuando estoy acompañando a Gianna y dándole las gracias por venir en el último momento.

—Tienes un pequeño petardo ahí, Seb —dice justo antes de entrar en su coche.

—Sí, tienes razón —digo, frotándome la nuca mientras pienso en mi chica.

—Mantenla cerca, ¿sí? —dice, con un brillo cómplice en los ojos.

Gianna puede haber dado un paso de gigante lejos de esta vida cuando dejó a Alex y al padre de Daemon hace unos años, pero eso no significa que haya olvidado cómo es. Cómo se comportan los hombres. Cómo tratan a las mujeres.

Quería que Alex y Daemon se alejaran de todo, pero ya era demasiado tarde cuando hizo su movimiento. La Familia corría por sus venas desde pequeños, igual que por las mías. No había forma de que se fueran con ella.

—Tengo toda la intención de hacerlo —le aseguro—. Probablemente me mataría ella misma si no lo hiciera.

Se ríe entre dientes.

—Fue un placer conocerla.

—Gracias, G. Te agradecemos mucho que hayas venido con tan poca antelación.

—Lo que sea por mis chicos —dice suavemente antes de meterse en su carro—. Cuídate.

Su puerta se cierra de golpe cuando otro carro entra en la entrada.

Las ventanas están oscurecidas, pero eso no significa que no sepa quién está a punto de salir.

No veo salir a Gianna. Estoy demasiado concentrada en Theo, que aparece cubierto de sangre de pies a cabeza y con un aspecto jodidamente letal.

Me recorre un rayo de retorcida excitación.

Esto no va a terminar bien para Emmie.

—Hola, ¿cómo… fue? —Susurro el final de la pregunta mientras pasa a mi lado.

No puedo evitar sonreír mientras se dirige hacia su coche y camina por el lateral.

El carro que lo llevó a casa desaparece unos dos segundos antes de que él grite:

—Maldita puta. Voy a matarla, joder.

Una parte de mí quiere convencerle. La otra parte, un poco más perversa, quiere ver cómo se desarrolla esto.

Los dos necesitan lo que está a punto de suceder. Lo sé a ciencia cierta.

Sin mirar atrás, abre de un tirón la puerta del garaje y se dirige a las escaleras. Me giro rápidamente y hago lo mismo.

Salgo volando hacia la sala de estar sólo un instante después de él, encontrándome con los ojos de Stella abiertos de par en par al ver a mi desquiciado amigo salir disparado hacia su amiga.

Un gruñido le sale del pecho cuando la intercepta al volver del baño y la estampa contra la pared con la mano alrededor de la garganta.

—¿Qué le hiciste? —retumba, su voz baja y mortal.

Pero a diferencia de la mayoría de la gente del planeta, a Emmie parece no afectarle en absoluto su mal genio, la forma en que su pulso retumba con tanta fuerza que le hace tic en la ceja.

—Theo, fue un accidente. Déjala en paz —intenta Stella, aunque débilmente. Ella quiere que tengan en esto tanto como yo.

Theo sí que lo necesita.

Emmie levanta la barbilla en señal de desafío, provocando una especie de gemido de rabia que retumba en el interior de Theo mientras espera una respuesta.

—Me diste tus llaves. Me dijiste, y cito, "vete a la mierda tan rápido como puedas". Así que lo hice.

—¿Directo contra un puto muro de ladrillos? —Él cierra el espacio entre ellos, sus dedos apretando su garganta—. Nunca te dije que condujeras mi carro, Ramsey. —Sus ojos brillan con algo cuando él dice su apellido—. No tienes licencia.

Se encoge de hombros.

—Demasiado tarde. Mejor saca la tarjeta de crédito de papá y reserva en un taller. Seguro que se arregla.

Intento con todas mis fuerzas no hacerlo, pero no puedo contener la carcajada que me sube por la garganta ante su comentario. Ha destrozado la parte delantera de su querido Maserati. Desde luego, no se va a pulir.

Se hace el silencio a nuestro alrededor, salvo por la respiración agitada de Theo, que mira fijamente a una Emmie mucho más pequeña, que sigue negándose a acobardarse.

Cierra el espacio que los separa, con la otra mano ensangrentada apretándose y soltándose a su lado como si se estuviera conteniendo físicamente para no romperle el cuello.

Conozco esa jodida sensación.

Miro a Stella para ver si está pensando lo mismo que yo cuando se abre una puerta más adentro del piso, y ni un segundo después entra Alex en la habitación, recién salido de la ducha.

Echa un vistazo a Theo y Emmie y murmura:

—¿Entonces no está contento? ¿A alguien se le ocurrió traer palomitas?

—Llévatela a casa —brama Theo, arrastrando a Emmie desde la pared y lanzándola contra un desprevenido Alex, que apenas la atrapa.

—Que te jodan, Cirillo. No quería estrellar tu puto carro —escupe.

—¿Qué coño te ha poseído para…? No. No. No respondas a eso. ¿Por qué estabas allí esta noche, Ramsey?

—Porque yo la invité, imbécil —dice Stella, aunque Theo no percibe sus palabras.

—Que te jodan —sisea Emmie, con los labios curvados por el asco mientras mira fijamente a mi amiga.

Sólo bésala, joder, quiero gritar. La tensión entre ellos es una puta locura.

Extiende la mano una vez más, como si no pudiera evitar tocarla, y le agarra la mandíbula.

—Te estoy observando, joder. —Se inclina hacia ella, le roza la oreja con los labios mientras le susurra algo más, y maldita sea si no le fallan las piernas. Si Alex no la estuviera sujetando, juro que se habría caído al suelo como un saco de mierda.

La suelta, se dirige a la cocina y saca una botella de vodka del armario antes de entrar en su habitación dando un portazo.

—Bueno… — Alex comienza, sus manos todavía agarrando la parte superior de los brazos de Emmie—. Eso fue intenso.

Deja escapar un suspiro resignado.

—Sólo haz lo que dijo y llévame a casa.

—¿Quieres hacer lo que dice? —pregunto con incredulidad.

—¿Tengo elección?

—Siempre —dice Stella antes de que yo continúe—: Podrías entrar ahí y follarle los sesos en su lugar.

—Sí, eso es un gran no de mi parte.

—Huh —murmuro—. Eso explica muchas cosas.

—¿Y eso qué explica? —sisea Emmie, arrancándose del agarre de Alex, capaz por fin de volver a valerse por sí misma.

—Los dos son tan cabezas de cerdo como el otro. Espero que sepas que toda esta obstinada negativa

125

sólo está desperdiciando buenos momentos sexys. Podrías estar ahí esta noche con su cabeza entre tus...

Crack.

Me duele la mejilla y entrecierro los ojos para mirar a Emmie, que me fulmina con la mirada.

Sacudo la cabeza y una sonrisa malvada aparece en mis labios.

—Estás jugando con fuego, Emmie.

—¿Sí? —grita, el volumen repentino me hace estremecer un poco—. Entonces veme arder, hijos de puta.

Antes de que pueda responderle, ella cruza la habitación y baja corriendo las escaleras.

—Llamaré a un Uber. Pueden iros todos a la mierda.

—Em, no. Te llevaré... —Corto a Stella con una mirada que detiene sus palabras a mitad de camino.

—Alex —siseo, dándole pocas opciones para salir tras ella.

—Joder —murmura, aunque sigue por donde ella acaba de desaparecer y cierra la puerta tras de sí.

—No puedo creer que me pegara —digo, tocándome la mejilla aun ardiendo.

—No puedo creer que no golpeara a Theo.

—Estoy bastante seguro de que viene.

—Necesitan follar.

—¿Tú crees? —pregunto soltando una carcajada.

Me acerco a ella, que sigue sentada en el sofá donde Gianna le ha limpiado los cortes, me coloco entre sus pies y la atraigo hacia mí.

—Hola —respiro, rozando mis labios con los suyos.

Me deja besarla suavemente durante unos segundos antes de apretarme el pecho con las manos y obligarme a retroceder.

—No te saldrás con la tuya tan fácilmente, Sebastian.

La forma en que mi nombre completo sale de su lengua me produce un escalofrío que se detiene en mi polla.

Siempre lo he odiado, pero hay algo en la forma en que suena al salir de sus labios que hace que se me ponga dura en un puto latido.

—¿Salirme con qué? Corrígeme si me equivoco, pero estoy bastante seguro de que te salvé esta noche, nena.

—Puede ser, pero *corrígeme* si me equivoco... te pegaron un puto tiro la semana pasada y has estado ¿qué? —pregunta, levantándome la mano para inspeccionarme los nudillos—. ¿Golpeando a un tipo? Deberías estar descansando.

—Estoy bien. Mi hombro está bien —le aseguro, diciéndole casi la verdad.

Duele después de levantarla por esa ventana y luego desatar la furia sobre ese italiano de mierda. Pero todo merece la pena.

—Mientes fatal —resopla, se aparta de mí y se dirige furiosa hacia nuestro dormitorio.

—Vale, duele un poco, pero lo haría todo otra vez sin pensarlo si eso significara que te mantengo a salvo.

La sigo hasta nuestra habitación como un cachorro triste, y ni siquiera me importa.

—¿Qué pasó, Seb?

—Fueron los italianos —confieso con un suspiro.

—El Ita… pensé que era terreno neutral, sin riesgo de ataques ni putas guerras de bandas.

—Sí, bueno. Alguien la jodió en serio.

—¿Por qué lo hicieron?

—Según ellos, uno de nosotros les encargó que lo hicieran.

—¿Uno de *nosotros*? Vete a la mierda.

—No lo sé. Tal vez Theo y Daemon les sacaron más provecho. —Levanto las manos en señal de frustración.

—¿Así que no era él?

—¿Quién coño sabe? —Abro la puerta del baño y empiezo a desnudarme camino de la ducha, más que dispuesto a lavarme la sangre de ese gilipollas.

Stella me sigue con los ojos clavados en mi espalda, o más bien en mi culo, cuando entro en el lavabo y abro el grifo. Me salpica algo parecido al hielo antes de que empiece a calentarse.

Con la mirada fija en mis pies, observo cómo el agua se tiñe de rojo durante unos segundos, sintiendo cómo la rabia y la frustración empiezan a salir de mí.

Mirando por encima de mi hombro, la veo subirse al mostrador para observarme.

Mis puños se enroscan por la necesidad de arrinconarla contra la pared y empalarla en mi polla, pero incluso sin que su cuerpo esté lleno de cortes, ya sé que no me lo permitiría.

Me froto rápidamente la piel antes de cerrar el grifo y girar hacia ella, con la polla dura y dolorida entre las piernas.

Sus ojos sostienen los míos durante un instante antes de bajar hasta mi hombro, con la preocupación grabada en su mirada, pero la aparto.

Al cabo de un segundo, las aparta para pasarlas por mi pecho, mis abdominales y, por último, mi polla.

Se mete el labio inferior en la boca mientras me mira fijamente.

Enrollo los dedos alrededor de mi pene y la acaricio lentamente mientras empieza a retorcerse.

—Seb —advierte.

—¿Qué, cariño? —pregunto inocentemente.

—Necesitas descansar.

Se me escapa una risita.

—Después de la noche que he pasado, eso es lo último que me apetece ahora. ¿No sabías…? —digo, cerrando el espacio entre nosotros y rozando con mis labios su mandíbula, —¿que la violencia me pone cachondo?

Suelta una carcajada dolorida.

—Todo te pone cachondo, Sebastian. —Su voz es grave, áspera y rezuma sexo. No ayuda.

—Error, nena. Me pones cachondo. Y sólo tú.

Se estremece cuando la lamo a lo largo de la garganta antes de morder su suave piel.

—¿Vas a ser una buena chica y darme lo que necesito?

—Debería decir que no y obligarte a descansar.

—Deberías —murmuro, rodeando con las manos el dobladillo de su camisa y arrastrándolo con cuidado por su cuerpo, con cuidado de las tiritas que Gianna le ha aplicado en los brazos—. Pero no vas a hacerlo.

—¿No? —pregunta, inclinando la cabeza hacia un lado en señal de curiosidad. Pero todo es una actuación. Sabe tan bien como yo que no va a detenerme. Me necesita tanto como yo a ella. Y estoy a punto de demostrárselo.

—No. Estás mojada por mí, y lo sabes.

Le desabrocho el botón de los pantalones cortos y le doy un golpecito en las caderas para que levante el culo.

Con todo el cuidado que puedo, se los quito y las mallas estropeadas de las piernas. Me arrodillo ante ella y le doy un ligero beso en cada uno de los cortes que Gianna ha cubierto.

—Seb —gime cuando le separo los muslos y beso la piel suave e intacta, lamiendo las cicatrices persistentes que le dejé en el muslo.

—Dime que no me estás deseando ahora mismo, Princesa.

La miro a través de las pestañas.

—Porque sé que lo estas.

Alargo la mano y presiono con un dedo sus bragas empapadas hasta rozar su clítoris.

—Oh, Dios —gime, deslizándose hacia delante en el mostrador para darme mejor acceso.

—Una puta asquerosa, Diablilla.

—Seb, por favor —me suplica, sus dedos se enredan en mi pelo mientras intenta arrastrarme hacia delante.

—Joder, nena.

Incapaz de negármelo, engancho mis dedos en sus bragas y las arrastro a un lado, exponiendo su coño resbaladizo e hinchado para mí.

Sumerjo la cabeza entre sus muslos y la lamo a lo largo de su coño, saboreando su dulce sabor.

—Jodidamente adicto a ti, Diablilla —confieso antes de atravesarla con mi lengua y hacerla gritar.

Me la como hasta que grita mi nombre y mis pelotas ansían liberarse.

De pie, la levanto del mostrador y la bajo suavemente al suelo antes de pasarle la punta de la polla por los labios.

—Ábrete para mí, nena. Quiero correrme con mi polla enterrada en tu garganta—.

Hace lo que le digo e inmediatamente me chupa todo lo que puede, tarareando en señal de aprobación, haciendo que mi liberación avance más rápido de lo que creía posible.

—Joder. Joder —ladro, mis caderas empujan, mi polla llena su garganta.

Mi agarre de su pelo debe de ser doloroso mientras mi polla se sacude y mi semen se desliza por su garganta.

No me suelta hasta que acabo, y entonces se sienta sobre sus talones y me mira con rastros de lágrimas en las mejillas y los labios hinchados por mi polla.

—Joder, te quiero —digo, agachándome para levantarla del suelo.

La cojo en brazos, la llevo a la cama, la tapo y la tumbo.

—Tengo que limpiarme —argumenta.

—Más tarde —susurro, deslizándome en la cama con ella.

Ni siquiera se inmuta al ver que aún estoy mojado cuando la atraigo hacia mí y la abrazo con fuerza.

—No pasa nada, Seb —suspira, adivinando correctamente por qué me aferro a ella como si fuera mi salvavidas—. Estoy bien. Me sacaste.

—Voy a empezar a encerrarte en el piso para mantenerte a salvo, cariño.

—Y sabes que encontraré la manera de escaparme.

No puedo evitar reírme de su confesión. Es la puta verdad.

Se oye un estruendo al otro lado de la puerta que nos hace saltar a los dos antes de que una voz familiar grite:

—Joder. ¿Me he perdido toda la emoción?

Stella ríe entre mis brazos.

—Theo parecía haberse dado un baño de sangre —dice Stella cuando todo vuelve a quedar en silencio.

—Sí. Aunque no me sorprende. Él y Daemon pueden ser bastante… creativos cuando quieren.

—¿Ah? —pregunta, alzando las cejas.

—Sólo porque no sea tan rápido con los puños como Nico, Alex y yo, no creas que eso significa que no es jodidamente letal, nena. Theo sólo es… más calmado, más reflexivo cuando se trata de herir a alguien.

—No estoy seguro de si eso debería aterrorizarme o excitarme.

Un gruñido retumba en mi garganta ante su confesión, pero lo único que hace es reírse.

—Sí, tan jodidamente divertido, Diablilla.

Rodando sobre mi espalda, la arrastro conmigo, dejando que tome las riendas para que sepa que no la estoy lastimando mientras enredo mis dedos en su pelo desordenado y arrastro sus labios hasta los míos.

CAPÍTULO 12

Stella

Los acontecimientos de la noche claramente no tuvieron ningún tipo de impacto real en Seb, porque después de besarse durante horas y enredarse en sus sábanas, se quedó profundamente dormido. Supongo que eso es lo que pasa cuando noches como la de hoy son algo parecido a la vida normal.

Yo, en cambio, soy totalmente incapaz de desconectar, así que me paso horas tumbada mirando al techo.

Al oír movimiento al otro lado de la puerta, me deslizo de la cama con el mayor cuidado posible para no despertar a Seb, me pongo una de sus sudaderas abandonadas y salgo de la habitación.

El apartamento está a oscuras, aparte de un resplandor que sale de la cocina, y cuando doblo la esquina me encuentro a Theo sentado en la encimera, mirando fijamente su móvil con una botella de vodka en la mano.

—Hola —susurro, sin querer asustarle.

Tarda unos segundos en levantar la vista, pero cuando lo hace, su expresión es completamente inexpresiva, sin dejar entrever cómo se siente después de todo lo que ha pasado esta noche.

—¿Estás bien? —pregunto, acercándome a él a pesar del aura que desprende de que nadie se le acerque.

—Perfecto. ¿Y tú?

—Umm…— Dudo, enciendo la tetera para prepararme un chocolate caliente con la esperanza de que el calor me ayude a dormir—. Sí. Esta noche fue…

—Sabes quién es, ¿verdad? —Su pregunta me hace volverme hacia él.

—¿Importa? —pregunto.

—Claro que importa, joder —escupe.

—¿Por qué? Su padre ya no está involucrado, y no es que ella lo esté.

—¿No lo esta? —pregunta, sorprendiéndome.

—No —confirmo con seguridad—. ¿Es ese tu problema? ¿Por qué no cedes a lo que claramente quieres?

Sus ojos se abren de golpe y casi espero que salga volando de la habitación, frustrado, negándose a responder a mi pregunta. Pero se queda quieto.

—¿Qué te hace pensar que ella es lo que quiero?

No puedo evitar reírme.

—Oh, vamos. ¿De verdad crees que no lo vemos?

—No me conoces, Princesa. No de verdad. — Pienso en las palabras de Seb antes de desmayarse, y sé que Theo tiene razón. Puede que haya pasado bastante tiempo con él, con todos los chicos, desde que Seb y yo arreglamos nuestras cosas, pero no le conozco. Realmente no. Aunque eso no significa que no pueda ver el anhelo en sus ojos cada vez que mira a Emmie.

Él la quiere. Fin.

—Sí, empiezo a darme cuenta —digo, acercándome y apoyando los antebrazos en la encimera, mirándole fijamente a los ojos—. No te tenía por un psicópata, Cirillo.

Una risita oscura retumba en el fondo de su garganta mientras una sonrisa malévola se curva en sus labios.

—¿No recibiste el memo, Princesa? Estás jodidamente rodeada de ellos. Hemos sido entrenados desde el día en que nacimos. No hay mucho de lo que nosotros seis, todos los hombres que nos rodean, no seamos capaces.

—¿Y qué pasa con las mujeres? —pregunto, con auténtica curiosidad por saber su opinión sobre nuestra posición mientras ellos están ahí fuera matando y torturando a sus enemigos.

—¿Qué pasa con ellas?

—¿Sólo sirve para mantener tu casa ordenada y criar más niñitos para continuar tu imperio? —pregunto, arriesgándome.

He experimentado cómo tratan a Calli. No es difícil creer que los chicos tienen opiniones similares sobre lo que quieren de sus mujeres.

—Depende de la mujer —confiesa, dando un trago a su botella.

Un lado de mi boca se tuerce al darme cuenta.

—Vale, sí. Ahora lo entiendo.

—¿Oh? ¿Le importaría iluminarme, Princesa?

—Crees que quieres a una chica como Calli.

—No quiero a mi prima, Princesa.

—¿Dije que lo hacías? Dije *como tu prima*. Como tu madre, supongo. No viste venir a Emmie, ¿verdad?

—No tengo ni idea de lo que estás hablando.

—Ella te asusta. Te intimida. El gran príncipe de la mafia Theo Cirillo está jodidamente aterrorizado de una chica en bicicleta y vestida de cuero.

Se sienta y se ríe como si fuera la mayor locura que hubiera oído nunca. El problema es que sólo oigo sus nervios.

Tengo razón y él lo sabe.

Emmie no se parece a ninguna otra mujer que haya conocido antes. No se doblega ante él ni hace lo que le dice. Es todo lo contrario, y él no tiene ni idea de cómo lidiar con eso.

—Podemos mantener esto entre nosotros si quieres —digo, cortando su falsa diversión—. Pero necesito advertirte.

—¿Ah, sí? —pregunta, con las cejas fruncidas por la curiosidad.

—La lastimaste, carajo, y no será la única mujer a la que debas temer.

Le doy la espalda en cuanto le lanzo mi amenaza y me sirvo agua hirviendo en la taza.

—Buen intento, princesa. Ya estoy jodidamente aterrorizado de ti.

La diversión fluye a través de mí, pero no dejo que se note.

—Es bueno saber que no eres totalmente estúpido, Cirillo.

—Seguro que ya te lo has imaginado —dice, su voz se va acercando con cada palabra. Su calor corporal quema a través de la sudadera con capucha de Seb cuando se pone justo detrás de mí. Me echa la cabeza hacia atrás y me quema el cuero cabelludo. Me agarra del cabello y me lo retuerce para que no tenga más remedio que mirarle.

—Eres más peligrosa que cualquiera de nosotros. Además de tu entrenamiento, tienes esta cara bonita e inocente y este cuerpo pecaminoso. Tendrías a cualquier hombre de rodillas mucho antes que nosotros. El cabrón que te persigue claramente no tiene ni idea de con quién está tratando.

Permanezco inmóvil, mirando fijamente los inquietantes ojos verdes de Theo, esperando a ver qué va a hacer a continuación.

El corazón me retumba en el pecho al pensar que podría estar a punto de hacer algo jodidamente estúpido, pero, aunque sus ojos se posan brevemente en mis labios, nunca acorta la distancia que nos separa.

Gracias, joder.

Realmente odiaría tener que ver a Seb matar a su mejor amigo.

—Para que lo sepas —respira por fin, con voz profunda y aterradora—. Si le haces daño, te arrancaré el corazón con mis propias manos.

Se me corta la respiración ante su amenaza mortal.

Una parte de mí quiere reír, pero entonces lo veo, el monstruo que acecha tras la fachada que lleva, y mi cuerpo tiembla en su abrazo.

Antes de que a mi cerebro se le ocurra nada parecido a una respuesta, me suelta y se marcha a su habitación, dando un fuerte portazo tras de sí.

—Joder —respiro, dejándome caer de espaldas contra la encimera y levantando la mano temblorosa para taparme el corazón acelerado.

Cuando me he tomado el chocolate caliente y he calmado los nervios después de ver una faceta de Theo que no estoy segura de que muchos lleguen a ver, vuelvo a meterme en la cama.

Me duele el cuerpo, me escuecen los cortes y lo único que quiero es caer en un sueño tranquilo y olvidarme de los acontecimientos de la noche.

Retiro las mantas y vuelvo a colocarme con la frente de Seb a mi espalda.

Inmediatamente me rodea la cintura con el brazo y me empuja contra él.

—Te quiero, cariño —murmura en sueños.

—Yo también te quiero, Seb.

Con sus suaves ronquidos llenando mis oídos, finalmente sucumbo a mi agotamiento y dejo que la oscuridad me reclame.

~~~

El sonido del celular de Seb me saca por fin de mi paz, pero, aunque me doy la vuelta para cogerlo, él sigue sin inmutarse.

—Mierda —siseo al ver las múltiples llamadas perdidas de Sophia—. Seb —digo más alto, sacudiendo suavemente su hombro para que vuelva en sí.

—Sí, nena. ¿Qué pasa? —dice, con la voz áspera por el sueño.

—Tienes un montón de llamadas perdidas de tu hermana.

—Mierda. —Abre los ojos de golpe y se incorpora más rápido de lo que creía posible.

Al deslizar el dedo por la pantalla, la llama inmediatamente.

—¿Qué pasa? —ladra en cuanto se conecta la llamada.

Sophia dice algo. Es demasiado silencioso para que pueda distinguirlo, incluso a escasos centímetros de distancia, pero sea lo que sea hace que los ojos de Seb se claven en los míos, permitiéndome ver el miedo que oculta a casi todos los demás.

—Sí, ya vamos. Tardaremos treinta minutos.

Está fuera de la cama antes incluso de matar la llamada.

—¿Qué pasa? —pregunto, aunque ya se me hace un nudo en el estómago con una buena idea.

—Es mamá. Está en el hospital.

—Mierda. ¿Qué…?

—Sobredosis.

—Dios. ¿Qué esperas? —pregunto cuando se para en medio de la habitación, con la mirada completamente perdida.

Se acerca a mí y me toma la cara entre sus cálidas palmas.

—Deberías quedarte aquí —susurra, la preocupación aleja su miedo anterior.

—A la mierda, Seb. Tú me necesitas. Tu familia me necesita. No estaría en ningún otro sitio.

—Pero… —Me mira la piel sucia del fuego de anoche mezclada con la sangre seca que aún no he podido lavarme.

—Son unos rasguños. No me pasa nada. Vístete —le exijo antes de que intente ponerse firme.

Lo empujo físicamente lejos de mí y hacia su armario con la esperanza de que lo suelte, porque no voy a permitir que salga de esta casa sin mí.

En sólo cinco minutos, ambos estamos vestidos y saliendo por la puerta.

Theo está de nuevo sentado en la barra del desayuno, sólo que esta vez está con su portátil.

—¿Qué pasa? —pregunta en cuanto levanta la vista y lee el miedo que se dibuja en el rostro de Seb.

—Helen está en el hospital —le ofrezco.

—Joder. —Se le cae la cara de vergüenza cuando recuerda el estado de su querido carro, y sus puños se enroscan en la encimera.

—Lo tenemos. Gracias. Te llamaré cuando sepa algo —promete Seb, sacándome del apartamento mientras los ojos de Theo se clavan en los míos.

Es un hijo de puta difícil de leer, pero estoy seguro de que hay una disculpa en sus misteriosas profundidades.

Es totalmente innecesario. Su amenaza podría haber sido un poco más detallada de lo necesario, pero lo entendí. Sólo estaba haciendo exactamente lo mismo que yo le hice unos minutos antes.

No esperaría menos de ninguno de ellos si algo saliera mal entre Seb y yo. Puedo ser parte de esta

141

Familia, pero soy plenamente consciente de dónde están las lealtades de estos chicos. Y no es conmigo.

—Llámame —me dice Theo antes de que rompamos el contacto visual.

Asiento, prometiéndole en silencio que cubro las espaldas de Seb antes de que desaparezcamos al doblar la esquina.

—Me alegra ver que has traído mi carro de una pieza —murmura mientras nos acercamos a su Aston.

—Por supuesto.

—No me puedo creer que se haya estrellado —dice con una leve risa, que no concuerda en absoluto con la cara de destrozado que tiene. Pero por mucho que quiera centrarme en nuestro drama actual, dejo que se pierda un poco en el de Theo—. ¿Crees que lo hizo a propósito sólo para sacarle de quicio? —pregunta.

—No me extrañaría —confieso, sabiendo lo peleonera que puede ser Emmie cuando quiere.

Algo me dice que estaría encantada de hacer algo tan dramático sólo para sacarle de quicio.

Seb se calla, sus dedos sujetan el volante con lo que parece un agarre doloroso.

Alargo la mano y le paso los dedos por las costras de los nudillos.

—Debería haber limpiado esto anoche.

—No pasa nada. No fue la primera vez, y estoy seguro de que no será la última.

—Esa no es la cuestión.

Se encoge de hombros.

—Mis nudillos son la menor de nuestras preocupaciones ahora mismo, Diablilla.

Suelto un fuerte suspiro mientras apoyo la mano en su muslo. Tengo muchas ganas de decirle que todo va a salir bien, que no está a punto de perder a otro miembro de su familia más cercana. Pero creo que los dos sabemos que sería como agarrarse a un clavo ardiendo.

Ya ha dicho antes que ha temido este día durante años. Su madre ha estado al borde de esto casi desde que tiene memoria.

Parecía tan bien el domingo. No es que tenga con qué compararla. No es que tenga nada con lo que compararla. De acuerdo, no era exactamente saludable, pero tenía mucho mejor aspecto que la imagen que Seb había pintado de ella. Esperaba que fuera un completo desastre, pero en lugar de eso, me encontré con una mujer que claramente adoraba tener a su familia a su alrededor, pero que estaba más que un poco rota. Y después de las pérdidas que ha sufrido a lo largo de los años, no creo que nadie pueda culparla.

No sé cómo llevas lo de perder a tu marido y a tu hija.

Levanto la vista hacia Seb y el corazón se me hincha en el pecho al pensar en lo mucho que significa para mí.

Incluso después de tan sólo estas pocas semanas, no puedo imaginar una vida sin él, y mucho menos después de años de matrimonio y cuatro hijos. ¿Cómo puedes empezar a afrontar una pérdida así?

—¿Estás bien? —pregunta, sintiendo mi mirada.

—Estoy aquí. Pase lo que pase.

Deja caer su mano sobre la mía, entrelaza nuestros dedos y lleva mis nudillos a sus labios.

—Lo sé —susurra, con la voz quebrada por la emoción.

Volvemos a estar en silencio y, sólo unos minutos después, nos detenemos en un hospital distinto al que hemos visitado recientemente.

—Sophia llamó a una ambulancia. Aquí es donde la trajeron —dice cuando me reúno con él en el capó del carro, respondiendo a mi pregunta no formulada—. La trasladaremos si... —se interrumpe, pero no necesito las palabras para saber a qué se refiere.

—Estoy segura de que harán un gran trabajo aquí.

Después de llegar a la UCI, nos llaman y encontramos a Sophia y a Zoe en la sala de estar.

Ambas saltan en cuanto entramos, sus rostros pálidos, sus ojos oscuros y doloridos.

—¿Alguna novedad? —pregunta Seb mientras tomamos asiento con ellos.

—No. Pero no suenan muy esperanzadores. La encontré justo a tiempo, pero aun así, no estoy segura de que su cuerpo sea lo suficientemente fuerte para luchar.

—Entonces quizá ni siquiera deberían intentarlo —dice Seb con tristeza, ganándose las miradas atónitas de sus dos hermanas—. ¿Qué? —pregunta, sonando sorprendido de que se sorprendan—. Lleva años intentando conseguirlo. Será mejor que la dejemos marchar en paz.

—Ella no ha querido morir, Seb —argumenta Zoe.

—¿No es así? ¿Así que sólo existir en un borrón de oscuridad y drogas es mejor?

Los labios de Zoe se separan para discutir, pero como era de esperar, no tiene realmente una respuesta.

—Ha estado muy positiva esta semana —dice Sophia al cabo de unos minutos—. Incluso vino al parque con nosotros el otro día. Realmente pensé que podría estar dando un giro.

—¿Cuántas veces tenemos que pasar por este mismo ciclo? —ladra Seb, levantándose de la silla a toda prisa—. Estoy harto de esta mierda. Hablas como si ella fuera a mejorar. Ella nunca tuvo intenciones reales de dejar esto. Era una adicta, Soph. Esto siempre iba a matarla.

—*Está*, Seb. Sigue aquí, sigue luchando.

—¿Qué sentido tiene? —replica—. No ha sido una madre para ninguno de nosotros en años. ¿Qué sentido tiene todo esto?

Sale pitando de la habitación, dejándonos a las tres con la barbilla caída.

—Estará bien —me asegura Sophia—. Sólo necesita un momento.

Mi necesidad de seguirle, de apoyarle, arde a través de mí.

Doy un paso adelante para hacerlo, pero la mano de Zoe se posa en mi antebrazo.

—Soph tiene razón. Dale un minuto.

Confiando en que lo conocen mejor que yo, dejo caer el culo en el asiento y apoyo la cabeza contra la pared.

Ese minuto se convierte en diez mientras me siento en el borde de la silla en mi necesidad de huir de la tensión de la pequeña habitación, pero en el momento en que decido salir corriendo a darle caza, se abre la puerta y entra un médico con expresión seria en el rostro.

Mi corazón se desploma, porque sólo por la expresión de su cara, sé exactamente lo que está a punto de decir.

Y ni cinco segundos después, descubro que tengo razón.

Helen no va a sobrevivir a esto.

Ahora mismo está conectada a máquinas que respiran por ella, pero no tiene sentido seguir intentando recuperarla de esto. Como dijo Sophia, su cuerpo está demasiado débil después de tantos años de abusos.

Los silenciosos sollozos de Sophia y Zoe llenan la habitación mientras el médico se echa atrás una vez más y les dice que pueden ir a verla y sentarse con ella todo el tiempo que necesiten.

—Necesito encontrarle —digo, cortando entre sus sollozos.

Me levanto y salgo de la habitación antes de que puedan decir una palabra.

No tengo ni idea de dónde estará. Nunca había pisado este hospital, así que empiezo a caminar.

Saco el celular del bolsillo, abro la aplicación que me instaló hace unas semanas y espero a que se cargue mientras agarro el ascensor hasta la planta baja.

Algo me dice que ha escapado del edificio, así que sigo mi instinto mientras espero.

Salgo al sol otoñal de última hora de la mañana y me ciño la capucha con más fuerza mientras el aire fresco me hace temblar. Por suerte, la aplicación se carga y encuentro su móvil en una zona verde junto al edificio.

Caminando en esa dirección, sigo hasta acercarme a su punto.

Encuentro un bonito huerto benéfico que ha sido donado por la familia de un niño que perdió la vida hace unos años y me meto el celular en el bolsillo, sabiendo que estará en algún lugar cercano.

Atravieso unos arbustos inmaculadamente podados y encuentro una figura oscura en el banco más alejado.

Me duele el corazón por él mientras está sentado, totalmente derrotado, con la cabeza entre las manos.

CAPÍTULO 13

Sebastian

Lo sé en cuanto se acerca, porque el vacío que me había consumido desde que salí furiosa de aquella habitación familiar disminuye.

Pero no me muevo ni levanto la vista para confirmar lo que ya sé.

Es como si todo mi cuerpo se hubiera rendido.

Toda mi lucha, mi ira… todo se ha drenado de mí, dejándome nada más que una cáscara de la persona que suelo ser.

¿Por qué es esto justo?

¿Cómo?

Ya hemos perdido mucho. ¿Cómo puede pasarle toda esta mierda a una sola familia?

Sophia y Zoe no se merecen nada de eso.

Yo, en cambio… después de toda la mierda que he hecho, me merezco más que el dolor.

Stella se baja al banco junto a mí y me rodea la cintura con los brazos.

—Oye —susurra, apretando los labios contra mi hombro.

Respiro lentamente, me incorporo un poco y la miro.

—Mierda —jadeo, asimilando la expresión de su cara—. ¿Acaso…?

—Yo… el doctor dijo…

—Joder. Joder —ladro, con la palma de la mano chocando con el asiento del banco de madera, cualquier cosa que cause algo de dolor físico para que el que tengo dentro del pecho sea un poco más llevadero.

Empujo para ponerme en pie en mi necesidad de huir una vez más, pero la mano de Stella me envuelve el brazo y me sujeta con todo lo que tiene para impedir que me mueva.

—Cariño, necesito…

—No —suelta, golpeándome el pecho con la palma de la mano y obligándome a sentarme.

—¿Qué estás…?

La conmoción interrumpe mis palabras cuando se sube a mi regazo, a horcajadas sobre mí, y me toma la cara entre las manos.

—No huyas de mí, Seb. Estoy aquí. Para lo que necesites. —Se inclina hacia delante, presionando su frente contra la mía—. Estoy aquí —repite.

La rodeo con mis brazos y la atraigo hacia mí, abrazándola con fuerza mientras suelto un suspiro tembloroso.

Me da un beso en el cuello, su calor y su apoyo se extienden por mí.

Permanecemos en silencio mientras pasan los segundos y los minutos, y ella no hace ningún movimiento para intentar zafarse de mi fuerte abrazo. Hace exactamente lo que dijo que haría. Se queda aquí. Y no me suelta.

—Probablemente deberíamos volver a subir —digo finalmente.

Sinceramente, es lo último que quiero hacer. Preferiría irme del hospital y olvidar todo lo que ha pasado.

Pero no puedo.

No puedo hacerle eso a mis hermanas. Han estado ahí, a mi lado, durante toda mi vida. Es hora de que les devuelva el favor y esté ahí para ellas.

—¿Estás seguro?

Intento tragarme el enorme nudo que se me hace en la garganta al pensar en lo que está por venir, asiento y suelto mi agarre de vicio alrededor del cuerpo de Stella.

Me agarra de la mano y me lleva en silencio hacia el edificio.

Mucho antes de que esté lista, nos detenemos junto a una puerta donde nos han dicho que mis dos hermanas están con mamá.

—Sólo para familiares directos —dice en voz baja la enfermera que se presentó aquí cuando nos detenemos.

Mis ojos se clavan en los de Stella, el pánico bulle en mi interior.

—E-Ella es mi prometida. Es…

—Seb, está bien. Tus hermanas están ahí dentro y yo estaré aquí fuera. No me moveré de la ventana.

Sus ojos me ruegan que no le dé importancia.

En el fondo, sé que tiene razón. Ha visto a mamá una vez, no cree que le corresponda involucrarse en esto. Pero joder, la quiero allí.

—Llamaré a Theo. Estaré aquí fuera esperando.

—Joder, yo… —Levanto la mano que tengo libre y me retiro el cabello de la frente hasta que me duele.

Odio esto. Odio sentirme tan jodidamente vulnerable. Pero… la necesito.

Está bien —dice, tirando de mi mano y arrastrándome hacia su cuerpo.

—Estoy aquí —susurra, sus labios rozando los míos.

—Te quiero, Diablilla —le digo con firmeza antes de pegar mis labios a los suyos en un beso totalmente inapropiado para la situación, pero que me jodan si me importa.

La enfermera tose y Stella me empuja hacia atrás, obligándonos a separarnos.

—Yo también te quiero. Puedes hacerlo.

Asiento una vez y le doy la espalda. La cosa más jodidamente difícil de la historia.

Cuando atravieso la puerta, siento que mi corazón está a punto de romperse en mil pedazos, y ver las caras llenas de lágrimas de mis hermanas no ayuda una mierda.

Al mirar por encima de mi hombro, veo a Stella de pie exactamente donde estaba, aunque ahora borrosa a través del cristal esmerilado de la ventana.

—Seb —grita Sophia, corriendo hacia mí y echándome los brazos por los hombros—. Lo siento mucho.

—No es culpa tuya, Soph —digo, con la voz vacía de cualquier tipo de emoción.

Los brazos de Zoe nos rodean a los dos y nos quedamos allí de pie durante mucho tiempo, con las máquinas pitando detrás de nosotros.

Un golpe en la puerta nos separa por fin, y un médico y dos enfermeras se cuelan en la habitación.

—¿Vale? —pregunta el médico en voz baja y Sophia asiente; los tres tomamos asiento junto a la cama de mamá.

Incapaz de mirar, cuelgo la cabeza entre los hombros mientras el médico y las enfermeras hacen lo suyo y, al cabo de unos minutos, cesan los pitidos y silbidos de las máquinas.

Tanto las manos de Sophia como las de Zoe tiemblan en las mías, pero lucho contra todo lo que no quiero sentir.

La imagen de Demi tendida en la carretera cuando la encontré llena mi mente, y mis ojos arden.

—Cuida de Demi, mamá —susurro, arrancando mis manos de las de mis hermanas. —Lo siento, yo... no puedo hacer esto—. Salgo corriendo de la habitación, mis hermanas gritan mi nombre detrás de mí, pero no me detengo.

—Seb, ¿qué...? —Miro por encima del hombro a Stella, y ella se traga inmediatamente sus palabras.

Sabiendo que no va a detenerme, asiente.

Te quiero —dice antes de soltarme de su mirada y dejarme ir.

Me duele hacerlo, pero es que... no puedo estar cerca de nadie ahora mismo.

—ARGH —grito, golpeando con las palmas de las manos el volante de mi carro una y otra vez mientras las lágrimas que me quemaban los ojos por fin se escapan.

CAPÍTULO 14

Stella

Sophia y Zoe me llevan a casa de Theo cuando acaban en el hospital.

Ambas parecen totalmente agotadas.

Lo entiendo. Mi energía es casi inexistente y no he pasado por lo que ellos han pasado hoy. Mi corazón se rompe por todos ellos, pero no es nada comparado con lo que deben estar sintiendo.

—Se pondrá bien —dice Sophia, mirándome por el retrovisor, con los ojos rojos e hinchados de llorar.

—Lo sé —asiento, forzando las palabras más allá del nudo en la garganta. Y sé que lo hará.

La mirada que me dirigió al salir del hospital era diferente de la que me dirigió cuando lo encontré en aquel jardín. Me dijo en silencio que no huía de mí. Sólo de la situación.

Confío plenamente en que volverá a mí, siempre que no me impaciente demasiado y vaya a buscarlo antes.

—Te avisaré cuando lo haga.

—Gracias —suspira.

Con una sonrisa triste, salgo del carro y me dirijo a la puerta, despidiéndome con la mano.

Con un suspiro, subo las escaleras y doblo la esquina para entrar en la sala. Como era de esperar, varias miradas de preocupación se posan en mí.

Llamé a Theo, como le había prometido, y enseguida me dijo que iría directamente al hospital.

153

Lo había desanimado. No estaba contento, pero ¿qué podía hacer? Me dieron la razón cuando Seb se fue poco después.

—Dios mío —respiro, encontrándome con un par de ojos que no esperaba—. Toby.

Se levanta lentamente del sofá cuando avanzo hacia él y me abre los brazos.

—No sabía que habías salido —respiro, me meto en su cuerpo y le abrazo sin apretar.

—Sorpresa —dice, aunque carece de cualquier tipo de emoción.

—Es tan bueno verte. Siento no haberte visitado por…

—Para, Stella. Ya lo sé. Las cosas han sido…

—Dramáticas.

—Sí —suspira con una risa dolorida.

—¿No deberías estar en casa en la cama o algo así?

—Sí, debería —suelta Nico.

—Déjalo ya, abuelo —bromea Toby, bajando al sofá y arrastrándome con él.

—¿Sabes algo de él? —pregunta Theo, y yo niego con la cabeza.

—Dios. Esto es un puto desastre.

El silencio se extiende por la habitación, cada uno de los hermanos de Seb afligido por su pérdida.

Puede que tengan sus diferencias, pero en momentos como éste queda claro lo fuerte que es su vínculo.

—Todos sabemos dónde está, ¿verdad? —pregunto, asumiendo que todos han llegado a la misma conclusión que yo.

—Sí —asiente Theo, restregándose la mano por la cara.

—Entonces deberíamos irnos. Todos nosotros —anuncia Alex—. Agarrar algo de vodka ahogarte con él.

—Todos para uno y uno para todos —añade Nico.

Theo me sostiene la mirada, preguntándome en silencio qué pienso.

Agradezco el gesto, pero todos sabemos ya la respuesta.

Somos un equipo, una unidad, y si uno cae, estamos todos ahí para volver a levantarlo.

—Stella, estás conmigo —dice Theo.

—Oh, ¿me vas a dejar montar en el Ferrari? —pregunto, bromeando.

Sus ojos se entrecierran en señal de advertencia.

—No toques nada. Odiaría tener que matarte a ti también.

—Ja, gracioso. Hablé con Emmie hace menos de una hora. Sé que está de una pieza.

Un gemido de disgusto sale de su garganta y todos se ríen.

—Todavía estoy cabreado por habérmelo perdido —murmura Nico.

—No deberías haber pasado tanto tiempo lavándote la polla, amigo —bromea Alex.

Por muy malo que sea reírse en un momento como éste, cuando Seb se está ahogando, sienta bien.

Sólo espero que todos podamos proporcionarle un alivio similar.

—Vete a la mierda, hermano. Todos en esta habitación saben que es más grande que la tuya.

—Dios. ¿Podemos dejar a un lado lo de medir pollas? —Theo pregunta, metiendo la mano en el armario y sacando un par de botellas de vodka—. Hermano, ¿tienes hierba? —Theo pregunta a Alex, que se toca el bolsillo del pantalón—. Vamos entonces. Vamos, Princesa.

Sigo a los chicos fuera del apartamento con Toby justo delante de mí.

—¿Seguro que estás bien para esto?

—Estoy bien, de verdad —dice mirándome.

—Claro que sí.

—No soy de cristal, hermanita —me dice, echándome el brazo por encima del hombro una vez que estamos al pie de la escalera.

—¿Cómo está tu madre? —Le pregunto.

—¿Te refieres a nuestra madre? —pregunta con una sonrisa burlona.

—S-sí.

—Lo está haciendo bien. Está emocionada por conocerte.

—¿Han hablado de mí? —pregunto, sorprendida. Sé que se guardaba cosas porque pensaba que su habitación tenía micrófonos.

—Fuimos a dar un lento paseo por el jardín. Tu padre y la tía Penny están arreglando algo—.

Nervios y emoción chocan ante sus palabras y se me revuelve el estómago.

—¿Estás bien? —me pregunta, posando su gran mano en mi hombro.

—S-sí. Yo sólo…

—¿Miedo? —Doy un respingo al oír la palabra, pero cuando le miro a los ojos, no encuentro ninguna burla, solo preocupación y comprensión.

Asiento, incapaz de hacer otra cosa.

—Le vas a encantar. Ahora lo sé, veo mucho de ella en ti.

—¿Sí? —pregunto con una sonrisa.

He vivido toda mi vida pensando que nunca llegaría a conocer a mi madre. Pero ella ha estado aquí todo el tiempo y que, a pesar de no conocerla, nos parezcamos en algo me llena de una especie de consuelo que nunca antes había experimentado.

—¿Nos vamos o tenemos una puta reunión? —Theo ladra desde el lado del conductor de su Ferrari negro.

—No te despeines, Cirillo —le contesto—. Nos vemos en un rato —le digo a Toby.

—Va a superar esto. Seb es más fuerte de lo que parece.

—Lo sé. No le dejaremos hacer nada más.

Toby me dedica una suave sonrisa antes de hacerse a un lado para que pueda entrar en el lujoso coche de Theo.

Permanece en silencio mientras observa a los demás subir al coche de Nico, que está aparcado fuera del garaje, antes de que la bestia que tengo debajo retumbe y me envíe una descarga de adrenalina.

—¿Qué hace falta para que me dejes conducir esto un día?

Me mira y su expresión de estupefacción me da la respuesta.

—Necesitaría matarte primero.

—Es bueno saberlo.

—No te ofendas, Princesa, pero ningún coño está siquiera cerca de ser lo suficientemente bueno como para dejar a una chica al volante de este coche.

Me burlo.

—Cerdo machista.

—¿Qué? Yo tampoco dejaría que cualquiera se sentara aquí.

—¿Así que no dejarías que Seb me sacara en él?

—Diablos, no. Lo tienes envuelto alrededor de tu dedo tan apretado que ni siquiera es gracioso. Dejaría que se la chuparas hasta dejarla seca, le volarías las pocas neuronas que le quedan, y luego te entregaría las llaves de buena gana, como hizo con sus pelotas.

—Y pensar que me preocupaba no gustarte — murmuro, cruzando los brazos sobre el pecho.

Theo se ríe.

—Siento lo de anoche…

—Lo siento, ¿qué fue eso?

—Yo… dije que lo sentía.

—Mierda, debería haber grabado eso.

Suelta un suspiro frustrado, apartándose el pelo de la frente, y se toma un momento para ordenar sus palabras.

—Me gustas, Stella. Y, a pesar de lo que dije anoche, confío en que no harás daño a Seb. Sé lo que sientes por él. Siempre lo he sabido. Es sólo que... no deberías haberme visto así.

—Puedo manejar esta vida, Theo. Puedo manejar lo oscuro y lo feo tan bien como tú.

—No lo dudo, Princesa. Sólo que no deberías hacerlo. Todos nosotros... las cosas que hacemos... no se las desearía a nadie.

—Supongo que es bueno que no tenga opción de estar aquí, entonces. Lo dijiste anoche. Soy uno de ustedes. *Aterrador*, creo que dijiste. Aceptaré lo que me echen.

Sacude la cabeza como si no pudiera creerse las palabras que estoy diciendo. Pero lo digo en serio.

—¿Ya le has dicho esas palabritas a Emmie?

—Qué poco... No —suelta cuando se da cuenta de lo que quiero decir—. No tengo por qué.

—Eres un puto idiota —me río.

—¿Q-qué?

—Ya lo has oído. Pero te equivocas con ella. Ella no es una amenaza para nosotros. Para ti.

A Theo le rechinan los dientes y aprieta con fuerza el volante.

—¿Qué? ¿Qué es lo que no sé?

Suspira, claramente sin querer decirme lo que piensa cuando se trata de mi amigo.

—Theo —gruño.

—No sé nada, ¿vale? —escupe—. Yo... Los italianos dijeron que uno de nosotros estaba detrás de la emboscada de anoche. Pero no estábamos sólo nosotros allí, y no recuerdo que los *Reapers* parecieran tan conmocionados por todo el asunto.

—¿Crees que también estaban involucrados?

—No lo sé. Los italianos no cambiarían su historia sin importar lo que Daemon y yo hiciéramos. No puedo evitar sentir que nos estamos perdiendo algo.

Me siento y considero sus palabras. Quiero estar de acuerdo, pero no vi mucho de lo que pasó anoche, estaba demasiado ocupada saliendo por una ventana.

Pero puedo entender de dónde viene.

¿Dónde estaban los *Reapers* cuando pillamos a los italianos? ¿Seguro que han tenido heridos como nosotros? Seguramente habrían querido su libra de carne por eso.

—Sí, tiene sentido.

—No debería decirte esto.

—¿Por qué? ¿Porque voy a correr hacia Emmie y chillar? ¿Realmente piensas tan poco de mí?

—No se lo he dicho a mis hermanos, princesa. Ni siquiera se lo he dicho a mi padre. Yo sólo… joder—. Su puño curvado golpea el volante, su mandíbula estalla de frustración.

De repente me doy cuenta de la realidad.

—No se lo has dicho porque la estás protegiendo.

Me mira, pero a pesar de que no pronuncia palabra, oigo su respuesta alto y claro.

—Incluso si los *Reapers* estuvieran-están-implicados en toda esta mierda, entonces… —Me trago mi malestar ante la idea de que estén detrás de todos los ataques contra mí—. Entonces no hay razón para creer que ella lo supiera.

—Lo sé. —Hace una pausa—. Nos estamos perdiendo algo. Algo jodidamente importante. Y joder… no puedo conseguirlo.

—Lo haremos —le aseguro—. Ganaremos. Somos mejores que ellos.

—Podríamos haber muerto todos anoche, Princesa.

—Pero no lo hicimos. Ahora, deja toda esa mierda a un lado. Tenemos algo más urgente que tratar.

Asiente mientras entra en el aparcamiento detrás del cementerio.

Nos detenemos junto a los demás y, en grupo, nos dirigimos a través de la oscuridad hacia las lápidas donde confío en que estará sentado.

En cuanto estamos lo bastante cerca para verle, Seb levanta la vista.

El dolor está grabado en cada centímetro de su cara, pero en cuanto se da cuenta de que somos nosotros, empieza a desaparecer.

—Hemos traído regalos —anuncia Theo, levantando las dos botellas que tiene en las manos.

Me dejo caer a su lado, donde está sentado con la espalda apoyada en la lápida de Demi, apoyo la cabeza en su hombro y entrelazo mis dedos con los suyos.

—Lo siento —susurra.

—Nada de lo que disculparse, Seb. Te cubrimos las espaldas.

—¿Estaban Sophia y Zoe bien?

—Sí. Te llamarán mañana.

161

Más pasos caen a nuestro alrededor mientras los demás se unen a nosotros.

—¿Toby? —Seb dice sorprendido cuando se baja con cuidado al lado de Theo—. Deberías estar...

—Stella ya me ha interrogado —dice, poniendo los ojos en blanco—. Estoy bien. Siento lo de tu madre, amigo.

—Gracias.

Seb coge la botella de vodka que le pasa Theo, le quita el tapón, se lleva el cuello a los labios y bebe un buen trago antes de pasármela para que la comparta.

—Así que pensabas llevar la fiesta de bienvenida al cementerio, ¿eh? —le pregunta a Toby.

—Donde nos necesites, hermano. Ya lo sabes.

—Joder —respira Seb, con la cabeza cayendo hacia atrás contra la piedra.

Me llevo la mano a los labios y le beso los nudillos rotos.

—Lo que necesites —susurro mientras Alex y Theo empiezan a discutir por algo.

—Gracias —jadea, bajando para capturar mis labios.

—Joder —murmura Nico—. No estuve de acuerdo en verlos hacerlo de nuevo.

Me río entre los labios de Seb y no lo detengo cuando me levanta del suelo y me deja caer sobre su regazo.

—Le encanta de verdad —murmura Seb contra mi cuello, haciéndome estremecer.

—Compórtate —le reprendo, dándole un manotazo en el pecho y quitándole la botella de donde la dejó en el suelo.

Es noviembre en Inglaterra, y el aire helado azota a nuestro alrededor mientras todos estamos sentados tirándonos los trastos a la cabeza y distrayendo a Seb de su realidad, pero yo apenas lo noto mientras estoy envuelta en sus brazos.

Antes de que me dé cuenta, Toby está luchando por mantenerse despierto y ya es tarde.

—Alguien tiene que llevarlo a una cama —digo señalándolo.

Todo el mundo se mira. Todos están colocados y borrachos, salvo Toby, que sigue tomando analgésicos, y yo, porque alguien tenía que ser sensato, joder.

—¿Uber?

—No voy a dejar mi carro aquí —murmura Theo.

—Entonces tienes que dejar que Toby o Stella lo conduzcan —anuncia Alex alegremente.

Los ojos de Theo sostienen los míos.

—Vete a la mierda —ladra—. Me la has jugado.

Levanto las manos para defenderme.

—Yo no te obligué a bajar la cabeza. Fue tu elección.

—Estoy ayudando a mi hermano.

Miro a Seb, que está completamente colocado y se queda mirando nuestras manos unidas.

—Y él lo aprecia. Ahora toma una decisión, porque Toby necesita descansar.

Theo parece totalmente desgarrado mientras nos ponemos en pie.

—¿Qué es peor, entregarla a un conductor cuidadoso o abandonarla en un estacionamiento desierto toda la noche rodeada de engendros y fantasmas?

—Te destriparé como a un pez si le haces daño. —Su advertencia puede ser similar a la de anoche, pero no hay peso detrás de esta. Y no es sólo porque está borracho.

—No se preocupe, jefe. No voy a poner a prueba tus habilidades con la navaja.

—Y si vomita en ella, estás limpiándolo.

—De acuerdo —digo entusiasmada, saltando sobre las puntas de los pies mientras extiendo la mano para agarrar las llaves.

No está nada entusiasmado cuando me las entrega.

Chillo de emoción y se las quito con gusto.

—Cuidaré bien de ella. Lo prometo —grito antes de desbloquearla y dejarme caer en el asiento del conductor. —Sólo llévalo a casa y a la cama—. Hago un gesto con la cabeza en dirección a Toby mientras Seb tropieza con el capó del Ferrari, dispuesto a entrar.

—No puedo creer que lo hayas conseguido —murmura Seb desde el asiento del copiloto.

—Quédate conmigo, nene. ¿Estás lista para divertirte?

—Claro que sí.

Arranco el carro y piso el acelerador, dejando que la vibración del potente motor fluya a través de mí.

Miro a Theo. Tiene la cara pálida y me mira fijamente.

Levanto la mano, le doy la vuelta y me río como una loca mientras salgo a toda velocidad del estacionamiento.

A mi lado, Seb aúlla de risa, y su sonido me tranquiliza el alma mientras avanzo por las tranquilas calles de Londres.

—Sabes que espera que vayas directo a casa, ¿verdad? —Seb murmura.

—Sí. Y se va a decepcionar.

CAPÍTULO 15

Sebastian

Mi corazón se acelera mientras Stella vuela por la ciudad, tomando otra curva a velocidad de vértigo.

—Dios mío —me río mientras mi cuerpo se reclina en los asientos increíblemente cómodos de Theo. —No puedo creer que te dejara hacer esto—.

El vodka me da vueltas la cabeza. Mezclado con la hierba de Alex, casi he podido olvidar por qué hemos pasado la noche en el cementerio. Casi.

—¿Por qué? Él haría cualquier cosa por ti. Y sabe que estoy a punto de darte el paseo de tu vida.

El deseo se dispara directamente a mi polla al oír sus palabras. La imagen de follármela sobre el capó de este carro se me viene a la cabeza.

—¿Es eso cierto?

—Apaga los móviles de los dos —exige, sacando el suyo del bolsillo y pasándomelo tras detenerse en un semáforo en rojo.

—Vaya… —Una sonrisa de complicidad se dibuja en mis labios—. Literalmente va a matarte.

Me lanza una mirada antes de que cambie el semáforo y pise el acelerador, echándonos a los dos de nuevo en nuestros asientos.

—Esta cosa es una puta bestia —chilla excitada.

—¡Síííííííííí! —grito, levantando los brazos—. Toma esta derecha.

Stella sigue mis indicaciones para salir de la ciudad sin cuestionarme y, poco más de treinta minutos después, entra en el aparcamiento que tenía pensado.

Está desierto, exactamente como esperaba. Señalo un espacio que nos permite contemplar la ciudad y ella detiene el coche, apaga el motor y nos sumerge en el silencio.

Las luces que tenemos ante nosotros iluminan el oscuro cielo nocturno mientras ambos tomamos aliento.

Aparto los ojos del paisaje y me centro en mi chica.

Me duele el corazón sólo de mirarla.

Crecemos escuchando historias sobre el amor y sobre encontrar a la elegida. Ni en un millón de putos años pensé que me sentiría así.

Que me completaría y me aterrorizaría al mismo tiempo.

Todo en ella me pone de rodillas.

Debería estar enfadada conmigo por haberme marchado del hospital como hice antes, pero no… en lugar de eso, me trajo a mis hijos cuando más los necesitaba.

Y joder que lo necesitaba.

—Esto es precioso —susurra, cortando el silencio.

—Sí —respiro, manteniendo los ojos fijos en su perfil.

Tiene el cabello amontonado encima de la cabeza. Probablemente piensa que es un desastre, pero no es así. Su rostro está casi desmaquillado y lleva una sudadera con capucha y unos leggings.

167

Es jodidamente impresionante.

Al darse cuenta de que no estoy mirando la ciudad que se extiende ante nosotros, gira la cabeza hacia mí y se me corta la respiración cuando nuestras miradas se cruzan.

La preocupación se apodera de ella mientras frunce el ceño.

Hay un millón de cosas que probablemente debería decirle, darle las gracias, pero las palabras se atascan tras el enorme nudo que tengo en la garganta, y la única forma que se me ocurre de transmitirle todo lo que necesito que sepa es con acciones.

Alargo la mano, la rodeo por la nuca y la atraigo hacia mí.

Nuestros labios chocan sobre la consola central e inmediatamente hundo mi lengua en su boca.

—Seb —respira en nuestro beso, diciéndome que lo oye todo.

La beso despacio, lamiendo su boca, explorándola como si fuera nuestra primera vez, vertiendo en ella todo lo que siento por ella.

Iguala mis movimientos, siguiendo el ritmo de nuestra conversación silenciosa.

Pero en cuanto me muerde el labio inferior, todo cambia: el beso profundo, apasionado y lleno de emoción se vuelve sucio y desesperado en una fracción de segundo.

Le quito la mano del cuello, le desabrocho el cinturón y le rodeo la cintura con las manos, la levanto por encima de la consola central y la coloco -algo torpemente- sobre mi regazo.

—Seb —gime en nuestro beso—. No podemos —argumenta débilmente.

—Deja de pensar, Stella. Necesito tu lado salvaje y rebelde que acaba de robar el carro de Theo.

—Nos matará.

—Ya lo va a hacer. Más vale que valga la pena.

Enredo los dedos en su cabello, arrastro su cabeza hacia un lado y la lamo por la columna de su cuello, amando la sensación de su estremecimiento contra mí.

—¿Quieres correrte, Diablilla?

—Sabes que sí —gime ella, moviendo las caderas mientras intenta encontrar algo de fricción.

—Eres una sucia putita, Princesa.

—Te encanta —murmura contra mi cuello mientras mis manos se cuelan bajo su sudadera y le acarician los pechos.

—Claro que sí, joder.

Le desabrocho el sujetador, se lo separo del cuerpo todo lo que puedo y le pellizco los dos pezones.

—Seb —gimotea.

—Levántate —le digo, rodeando con los dedos la cintura de sus leggings y arrastrándolos por su culo y sus muslos lo suficiente para permitirme el acceso que necesito—. Joder, nena —gruño cuando meto los dedos entre sus pliegues y la encuentro empapada para mí.

—Sí —chilla cuando introduzco dos dedos en su calor.

Su espalda se arquea y su cabeza cae hacia atrás mientras cabalga sobre mis dedos. Es una de las cosas más calientes que he visto nunca.

—Quítate la sudadera, Diablilla. Quiero tus tetas.

Sin perder un segundo, cruza los brazos por delante y se lo sube por el cuerpo, tirando la tela al asiento del conductor antes de que le arranque el sujetador por los brazos y lo tire... a alguna parte.

Doblo los dedos de una forma que ya sé que la hará gritar, coloco la mano en el centro de su espalda y la fuerzo a acercarse, rodeando su pezón con los labios.

Sus dedos se enroscan alrededor de mis hombros mientras su liberación comienza a crespar.

—Córrete para mí, Diablilla —gruño contra un lado de su pecho—. Muéstrame lo bien que te sientes con mis dedos dentro de tu coño.

—SEB —grita. Me retiro justo a tiempo para verla ahogarse de placer. Su rostro se afloja, sus labios carnosos e hinchados se separan, pero sus ojos no se cierran, se clavan en los míos y me permiten verlo todo.

—Joder, necesito estar dentro de ti ya —digo apresuradamente mientras ambos tanteamos para bajarme el chándal lo suficiente como para liberar mi dolorida polla.

En cuanto lo conseguimos, Stella se desplaza hasta que se cierne sobre mí.

—¿Nena? —gruño, mi paciencia se evapora—. Oh, joder —grito, cuando ella se deja caer sobre mí, permitiéndome llenarla de un solo movimiento—. Móntame, nena.

Necesitada de más piel, me sube la sudadera por el cuerpo y se deshace de ella.

Las yemas de sus dedos rozan mi cicatriz en un movimiento demasiado tierno para lo que necesito ahora.

—Fóllame, Diablilla. Úsame.

Mi voz grave y áspera parece sacarla de su ensoñación, y sus ojos se encienden de deseo cuando se cruzan con los míos.

Me clava las uñas en los hombros y hace palanca para subir por mi pene.

—Joder, tu coño es como el cielo —gimo—. Mierda —ladro en cuanto vuelve a dejarse caer sobre mí.

Agarrando sus caderas, la ayudo a moverse mientras me aprieta antes de empezar a follarme exactamente como yo deseo.

—Dios, Diablilla. —No tengo ni idea de cómo se las arregla en un espacio tan reducido, pero me folla como la puta perfecta que es.

Cuando los dos nos corremos hacia el clímax, nuestros cuerpos están bañados en sudor y nuestros pechos agitados.

—Córrete para mí, princesa. Necesito sentirte ordeñando mi polla.

Pellizco su clítoris, y sus paredes se aprietan inmediatamente contra mi longitud mientras su liberación penetra en ella.

Sus gritos de placer mientras palpita alrededor de mi polla, arrastrando mi orgasmo fuera de mí, resuenan por todo el pequeño espacio.

—Joder, sí —gruño, mi polla se sacude mientras la lleno.

Agarrándola del pelo, la arrastro hacia abajo, tragándome sus persistentes gemidos de placer mientras me ablando dentro de ella.

—Lo necesitaba —dice riendo.

—¿Sí? Bueno, por suerte para ti, aún no he terminado.

Se echa hacia atrás y me mira con una ceja fruncida.

Hago girar las caderas, mostrándole que voy a estar lista de nuevo en cualquier momento.

Sus ojos se llenan de deseo, pero se muerde el labio inferior y me mira a través de las pestañas como si quisiera decir algo sobre nuestra próxima ronda.

—No siento las piernas —confiesa finalmente.

—No las necesitas.

Empujo la puerta para abrirla, nos giro a los dos hasta que mis pies tocan el suelo y, con una mano alrededor de ella, consigo ponerme en pie sin dejarla caer ni despegarme de su cuerpo.

—Seb, no. Tu hombro… —Corto su discusión con los labios, cambiando su peso y agarrándole el culo desnudo mientras rodeo el carro y la tumbo sobre el capó.

De mala gana, salgo de ella. Pero, joder, en cuanto doy un paso atrás después de bajarle los leggings y las bragas, descubro que ha merecido la pena.

—Pareces un pecado, nena —gimo, contemplando su cuerpo desnudo y lleno de curvas sobre el sexy carro de Theo—. Joder —murmuro, pasándome la mano por la mandíbula áspera mientras intento grabar la imagen en la memoria.

Coloca los pies descalzos sobre el capó y separa los muslos.

—¿Qué coño he hecho para merecerte? —murmuro, contemplando cada centímetro de ella mientras mis dedos envuelven mi pene.

—Ya hemos hablado de esto. De que nada. Pero aquí estoy de todos modos.

Sacudiendo la cabeza, me acerco a ella y la agarro por detrás de los muslos, empujándola un poco más arriba del carro.

—¿Qué estás…? Oh, joder —grita en la noche cuando me arrodillo ante ella y le chupo el clítoris—. Seb, mierda —grita cuando no aflojo, lamiéndola mientras le meto dos dedos.

—¿Dime que es la primera vez para ti?

—¿Sexo oral en un Ferrari? S-sí —tartamudea cuando le froto el clítoris—. Es la primera vez.

—Gracias a Dios —murmuro antes de sumergirme de nuevo. Aún no he tenido suficiente de ella.

No me muevo hasta que le he dado dos orgasmos más y mi polla está físicamente dolorida en su necesidad de estar dentro de ella.

Me levanto y me limpio la boca con el dorso de la mano, limpiando las huellas de su excitación y de nuestras anteriores liberaciones.

Moviéndola una vez más, envuelvo sus piernas alrededor de mi cintura y me alineo con su entrada.

Tiene el cuerpo flácido por las descargas, el pecho agitado, los pezones duros y suplicantes de atención mientras el aire fresco de la noche azota a nuestro alrededor, pero nunca se queja. Simplemente acepta todo lo que le doy, me permite perderme en ella en lugar de centrarme en mi propia realidad.

Para cuando ambos corremos de nuevo hacia el final, el cuerpo sudoroso de Stella le permite deslizarse sobre el capó del Ferrari de Theo.

El ángulo, el movimiento, el hecho de que estemos al aire libre y que literalmente cualquiera pueda estar observándonos ahora mismo es jodidamente alucinante.

Y cuando mi atadura por fin se rompe, sólo un segundo después de que Stella lo haga, mi liberación me golpea como un puto camión.

Caigo sobre su cuerpo jadeante, un débil montón de hormigueantes terminaciones nerviosas.

—Joder, nena. Eso fue…

—Increíble —termina por mí—. Vamos a tener que comprarle este carro a Theo —sugiere, haciéndome reír.

—Bueno, estoy bastante seguro de que va a querer quemarlo cuando se entere de lo que le hemos hecho. Poseerlo parece una sugerencia mucho mejor.

Ella se estremece debajo de mí y es la prueba de realidad que necesito -aunque no quiero- de que estamos en pleno invierno.

—Mierda, nena. Te estás congelando.

—Estoy bien. Podría hacer esto toda la noche.

—Puta —le digo al oído mientras la levanto y la envuelvo en mis brazos.

Odio sugerir volver a casa, pero sé que es necesario.

Trabajamos en silencio mientras ayudo a vestir a Stella, con los miembros como espaguetis después de los orgasmos que le he arrancado.

—¿Estarás bien para conducir? le pregunto cuando tiene que agarrarse una vez más al lateral del coche para estabilizarse.

—No te voy a dejar, si eso es lo que quieres decir. Estás borracho y drogado.

—Eso no me impide actuar —bromeo—. Brazos —le exijo, tendiéndole la sudadera.

—¿Dónde está mi sujetador?

—No lo necesitas. Acceso más fácil para mí cuando lleguemos a casa.

Niega con la cabeza y me permite acompañarla hasta el lado del conductor. La beso como si fuera el aire que necesito respirar antes de dejar que se baje.

—Mete tu culo borracho antes de que te desmayes.

—Estoy totalmente bajo control, Diablilla. Hará falta más que una botella compartida de vodka para noquearme.

—Por supuesto. Entra antes de que te deje en mi polvo.

—No lo harías.

—¿Quieres probarme, Sebastian?

Arranca el motor y pisa el acelerador, haciendo ronronear a la bestia.

—No, la verdad es que no —admito, consciente de que me dejaría plantada aquí mismo.

Sé que no debo retar a mi Diablilla a nada.

Corriendo alrededor del carro, sólo alcanzo la manilla cuando las cerraduras hacen clic.

—Stella —le advierto mientras me sonríe desde dentro.

El motor vuelve a rugir y el carro avanza ligeramente.

—Diablilla.

No puede contener la risa y echa la cabeza hacia atrás divertida mientras lo hace de nuevo.

Al cabo de un par de minutos, cede y abre los cerrojos.

—No volverás a correrte esta noche —refunfuño mientras me dejo caer en el asiento.

—¿Y tú sí? —responde ella.

—Demasiado jodidamente que sí.

Con su risa todavía llenando el carro, sale del estacionamiento, confiando en que yo la dirija de vuelta a la ciudad.

Paramos en un semáforo en rojo. La carretera está bastante tranquila, ya que es de noche, pero una moto se detiene a nuestro lado.

Levanto la vista justo a tiempo para ver cómo mira a Stella.

Sacude la cabeza como si estuviera desechando la idea de una carrera de aceleración por la ciudad debido a que la conductora es mujer.

—Te está subestimando, cariño.

—Sí —dice, sentándose un poco más recta—. Entendido.

—No vas a dejar que se salga con la suya, ¿verdad?

—¿Me conoces de algo, Sebastian? —Como siempre, siento escalofríos al oír mi nombre en sus labios.

Echa un vistazo y mira al conductor a los ojos, aunque no puede verlos a través de la visera oscura.

Antes de que me dé cuenta de que las luces están a punto de cambiar, Stella pisa el acelerador y volamos hacia delante justo cuando se enciende el ámbar.

Dejamos atrás la moto y yo grito de excitación, mi polla se endurece al recordar una vez más lo mala que es mi chica.

—Joder, sí, Diablilla. Eso fue una locura.

—No está de acuerdo —murmura mirándose al espejo.

Echo un vistazo y le veo alcanzarme rápidamente.

—Estoy bastante seguro de que esa Ducati corre como el puto viento, nena —digo, entrecerrando los ojos e intentando distinguir exactamente qué está montando. Pero no estoy precisamente sobrio, como señaló no hace mucho.

—Yo me encargo.

Esta vez, cuando cambia el semáforo, el motorista se le echa encima y salen al mismo tiempo, lo suficientemente rápido como para que los siguientes semáforos sigan en verde.

—Joder, ¿dónde has aprendido a conducir así? —le pregunto mientras navega por las somnolientas calles londinenses como un puto piloto de carreras.

—Calvin y yo solíamos correr —confiesa, cambiando de marcha tan rápido que casi la pierdo.

La moto nos sigue el ritmo.

—¿Qué coño, gilipollas? —Stella le grita, dándome un susto de muerte.

Echando un vistazo, lo encuentro justo al lado del carro.

—Muévete, puta de mierda —ladra.

—No raye este carro.

Me silencia con la mirada antes de tomar un brusco giro a la izquierda que casi me aplasta contra la puerta de lo rápido que va.

—Vamos a pasar la noche en una celda, ¿no? —Aunque estoy bastante seguro de que ningún policía podría atraparnos ahora mismo si lo intentara.

—Necesito deshacerme de este cabrón antes de que nos mate.

Le miro; parece tener mucho menos control que mi chica mientras se mueve por la carretera.

—No hay nadie detrás de nosotros. Pisa el freno y gira a la izquierda.

—¿No estarás hablando en serio?

—¿Qué, miedo a perder? —Me quedo mudo.

—Vete a la mierda. Todos sabemos quién ganó esta mierda.

—Exactamente, ahora termínalo antes de que todos muramos.

—Bien.

Su pie pisa el freno y tira del freno de mano haciendo un impresionante trompo, dejando que la moto siga volando por la carretera principal mientras empezamos a zigzaguear por las callejuelas que finalmente nos llevan, ilesos, de vuelta a casa de Theo.

—Mierda, ha sido épico —dice Stella cuando nos detenemos. Su pecho se agita y sus ojos brillan de emoción.

—Estoy tan jodidamente duro por ti ahora mismo —confieso—. Eres literalmente la persona más increíble que he conocido.

—¿Crees que los padres de Theo pueden vernos?

—No, la casa está a oscuras. ¿Por qué? —Se mueve más rápido de lo que creía posible y tiene mi polla fuera de mi pantalón y en su boca antes de que haya tenido la oportunidad de parpadear.

—Joder, te quiero.

CAPÍTULO 16

Stella

Llamo a la puerta en silencio. Una parte de mí espera en secreto que ya esté dormido, pero sé que solo me miento a mí misma.

Lo vi de pie como un asqueroso en la ventana después de que Seb se corriera en mi garganta en el coche.

—Sí —dice, y mi estúpido cuerpo hace que los nervios se disparen por mis venas.

Sacudiéndome la cabeza, empujo el picaporte hacia abajo y me cuelo en la habitación.

Theo está sentado en su cama, sin camiseta, con el portátil apoyado en los muslos.

—¿Vienes a explicármelo? —dice con frialdad mientras gira la pantalla hacia mí, mostrándome exactamente lo que le ha hecho fruncir el ceño.

No se me ocurrió cuando le dije a Seb que apagara el celular que el idiota de aquí atrás que probablemente se había pasado las últimas horas preocupado por su querido carro nos estaba siguiendo en la aplicación del coche.

—Uy —digo, con total falta de sinceridad mientras miro fijamente el seguimiento de velocidad que me está mostrando.

—¿Uyi? —pregunta burlándose de mí.

—Lo que tú digas —le digo, entrando en la habitación y dejándome caer en el borde de la cama.

Ha sido un día largo, y estoy jodidamente agotado.

—¿Cómo está?

—Se desmayó —digo, pensando en cómo dejé a Seb roncando de espaldas. Sólo fui dos minutos a orinar, pero fue todo lo que necesitó—. Se va a poner bien.

—Lo sé —dice Theo con confianza—. No dejaremos que sea otra cosa. Además, parece que tienes formas ingeniosas de sacarle de sus casillas.

Levanto una ceja.

—Debería decirle que estabas mirando.

—¿De verdad crees que le importaría? —Arquea una ceja.

—Uf, da igual. Tuvimos un problema de camino a casa —confieso.

El portátil de Theo es arrojado al extremo de la cama y él sale y se asoma a la ventana más rápido de lo que creo haber visto moverse a nadie.

—Yo no estrellé tu carro, Cirillo —digo bruscamente—. Me alegra saber que confías tanto en mis habilidades. —Pongo los ojos en blanco.

—Llegaste a cien en la puta ciudad, Stella.

Me encojo de hombros, ignorando su comentario.

—No lo habría hecho si un imbécil en motocicleta no me hubiera provocado.

Se aparta de la ventana y sus ojos se clavan en mí.

—Vamos —exige, deslizándose de nuevo en la cama.

Me siento culpable por no haberle dicho nada a Seb en aquel momento, aunque, para ser justos, no había tiempo para una puta conversación.

—Estaba oscuro, no podía ver mucho, pero llevaba un corte.

—Mierda —sisea, restregándose la mano por la cara.

—Podría ser una coincidencia y era sólo un chance para una carrera nocturna.

—¿De verdad crees eso?

Mis labios se separan para decirle que sí. Pero hay algo en mi reacción ante quienquiera que fuera el tipo cuando nuestras miradas se cruzan que me detiene.

—No —murmuro—. Sentí como si nos estuviera esperando. Que sabía que era yo. No estoy segura de que esperara que le lamiera el culo.

Theo gime.

—Para, por favor.

—Tu chica ha visto todo tipo de emociones esta noche —sonrío—. Más de las que tú le estás dando.

Me mira fijamente, claramente poco impresionado, pero apenas puede gemir. Seb perdió a su madre hoy, su único padre. Creo que eso supera el querer mantener su carro a salvo.

—¿De verdad crees que era *Reaper*?

—Como he dicho, estaba demasiado oscuro para ver. Pero tengo la matrícula.

—Genial, ¿qué pasa?

Yo le digo los números y las letras que he memorizado y él los escribe en su móvil.

—Lo comprobaré y veré qué sale.

—¿Puedes hacer eso?

De nuevo, se me queda mirando, diciéndome en silencio que deje de subestimarle.

—Vale, ya me dirás los resultados.

—Por supuesto. Ve a dormir un poco. Pareces agotada.

—Sí —digo apartándome unos mechones de pelo de la cara—. Ha sido un día largo.

—Vete —dice, cogiendo de nuevo el portátil—. Cuida de él —susurra cuando llego a la puerta.

—Siempre.

En silencio, vuelvo a nuestro dormitorio y encuentro a Seb todavía roncando, aunque cuando vuelvo a meterme en la cama me arropa inmediatamente y me abraza como si se ahogara sin mí.

Entrelazo mis dedos con los suyos y le hago la promesa silenciosa de que estaré a su lado en lo que nos suceda.

~~~

A la mañana siguiente, Seb sigue durmiendo. Me rodea la cintura con el brazo, pero consigo escabullirme sin despertarle y, cuando salgo del baño un rato después de asearme, sigue inconsciente.

—Buenos días —digo, encontrando de nuevo a Theo en su asiento favorito con su portátil.

—Esas placas eran falsas —dice a modo de saludo.

—Claro que sí —murmuro, yendo directa a la cafetera.

—¿Te acordarías de la moto si la vieras?

Pienso en la noche anterior y sacudo la cabeza.

—Seb dijo que era una Ducati, pero yo no sé de motos. Era una negra rápida.

—Y yo que pensaba que eras un petrolero.

—Sólo carros.

—Hablando de eso, encontré esto. —Levantando la mano, balancea mi sujetador negro de su dedo—. ¿Quiero saber cómo terminó debajo del asiento?

—Probablemente no. Gracias —siseo y se lo quito del dedo.

—Olía a sexo.

—Se lo pasó como nunca.

—Hemos sacudido su puto mundo —dice una voz muy áspera y somnolienta desde detrás de mí—. Deja de oler la ropa interior de mi chica, Cirillo —gruñe Seb, atrayéndome hacia su cuerpo y ahuecándome la cara con las manos.

Theo resopla frustrado.

—¿En qué momento he dicho que yo…?

—Buenos días, cariño —los labios de Seb rozan los míos y todas las palabras de Theo se desvanecen.

—¿Cómo te sientes? —Le pregunto cuando me suelta.

—Mejor de lo que debería, seguro. ¿Estás haciendo café? —pregunta con un guiño.

—Claro, ve a sentarte.

184

—Sí, tengo que contarle a mi chico todo sobre mi sexy chica de carreras de carros.

—Él ya lo sabe —murmura Theo—. Estaba rastreando su maldita velocidad.

—¿Nos estás diciendo que habrías rechazado esa pequeña carrera de drags?

Los ojos de Theo encuentran los míos y Seb mira entre los dos con curiosidad.

—¿Qué? ¿Qué me he perdido?

Mis labios se separan para explicarlo, pero Theo se me adelanta.

—Stella cree que fue un *Reaper*.

—Cierto. ¿Y eso por qué es un problema?

Seb y Theo siguen discutiendo teorías cuando suena el timbre de la puerta un rato después.

—Yo lo atiendo —digo, poniendo los ojos en blanco cuando ninguno de los dos hace ademán de levantarse.

Pulso con el dedo el botón situado junto a la pantalla que me indica quién es. —Es mi padre —les digo a los chicos antes de dejarle entrar.

—Stella —dice, con las cejas fruncidas por la preocupación al ver los cortes que cicatrizan en mis piernas desnudas.

—Estoy bien, papá. Sólo unos rasguños.

Su ceño se levanta ante mi intento de disimular lo que podría haber acabado siendo la noche del viernes.

Hablamos por teléfono desde aquella noche, pero no pudo venir en mi ayuda porque poco después lo enviaron al otro extremo del país.

Parece ser un tema estos días.

—¿Cuándo has vuelto? —pregunto, abriendo más la puerta y dejándole pasar.

—Anoche tarde.

Mientras le sigo escaleras arriba, no puedo evitar sentir entre nosotros la enorme caverna que antes no existía. Toda mi vida he sido su niña pequeña, pero desde que estoy aquí, todo ha cambiado.

No siento que haya cambiado, pero tal vez él sugiera lo contrario.

En pocas semanas, me he metido de cabeza en una relación con Seb y me he ido a vivir con él.

Probablemente no habría sucedido todo tan rápido si mi vida no estuviera constantemente en juego. Quizá los dos hubiéramos tenido un comienzo un poco más normal y pausado.

No puedo ni imaginarme cómo sería eso ahora: salir en citas, ir al cine, conocernos y luego colarlo en mi habitación como otros adolescentes.

Me río para mis adentros mientras salimos a la sala de estar donde dejé a los chicos.

—Galen —saluda Seb despreocupadamente mientras Theo se limita a asentir, agarra sus cosas y sale rápidamente para darnos algo de intimidad.

—No parecen listos —dice papá, mirando entre los dos.

—Listo para… Oh, mierda —jadeo, las palabras de Toby vuelven a mí—. ¿Hoy?

—Sí, si te parece bien —dice papá vacilante, estudiándome de cerca.

El estómago me estalla de nervios, pero mantengo una expresión neutra, no quiero mostrar a nadie, ni siquiera a mi propio padre, lo asustado que estoy por encontrarme con una mujer a la que he creído muerta toda mi vida.

—Sí, pero necesito ducharme primero. —Me miro. Me lavé ayer por la mañana, pero todavía estoy asquerosa por el fuego y los sucesos de anoche.

Que le den a las tiritas que ensucian mi cuerpo, *necesito* una ducha.

—¿Puedes darme treinta minutos? —le pregunto a papá antes de mirar a Seb.

—Sí. Jonas está fuera todo el día. Penny está esperando que le diga que estamos en camino—.

Aprieto los puños para evitar que tiemblen visiblemente.

—Vale, genial. ¿Ustedes dos…?

—Estaremos bien —me asegura papá, sosteniendo la mirada de Seb—. Avísame cuando termines.

Asiento y me alejo un paso de ellos. Mi necesidad de exigir que Seb venga conmigo es casi insoportable, pero creo que después de todo lo que ha pasado en las últimas semanas, eso podría llevar a mi padre al límite.

Ha pasado casi una hora cuando estoy lista y camino por el corto pasillo hacia la cocina, donde supongo que me espera mi padre.

—Stella, estás preciosa —jadea, mirándome.

No tenía ni idea de qué demonios ponerme para esto. Estoy tan fuera de mi zona de confort que ni siquiera es gracioso. Dame una pistola y dime que dispare a alguien y no pestañearía. ¿Pero conocer a la mujer que me dio a luz? Sí, soy un maldito desastre.

Miro mi sencillo vestido negro de graduación y paso las manos por la tela.

Lo he combinado con una cazadora de cuero y unas botas moteras de las que Emmie estaría orgullosa. Mi pelo plateado cuelga recto alrededor de mis hombros como una cortina, aunque me niego a utilizarlo para esconderme detrás, y mi maquillaje es oscuro. Me siento bien. Como yo misma. Como la princesa mafiosa que soy, supongo.

Seb está paseando por la sala con su móvil cuando entro, pero sólo tarda unos segundos en fijarse en mí y, cuando lo hace, sus palabras titubean y la mirada que me dirige es de puro sexo.

—Yo... yo... eh... voy a llamarte luego, Soph, espera. —Clava el dedo en la pantalla a pesar de que Sophia sigue hablando al otro lado—. Pareces loca —dice, acercándose a mí y haciéndome girar hacia él, papá nos observa con el ceño fruncido.

Cuando me giro para mirarle de nuevo, sus ojos son oscuros y el fuego que hay en ellos hace que el deseo arda en mi vientre.

—Odio hacer esto, pero Soph y Zoe me necesitan. ¿Estás bien para ir con tu padre?

—Por supuesto, pero si me necesitas entonces...

—No —dice con firmeza, pero en voz baja para que papá no se vea obligado a escuchar. —Tienes que ir a ver a tu madre.

La culpa me inunda. Mientras yo estoy aquí posiblemente -con suerte- empezando una relación con mi madre, él acaba de despedirse de la suya. Ni siquiera hemos podido hablar de lo que pasó ayer.

—¿Seguro? Puedo…

—He quedado con Soph y Zoe en casa para repasar algunas cosas. Deberías hacer esto con tu padre y Toby.

—Pero…

—No. —Me corta, rozando su pulgar sobre mi mejilla—. Tienes que hacer esto. —Él puede sentir claramente que necesito más, porque añade rápidamente:

—Hablaremos más tarde, lo prometo.

—Vale —respiro, no del todo contenta de dejarle marchar, pero sabiendo que tiene razón. Tiene que ocuparse de sus asuntos familiares, igual que yo.

—Te amo, Diablilla.

—Yo también te amo.

Seb toma su cartera y sus llaves de un lado y desaparece antes de que tenga la oportunidad de cambiar de opinión y volver a llamarle.

—¿Lista? —pregunta papá, empujando desde el taburete en el que estaba descansando.

—Uh…

—Sé que esto es raro. Y sé que todo es culpa mía. Sólo sentimos que… —Deja escapar un suspiro—. Una vez que supimos que era imposible que vinieran a estar con nosotros, pensamos que sería más fácil para ti lidiar con esto. Nosotros…

—Papá —le corto—. Todo eso es pasado. Puede que no me guste o que no esté de acuerdo. Pero ya está hecho. Los dos tomaron sus decisiones, y ya no hay nada que podamos hacer.

Me mira fijamente y sacude la cabeza.

—Te pareces tanto a ella —dice con una sonrisa triste en los labios.

—¿Me parezco a ella?

Asiente.

—¿Cómo me has mirado todos los días si...?

—Porque eres el pedacito de ella que tengo que llevarme conmigo. Una parte de nosotros. La mejor parte.

Se me hace un nudo en la garganta al oír sus palabras.

—De acuerdo. Hagámoslo. Necesito conocer a la mujer que claramente posee tu corazón incluso después de todos estos años.

CAPÍTULO 17

Stella

Mi corazón golpea contra mi caja torácica cuando papá se detiene en una calle tranquila. Hemos conducido más lejos de lo que esperaba.

Con lo cerca que viven los demás, supuse que la casa de Toby estaría a la vuelta de la esquina.

Me equivoqué.

Al parecer, Jonás quería mantener a su familia alejada de miradas indiscretas trasladándola al otro lado del territorio de los Cirillo.

Lo que tampoco espero es pasar por ninguna de las casas.

—Papá, ¿qué está pasando? —pregunto mirando a mi alrededor, sin ver nada más que los árboles que bordean la calle y dan a las enormes casas algo más de intimidad.

—No podemos entrar por la puerta principal.

—Dios —murmuro, pasándome los dedos por el pelo liso.

—Lo sé. Venga, vamos. Están esperando.

Bajamos del carro y papá me lleva hacia un callejón al final de la calle.

Un frondoso parque verde se extiende ante nosotros. Hay niños jugando y perros correteando, pero a medida que nos acercamos, papá se aparta y seguimos caminando hasta que se detiene junto a unos espesos arbustos.

—¿Qué estás…? —Me doy cuenta—. Vete a la mierda. Estamos entrando, ¿no?

Papá hace un gesto de dolor.

—Esto está jodido, papá.

—Lo sé —suspira, sonando y pareciendo totalmente agotado—. A Maria le quedan unas semanas de tratamiento y entonces podremos elaborar un plan. Pero hasta que termine, no voy a mover el bote.

—¿No más que irrumpir en sus tierras y pasar tiempo con la mujer de otro? —pregunto levantando una ceja.

Me fulmina con la mirada, claramente poco impresionado por mi intento de humor. Ha sido lamentable, lo sé, pero no sé de qué otra forma controlar los nervios que empiezan a hacer que me tiemble todo el cuerpo.

—Vamos —me dice, cogiéndome de la mano y tirando de mí a través de lo que ahora veo que es un hueco entre las plantas.

En cuestión de segundos nos envuelven los árboles y los arbustos, el parque deja de ser visible mientras papá camina entre la maleza como si lo hubiera hecho un millón de veces, cosa que, por supuesto, probablemente haya hecho.

—Oh, vaya —respiro cuando por fin empezamos a emerger para descubrir que estamos junto a un pequeño lago. Pero el bonito paisaje solo capta mi atención unos segundos, porque un movimiento al otro lado del agua me llama la atención.

Primero encuentro a Toby, que se levanta del banco en el que estaba sentado, pero mi mirada no se detiene en él. Se posan en la mujer que está a su lado.

En el momento en que nuestros ojos se conectan, todo el aire sale de mis pulmones.

Mamá.

Incluso desde esta distancia, puedo ver las similitudes entre nosotras.

Me duele el corazón cuando me acerco un paso y, con la ayuda del brazo del banco, ella se levanta. Toby se apresura a su lado para sujetarla.

Ni siquiera me doy cuenta de que mis piernas me han llevado más cerca hasta que estoy de pie justo delante de ella.

Se hace el silencio mientras nos miramos fijamente, hasta que de su garganta brota un sollozo roto y sus ojos se llenan de lágrimas.

Me muevo por instinto, rodeando con mis brazos su delgado cuerpo y estrechándola contra mí.

No me gustan los abrazos, nunca me han gustado. Pero en cuanto me devuelve el abrazo, me doy cuenta de que no quiero soltarla nunca.

—Dios mío —gimoteo, apenas conteniéndome mientras ella tiembla.

No tengo ni idea de cuánto tiempo pasa mientras estamos allí de pie, pero cuando se retira y toma entre sus manos mis mejillas empapadas de lágrimas, sé que no ha sido suficiente en absoluto.

—Mi niña —susurra, con voz de asombro, como si no pudiera creer que esté aquí delante de ella—. Eres tan bella. He visto fotos, pero… —Sacude la cabeza—. Lo siento mucho.

Se desmorona ante mí y vuelvo a estrecharla entre mis brazos mientras noto que tanto papá como Toby dan un paso más hacia nosotros.

Miro a mi hermano por encima de su hombro y sostengo su mirada preocupada. Sus ojos están llenos de lágrimas no derramadas, lo que no hace nada por mis emociones inestables.

—Está bien —le digo. La tengo.

Me dedica una sonrisa ladeada mientras bajo suavemente a nuestra madre al banco.

—No puedo creer que estés aquí —dice, agarrando mi mano con la suya y apretándola con fuerza.

—Dímelo a mí —murmuro, pero no hay malicia en ello.

—Lo siento… —intenta de nuevo, pero la interrumpo.

—No necesito tus disculpas. No hace falta que volvamos a hablar del pasado —le digo, parecido a lo que le dije a mi padre no hace mucho—. Es demasiado doloroso, para todos.

Ella asiente, con el labio inferior tembloroso.

Me fijo en sus rasgos. Tiene la piel pálida, los ojos oscuros, como si estuviera agotada por el tratamiento, y lleva un gorro con un enorme bollo rosa que me hace sonreír y un grueso abrigo de invierno. A pesar de todo el tratamiento que ha recibido, sigue estando guapísima. Ahora entiendo por qué mi padre se enamoró de ella hace tantos años.

—Vamos a superar todo esto —le prometo.

—Tiene razón —confirma papá, que se coloca detrás de nosotros y nos pone las manos sobre los hombros.

María levanta la mano libre y le agarra la suya. La mirada que se cruzan los dos es amor puro, sin filtros. Me da el último empujón que necesito para asegurarme de que todos salimos de esta y de que tienen el tiempo juntos que se merecen.

Levanto el brazo y le hago un gesto a Toby para que venga con nosotros.

María y yo tenemos tiempo para conocernos bien, espero, pero ahora mismo sólo necesitamos estar juntos.

Toby me agarra de la mano y se acurruca a mi lado.

María solloza mientras mira entre los dos.

—He cometido tantos errores en mi vida —nos dice—. Pero nunca me he arrepentido de haberlos tenido a ninguno de los dos. Sólo desearía haber sido la madre que ambos merecían.

—Mamá, no —dice Toby, con la voz quebrada por la emoción—. Nada de esto es culpa tuya. Es de *él* —escupe—. Y va a recibir lo que se merece.

Maria asiente.

—Ya es hora. Nada de lo que tiene sobre nosotros es más importante que esto. —Me aprieta la mano—. Quiero a mi familia. Mis bebés. —Mira a mi padre una vez más—. Tú...

Pasamos casi una hora sentados junto al lago, sin hablar de nada importante. Evitamos todos los temas pesados de nuestra realidad mientras María y yo nos vamos conociendo un poco.

Es totalmente surrealista.

Y cuando una mujer -Penny, supongo- aparece entre los árboles para ver cómo está su hermana y veo a María, sé que nuestro tiempo está llegando a su fin. Aún está en pleno tratamiento y recuperándose de la operación.

—No estoy preparada —nos dice a todos, cogiéndome la mano con más fuerza.

—Necesitas descansar —le digo suavemente—. Pero esto no es el final. Es sólo el principio. Te necesitamos fuerte, ¿sí? Porque vamos a ganar.

Las lágrimas caen una vez más mientras suspira:

—Oh, Galen. Me criaste la hija más perfecta.

Mi corazón se rompe una vez más cuando me estrecha en sus brazos.

—Estoy deseando conocerte mejor —me susurra al oído—. Me he pasado todos estos años imaginando todas las cosas que podríamos hacer juntos.

—Quiero eso.

Me sujeta unos segundos más antes de soltarme.

Vuelve a tomarme la cara entre las manos y me seca las lágrimas con los pulgares.

—Puedo ver por qué los chicos están tan enamorados de ti, cariño.

—Mamá —advierte Toby.

Pone los ojos en blanco.

—Deberías haber visto el parecido, Tobias —bromea.

Me agarra la mano con fuerza y no puedo evitar sonreír.

—¿Debería estar atento a cualquier otro o…?

—Estás a salvo —confirma María—. Por mi parte… al menos.

Es evidente que no quiere decir nada más. Pero ninguno de nosotros necesita oír las palabras.

—Dios. Voy a pedir algunas pruebas de ADN entonces, ¿de acuerdo? Por si acaso.

—Guárdatelo en los pantalones, hijo —sugiere papá.

María y Penny sueltan una carcajada.

—No estoy seguro de que puedas dar ese tipo de consejos, papá —le digo con tono inexpresivo. —Y, de todos modos, está claro que ahora voy a tener que investigar a cualquier chica que Toby considere digna, y nada pasará a través de mí.

—Porque tienes muy buen gusto —murmura riendo.

—Calla ya.

—Sí —murmura Penny—. Definitivamente son hermanos.

Toby y yo nos quedamos de pie mientras nuestros padres se abrazan, permitiéndoles mantener una conversación susurrada entre ellos.

—¿Cómo está Seb? —pregunta Toby, desviando mi atención de ver a mi padre con una mujer por primera vez. La forma en que la abraza. Maldita sea. Está completamente enamorado de ella. Sería adorable si la situación no fuera tan grave.

—Él está bien. Ha ido a reunirse con sus hermanas para arreglarlo todo.

—No se merece nada de esta mierda —admite, frotándose la nuca.

—Creo que todos sabemos lo injusta que puede ser la vida —digo, echando una mirada por encima del hombro a nuestros padres una vez más.

—Sí. Es una puta mierda.

—Vamos a arreglarlo. Tu padre va a recibir lo que se merece, y empezaremos de nuevo. Todos nosotros.

—Suena bien, hermanita —me dice con un guiño y me abraza.

—Ve a llevar a tu mamá adentro, donde hace calor. Tú también deberías estar descansando, acuérdate. —Le clavo una mirada de advertencia.

—Claro, chica.

—Once meses, Tobías. No empieces con *esa* mierda.

Se ríe cuando María le llama.

Tras darme un rápido beso en la mejilla, me rodea, pero se detiene cuando le aprieto el estómago con la mano.

—Sé que es raro después… Pero sólo quiero que sepas que… Me alegro de que seas tú.

Una sonrisa se dibuja en sus labios.

—Siempre ibas a ser de Seb, Stella. Yo también me alegro. Con ganas de recuperar el tiempo perdido.

—Lo tienes —le prometo.

Papá me sigue mientras veo a Toby rodear a Maria con el brazo y ayudarla a volver a la casa. Podemos ver el tejado a lo lejos.

—Vas a recuperarla, papá. Vamos a hacer que suceda.

—Lo sé —dice con confianza—. Toby y yo estamos trabajando en ello.

—¿En serio? —pregunto, apartando los ojos de los tres y volviendo hacia él.

—Sí. He estado planeando la muerte de ese hombre en mi cabeza la mayor parte de mi vida adulta, cariño. No puede llegar lo suficientemente pronto.

—Sin embargo, le darás a Toby la última oportunidad, ¿verdad? —pregunto como si estuviéramos hablando de algo tan simple como el tiempo.

—Realmente eres mi hija, ¿verdad? —murmura suavemente, sin apartar la vista de María hasta que la pierde de vista.

—Tú me entrenaste. Por lo que debería darte las gracias. Deberías haber visto las caras de los chicos cuando mi puntería limpió el suelo con ellos.

—¿Te llevaron al campo de tiro?

—Sí —digo con una sonrisa al recordar aquella tarde—. También le dio una lección a Seb. La bala estaba a menos de un centímetro de su cabeza —confieso al recordar cuánta razón tenía para estar un poco preocupado aquel día.

—Me alegra oírlo. Lo necesita.

—Es un buen tipo de verdad, papá.

Papá se ríe mientras volvemos entre los árboles.

—Lo sé, cariño. ¿Crees que te confiaría a alguno de ellos si no supiera la clase de chicos que son? No tengo oportunidad de responder porque me hace otra pregunta—. ¿Tienes hambre?

—¿Qué clase de pregunta es esa? —murmuro. Papá sabe tan bien como cualquiera que casi siempre puedo comer.

—He encontrado un sitio que te va a encantar. ¿Pasas la tarde conmigo?

Se vuelve hacia mí, con el ceño fruncido, como si temiera que dijera que no.

—Claro. Pero espero que estés armado. Hay alguien ahí fuera intentando matarme.

—¿En serio, Stella?

—Broma. Era una broma.

—Eres un grano en el culo, chica. —Espera a que me ponga a su altura y me rodea el hombro con el brazo, dejándome caer un beso en la coronilla.

—Yo también te quiero, papá.

~~~

Seb seguía fuera cuando papá me dejó después de nuestra cita para comer. Me llevó al restaurante más loco que sólo servía postres. Era el paraíso. Aunque debo admitir que me sentí bastante mal cuando nos fuimos.

Agarro mi portátil y me acomodo en el sofá de enfrente al de Theo, y nos sentamos juntos a trabajar.

Es… agradable.

Estuve pendiente de la llamada de Seb, y ya había anochecido cuando me envió un mensaje para decirme que estaba de camino a casa.

—Voy a salir, les daré algo de tiempo —dice Theo cuando se lo digo.

—No tienes que hacer eso. Esta es tu casa.

—Está bien. Me vendría bien desahogarme.

Enarco una ceja.

—Ni empieces —advierte.

—¿He dicho algo?

—No, pero puedo leer esa sucia mente tuya, Princesa.

—Hmm. ¿Alguna noticia sobre lo de Reaper?

—No. Tengo una reunión con papá mañana. Voy a ver lo que piensa.

—¿Tienes que reservar una reunión con tu propio padre? —Me resisto.

—Estaba fuera de la ciudad con los tuyos. Están tramando algo.

—¿Alguna vez no lo están?

—Buen punto.

—Papá dijo que está trabajando con Toby para arreglar la situación de Jonas. ¿Tenía algo que ver con eso?

Theo se encoge de hombros.

—Contrariamente a la creencia popular, a mí no me cuentan todos los secretos de la Familia. Todo es confidencial. No tengo ni idea de lo que pasa con Jonas, aparte de que primero tienen que terminar el tratamiento de María. Creo que todas las apuestas están cerradas después de eso.

—Me parece justo. —Vuelvo a mirar la tarea en la que estaba trabajando mientras Theo ordena la cocina.

—Está llegando a su fin —dice, casi como si hablara consigo mismo en vez de conmigo—. Puedo sentirlo. Algo grande va a pasar, y vamos a atrapar a ese hijo de puta.

—¿Debería preocuparme?

—No. Hará falta algo más que un psicópata desquiciado para acabar contigo, Princesa.

—Me alegro de que estés de acuerdo.

—Prepárate —me dice antes de desaparecer en su habitación.

Seb y yo pasamos la noche como algo parecido a una pareja normal. Pedimos comida para llevar y nos sentamos a ver una película de disparos en Netflix mientras nos ponemos al día.

Sigo sintiéndome culpable por el hecho de haber conocido a mi madre mientras él planeaba el funeral de la suya. Pero insistió en que quería oírlo todo y, como he descubierto, no se me da muy bien decirle que no.

Theo salió vestido con su traje negro matador poco después de que Seb entrara, y aún no ha reaparecido. Cuando dijo que quería desahogarse, supuse que saldría con Alex y Nico para emborracharse y echar un polvo. Pero al verle vestido para ir a trabajar me pregunté si tendría planeado algo completamente distinto.

—¿Qué vas a hacer con la casa de tu madre? —le pregunto a Seb después de meterme en la cama a su lado y rodearle la cintura con el brazo.

—No tengo ni idea. ¿Quieres vivir allí? —me pregunta, sorprendiéndome.

—Eh…— Vacilo, no queriendo decir que no tan rápido como quería.

Se ríe entre dientes.

—Está bien, Diablilla. Es el último lugar donde yo también quiero vivir.

—¿Qué pasará con ella?

—Generalmente va para la familia. Así que, técnicamente, Sophia es la siguiente en la línea de sucesión, si ella y Jason lo quieren.

—¿Crees que lo harán?

—Tal vez. Es más grande que su casa. Son más que bienvenidos.

—¿Y tú?

—¿Y yo, princesa? —me pregunta, tirando de mí para acercarme y arrastrando mi pierna sobre su cadera.

—¿Dónde vas a vivir?

—Quieres decir nosotros, ¿verdad? ¿Dónde vamos *a* vivir?

—Eh… —Dudo. Realmente no he pensado mucho más allá de ahora mismo y de estar aquí con los chicos mientras quienquiera que esté intentando matarme juega a sus retorcidos juegos. Supongo que supuse que en algún momento volvería a casa de papá, aunque pensarlo hace que me duela el pecho.

—No vas a volver a casa de tu padre, Diablilla. Bueno, no a menos que yo esté contigo. Y algo…— Mueve sus caderas, apretando su dura longitud contra mi cuerpo, haciéndome jadear—. Me dice que tu padre no querría eso.

Tartamudeo, intentando mantener la concentración y no dejar de lado las cosas serias para cabalgar su talentosa polla.

—¿Dónde viviremos? ¿Aquí? ¿No crees que ya hemos apretado bastante el estilo de Theo?

—Le encanta —gruñe Seb mientras me arrastra más cerca, aumentando el placer mientras me provoca.

—No estoy tan segura de eso —admito. La verdad es que me da bastante pena que tenga que aguantarnos.

—¿Y si dijera que tengo algo en la manga? —confiesa Seb en voz baja.

—Yo diría, adelante.

—Pero —empieza, haciéndome rodar sobre mi espalda—. Podría ser un secreto.

—No tenemos de esos, ¿recuerdas? —gimo mientras desliza las manos bajo la camiseta que llevo puesta.

—Vale, entonces es más una sorpresa —confiesa, bajando la cabeza hacia mi cuello.

—No me gustan las s-sorpresas —jadeo mientras me muerde.

—Ni modo Ahora, basta de hablar. Sólo quiero oírte gritar.

—Si insistes —gimo mientras sus labios me acarician, dejando que mis piernas se abran en señal de invitación.

—Puta.

—Tuya.

—Claro que sí, princesa. Toda mía, joder.

CAPÍTULO 18

Sebastian

A Stella no le hizo ninguna gracia cuando a la mañana siguiente le anuncié que volvía al colegio y que la vida iba a seguir como siempre.

Habíamos perdido a mamá, y sí, dolía como una puta mierda, pero la vida no podía detenerse por ello, y desde luego no iba a dejar que Stella fuera al colegio sin mí.

Las heridas del fin de semana aún están demasiado abiertas, tanto física como mentalmente. Ya es bastante malo que haya tenido que dejarla ir a clase sin mí.

Por suerte, me dio la razón y aún no ha vuelto a gimnasia ni a animar. Puede que piense que está bien, pero parece que se olvida de que la apuñalaron hace sólo unas semanas.

Sé que todo se está curando bien, puedo verlo con mis propios ojos, pero aun así. Si tuviera la oportunidad, sé que llegaría al límite y probablemente acabaría haciéndose daño.

Eso significaba que tenía que seguir mis propias reglas, y también me prohibió entrenar al fútbol, algo que estoy bastante seguro de que el entrenador iba a imponerme de todos modos, ya que tengo un agujero de bala en el hombro, pero, aun así, estaba dispuesto a intentarlo.

La semana pasada ha sido extrañamente normal. Nadie ha intentado matarnos, hemos ido al colegio, Theo y los chicos han trabajado. El jefe me ha puesto de canguro a tiempo completo, lo cual, por supuesto, me estoy tomando muy en serio. Aunque hemos pasado más tiempo fuera de casa del que me gustaría con la esperanza de ponerle la zancadilla a este hijo de puta, pero parece que se ha vuelto a ir al suelo.

No soy tan estúpido como para pensar que se ha rendido. Creo que es obvio para todos nosotros en este momento que sólo está esperando para hacer un movimiento.

Theo nos ha dicho a todos más de una vez que intuye algo, y por irritante que sea escucharle, suele tener razón.

Stella se revuelve a mi lado y yo la agarro con más fuerza, necesitándola para mantener los pies en la tierra. Murmura algo en sueños y se acurruca contra mi cuerpo, moviendo el culo contra mi madera matutina.

Levanto la cabeza de la almohada y le doy un ligero beso en el hombro desnudo para ver si está despierta. No da señales de vida, salvo que vuelve a mover el culo.

—Eres una provocadora, Diablilla —susurro, levantando la mano de su vientre para pellizcarle un pezón.

No tengo ni idea de qué hora es, pero confío en que aún sea lo bastante temprano como para que tengamos tiempo de divertirnos un rato. Lo que sea para olvidarme de lo que me espera hoy.

Un gemido de placer sale de sus labios, haciendo que me duela la polla por ella.

Me vienen a la memoria los recuerdos de cuando la vi masturbarse dormida en su habitación, semanas atrás.

Después de todo lo que ha pasado, parece que fue hace toda una vida. Cuando intentaba convencerme de que la odiaba. Que cada parte de mi vida de mierda era su culpa. Poco sabía yo, todo lo que necesitaba era ella para hacer todo mucho más soportable.

Me sacudo la cabeza. Joder. Fui un cabrón con ella entonces.

Nunca entenderé por qué decidió darme una oportunidad. No me la merecía, no me la merezco. Sin embargo, aquí estamos, todas estas semanas después, y ella está a mi lado, en mi cama, mi casa a todos los efectos, desnuda y volviéndome tan jodidamente loco como siempre.

Le doy besos de pimienta en el hombro mientras deslizo la mano por su vientre.

Su respiración sigue siendo tranquila y sólo puedo suponer que está dormida. O eso o está jugando conmigo, dejándome coger lo que quiera. En cualquier caso, estoy contento, porque sé que ella también lo quiere.

Empujando mi pierna entre las suyas, la abro para mí y continúo bajando.

Ella gime, instándome a seguir.

—Joder, nena —respiro cuando meto los dedos en su coño. Está empapada.

Le meto dos dedos, preparándola, antes de colocarme detrás de ella y alinearme con su entrada.

Me trago un gemido mientras me hundo dentro de su ardiente calor.

Así que… Joder. Bueno.

—Seb —gime cuando la empujo más adentro, mi agarre en su cadera se hace más fuerte mientras su cuerpo me succiona más profundamente.

—Te necesito, nena —susurro.

—Estoy justo aquí. Cualquier cosa que necesites, Seb. Estoy aquí —repite somnolienta.

—Joder, eres perfecta.

Me balanceo lentamente dentro de ella, tomándome mi tiempo, memorizando cada sensación de ella apretada contra mí, envuelta a mi alrededor.

No se dicen más palabras entre nosotros. No son necesarias. Mientras entrelaza sus dedos con los míos donde sujeto su cadera, siento todo lo que intenta decirme, la fuerza que me da para lo que está por venir.

Cuando noto que se acerca, libero la mano y encuentro su clítoris, frotándolo lentamente hasta que se estremece debajo de mí.

Un gemido le retumba en la garganta mientras se libera y su cuerpo tiembla contra el mío.

—¿Seb? —susurra una vez que se ha calmado.

—Sí, Diablilla.

—Fóllame. Toma todo lo que necesites de mí.

—Dios, Princesa.

—Sé que lo necesitas. Ni siquiera intentes decirme que no.

—No te merezco.

Casi grito cuando se aparta de mí y me escabullo de su cuerpo caliente y tenso. Pero en cuanto se pone de rodillas, respiro aliviado y me pongo manos a la obra. Me arrodillo detrás de ella, la agarro por las caderas y la pongo exactamente donde la necesito antes de alinearme y penetrarla hasta el fondo.

—Sí —gimo cuando toco fondo. Clavo los dedos en sus caderas, me salgo y vuelvo a hacerlo, una y otra vez, hasta que la cama se golpea contra la pared y ella grita con cada poderoso empujón de mis caderas.

Todo en mi cabeza se desvanece como si nada. Lo único en lo que puedo concentrarme es en ella. Después de todo, ella es lo único que importa.

—Joder. Stella. Princesa. Joder. Nena —canto mientras se me suben los huevos y su coño me aprieta.

Enroscando mis dedos en su cabello, la arrastro hasta que se arrodilla y me da la espalda.

Le rodeo el pecho con un brazo y deslizo el otro desde su cadera, lo meto entre sus piernas y encuentro su clítoris.

—Necesito que te corras para mí, princesa —le gruño al oído.

Se gira hacia mí, sus labios capturan los míos en un beso húmedo y sucio mientras mi lengua lame su boca, imitando lo que hace mi polla más abajo en su cuerpo.

—Córrete conmigo —vuelvo a exigir en nuestro beso, mis dedos pellizcando su clítoris.

—Seb, mierda. Seb —grita mientras se desploma. Su cabeza vuelve a caer sobre mi hombro mientras siente una oleada tras otra de placer.

Dos embestidas más en su coño resbaladizo y mi liberación se abalanza sobre mí.

Hundo mis dientes en su hombro mientras mi polla se sacude, llenándola.

En cuanto termino, caigo hacia delante, llevándomela conmigo y aplastándola contra la cama.

—Buenos días, Sebastian —ronronea Stella debajo de mí, con la voz áspera de gritar mi nombre y de su sueño persistente.

—Mmm —murmuro, besando la piel ardiente de su cuello—. Me encanta despertarme contigo, princesa.

—Sólo te gusta el acceso fácil.

—Siempre. —Se ríe entre dientes—. Estabas despierta, ¿no?

—Sí.

—¿Por qué no dijiste nada?

—Estaba disfrutando. Y quería saber qué me harías cuando pensaras que no me daba cuenta.

—Eres una putita asquerosa, princesa. Me encanta.

—Seb —gime cuando giro las caderas, mostrándole que estoy listo para ir de nuevo—. ¿Ya?

—Contigo, Diablilla, siempre.

Ella se contonea y yo me aparto de su cuerpo a regañadientes para dejarla rodar por debajo de mí.

Ella se pone de lado y yo hago lo mismo para poder mirarla.

Alarga la mano, me sujeta la mandíbula y me mira fijamente a los ojos. Odio la tristeza y la compasión que destilan, pero también sé que solo intenta ayudarme.

—Deberíamos prepararnos —dice en voz baja.

Asiento una vez.

—Lo sé.

Hoy es el día que sabía que iba a llegar desde hace años. Pensé que había aceptado que iba a suceder más pronto que tarde. Pero ahora que ha llegado, no me siento preparado para ello.

Obviamente, no recuerdo nada de cuando nos despedimos de mi padre. Pero recuerdo cada segundo del funeral de Demi, y saber que vamos a ir a la misma iglesia para el servicio de esta mañana me llena de pavor.

—Todo va a ir bien. Cualquier cosa que necesites, estaré a tu lado, Seb.

Trago saliva, intentando expulsar el enorme nudo que me ha subido por la garganta.

—Vamos —digo, apartando todo a un lado y rodando de la cama—. Quiero ensuciarte un poco más en la ducha antes de limpiarnos.

—Suena como un plan —dice, saltando de la cama y corriendo hacia el baño antes de que tenga la oportunidad de agarrarla.

—Diablilla —advierto, marchando tras ella, observando cada centímetro de su piel desnuda.

~~~

Mis movimientos son casi robóticos mientras saco el traje del armario y me visto.

Mantengo mi mente centrada en Stella y en esta mañana. Es más fácil que pensar en lo que me espera el resto del día.

—Voy a buscar a Theo —le digo a Stella. Mi voz es fría y vacía cuando la miro a los ojos en el espejo del baño antes de apretar los labios contra su hombro.

Deja la brocha de maquillaje en el suelo, se echa hacia atrás y me agarra la mano con fuerza.

—Tardaré cinco minutos.

—No hay prisa —suspiro, aunque ambos sabemos que es mentira. Hemos pasado demasiado tiempo juntos en la ducha, y cualquier tiempo extra que pudiéramos haber tenido parece haberse esfumado.

Con otro beso en el hombro, me obligo a alejarme de ella.

—Hola —dice Alex cuando es el primero en verme llegar.

Los chicos, incluidos Daemon y Calli, están sentados en los sofás, esperándonos. Su apoyo lo significa todo, y espero que lo sepan porque estoy seguro de que no tengo la capacidad de decírselo ahora mismo.

—Stella estará lista en unos minutos.

—Toma. —Theo me pasa una petaca cuando paso junto a él.

Lo agito y, en cuanto veo que está lleno, giro la tapa y bebo un trago.

Me arde en la garganta y la tentación de seguir es demasiado fuerte para negarla.

—Tal vez dejar el resto para más tarde, ¿no? —dice Alex, percibiendo claramente mi necesidad de bajar el lote y hacer que todo este puto día se desdibuje delante de mí—. Puedes tomártelo con esto más tarde —dice, pasándome un porro—. Es de la buena.

—Gracias.

Me dejo caer en el extremo del sofá y el silencio llena la habitación. Echo la cabeza hacia atrás y miro al techo mientras esperamos a Stella.

—El jefe tiene la seguridad bien cerrada por hoy —dice finalmente Daemon, rompiendo el insoportable silencio.

Sus palabras me hacen dar un respingo.

—¿Cree que algo va a pasar hoy?

Daemon me da un encogimiento de hombros.

—No se puede ser demasiado cuidadoso.

—Jodeeeeeeeeeer —gimo, arrastrando la mano por la cara.

Seguro que ese loco hijo de puta no estaría tan trastornado como para intentar algo con casi toda la Familia allí.

¿Lo haría?—

—Quizá sería mejor que hiciera algo —dice Alex, sacándome de mis casillas—. ¿Qué? —dice cuando le lanzo una mirada asesina—. Tendríamos más posibilidades de pillarle.

—Supongo —murmuro, aunque eso no me hace sentir mejor con todo este asunto—. ¿Seguro que quieres formar parte de esto, C? —le pregunto a Calli, que está sentada muy erguida en el sofá, muy sexy con su vestido negro ajustado y su nuevo pelo oscuro.

Se retuerce las manos nerviosamente sobre el regazo.

Ha estado un poco ausente últimamente. Desde la mierda que pasó en Halloween. Sé que ha estado en contacto con Stella, pero no ha estado aquí tanto como antes. Lo entiendo. Probablemente tiene miedo de que este lugar se convierta en humo en cualquier momento.

—Por supuesto. —Echa los hombros hacia atrás—. Familia. ¿Verdad?

Le hago un gesto de agradecimiento con la cabeza.

Sé que prácticamente la hemos obligado a permanecer en la sombra todo este tiempo, pero no me hago ilusiones de que salir de repente y formar parte de todo esto -especialmente en las circunstancias actuales- debe ser bastante aterrador.

Una puerta que se abre en el pasillo aparta mis ojos de la hermana pequeña de Nico, y veo cómo mi chica camina por el pasillo hacia ella.

Alguien -Alex, creo- silba cuando la ve.

—Estás muy guapa, princesa —anuncia Nico alegremente—. Ay —se queja cuando alguien le golpea.

—Es mi puta hermana —ladra Toby.

—No parece que te impidiera echar un vistazo a la mía cuando entró.

—Cierra la puta boca.

Ignorando sus discusiones, me centro en mi chica cuando se acerca a mi lado.

De pie, le rodeo la nuca con la mano y aprieto mi frente contra la suya, necesitando su fuerza.

—Has estado bebiendo —dice, pero no hay ninguna acusación.

—Theo me lo dio —digo, incriminándolo.

—Oye —se queja—. Debería ser Alex con quien gimieras. Esa mierda que te dio te hará perder la cabeza más tarde.

—No puedo esperar. El sexo de altura es lo mejor.

Stella pone los ojos en blanco antes de mirar a los demás.

Sonríe a Toby y luego se centra en Calli.

—Te ves hermosa, Cal.

—Gracias.

—Bien. ¿Vamos y acabamos con esta mierda? —sugiero, ya ansioso para terminar el día.

—Lo que quieras —dice Theo.

—Lo que quiero es emborracharme y olvidarme de lo que está pasando, pero no sé si lo conseguiré.

Todos me miran fijamente.

—Sólo tienes que decirlo. Te cubrimos las espaldas. Pase lo que pase.

Se me corta la respiración al ver la sinceridad en los ojos de todos, pero me trago el miedo y me mantengo firme.

—Por mucho que te lo agradezca, necesito hacer esto.

—Entonces hagámoslo —anuncia Theo.

Calli se levanta y corre al lado de Stella.

—¿Viene Emmie? —pregunta en voz baja.

—Ella dijo que lo haría.

Mirando a Theo, lo encuentro distraído con Daemon.

—¿Es una buena idea? —pregunto.

Stella se encoge de hombros.

—Probablemente no, pero insistió. Creo que le gustas en secreto y sólo quiere estar a tu lado.

—Por muy dulce que sea, preferiría no ser el responsable de que Theo la matara. Sabes que sigue sospechando de…—. Stella me lanza una mirada que detiene mis palabras, y yo miro a Calli, que me mira con las cejas apretadas.

—¿Sospechar de qué? —pregunta.

—N-nada —digo, mirando entre ella y Stella, rogándole a mi chica que me saque de esta conversación.

Calli se enfada al darse cuenta de que seguimos ocultándole información.

—Te informaré en el carro, pero no puedes decir nada —concede Stella.

—Soy un puto Cirillo, Stel. La familia por encima de todo, ¿recuerdas?

—Ya lo sé —le asegura Stella antes de desviar la mirada hacia los chicos. —Ellos no. Todavía tienes que demostrar lo que vales—.

—Ugh, lo que sea. Putos gilipollas —murmura, dirigiéndose a la puerta principal, haciendo que Stella se ría.

—Confío en ti, Princesa —le digo llevándome los nudillos a los labios.

—Bien. Deberías hacerlo. Ahora terminemos con esto para que podamos compartir ese porro—. Me guiña un ojo antes de llevarme a los coches.

Subimos a su Porsche después de que Calli se meta detrás y los demás se repartan en los otros coches. Con el Maserati de Theo todavía en el garaje, ha tenido que arreglárselas para no ser el taxista de cabecera.

En cuanto salimos de la calzada, Stella me agarra la mano y no me la suelta en todo el día.

No podría quererla más, joder.

Capítulo 19

Stella

El funeral fue... desgarrador.

Durante todo el tiempo que estuvimos en la iglesia, Seb mantuvo una compostura tan sólida que hasta yo me quedé impresionada. Lo he visto usar una máscara antes, poner una fachada. Pero nunca nada como eso.

Puede que me impactara, pero sobre todo me aterrorizaba porque sabía que cuando se rompiera, iba a ser jodidamente brutal.

Puede que nadie más lo viera, pero en el fondo se estaba rompiendo en mil pedazos.

Estando de nuevo en esa iglesia, sabía que no sólo se estaba despidiendo de su madre, sino que estaba reviviendo cada momento en que se vio obligado a despedirse también de Demi.

Mantuvo la mirada fija en un único punto durante todo el tiempo que estuvimos dentro de aquel edificio. Y pasara lo que pasara, hablara quien hablara o se hablara de lo que se hablara, su punto de atención nunca cambió.

Tampoco el temblor de su mano en la mía.

Me agarré fuerte. Tan fuerte como pude. Pero sabía que nunca iba a ser suficiente, y eso me mataba.

Sophia, Zoe y Jason estaban en la fila con nosotros y los chicos justo detrás.

No necesitaba mirar atrás para saber que su atención estaba en Seb. Sentían su inminente caída igual que yo.

Una mirada a Theo por encima del hombro y supe lo preocupado que estaba.

Incluso había conseguido ignorar la presencia de Emmie, junto con los *Reapers* con los que llegó.

No sé por qué esperaba que esto fuera sólo cosa de la familia Cirillo, pero me equivoqué enseguida al ver el tamaño de la multitud que nos precedía.

Parecía que la pérdida de un miembro de la Familia significaba que todos -amigos y enemigos por igual- acudían a presentar sus respetos.

Emmie estaba entre dos moteros tatuados. Solo podía suponer que el mayor era su abuelo y el otro su tío.

Mis ojos se cruzaron con los suyos entre la multitud y fruncí las cejas, preocupada.

Al parecer, su padre aún no sabe que ha estado pasando tiempo con el club. Esto parece un poco demasiado público para mi gusto.

Le sonrío a pesar de mi preocupación, agradeciéndole en silencio que hubiera venido.

Por lo que yo sabía, los *Reapers* no tenían ni idea de que estábamos investigando su posible relación con mi acosador. Sólo espero por el bien de Emmie, por el bien de todos, que estemos equivocados. Que las cosas que hemos notado sean sólo coincidencias.

—¿Podemos irnos ya a casa, por favor? —me susurra Seb al oído esa misma tarde mientras estamos sentados en el lugar del velatorio, observando a todo el mundo a nuestro alrededor.

Seb ha tenido que lidiar con un sinfín de personas que le han dado el pésame, y me he visto obligada a ver cómo se hundía más en su desesperación con cada palabra pronunciada.

Él no quería venir. Le dije que no tenía por qué hacerlo si realmente no quería, pero su orgullo le impidió salir antes.

Lo entiendo. Todo el mundo esta aquí, y se esperan ciertas cosas de él.

Echo un vistazo a la sala y mis ojos se posan en Damien Cirillo, que está hablando con el hombre que adiviné que era el abuelo de Emmie, junto a otro hombre, claramente italiano, junto a la barra.

—Parecen muy civilizados —digo, ignorando la pregunta de Seb en favor de mi curiosidad.

Llevo todo el día con un millón de preguntas en la punta de la lengua, pero apenas hemos tenido un segundo para poder hablar.

—Todo es una actuación. Una treta para mantener la verdad bajo el radar. Puede que sepamos cosas, puede que otros sospechen cosas, pero hasta que se anuncie una guerra total, así es como es siempre.

—En apariencia, trabajamos juntos, seguimos las normas que se han establecido a lo largo de los años…

—Pero en el fondo, ¿se están matando entre ustedes? —Termino por él.

Se ríe, pero es vacía, hueca.

—Sí, algo así.

—¿Entonces no confíes en nadie?

—Igual que cualquier otro día de nuestras vidas, cariño.

Exhalo un largo suspiro—. ¿Y la gente cree que es glamuroso? —Pienso en algunas de las personas de la escuela, Teagan y sus zorras, que claramente sólo quieren ser parte de la acción, reclamar el estatus. No tienen ni idea de cómo es realmente, y nunca la tendrán porque no podrían enfrentarse a la realidad. No estoy seguro de que mucha gente pudiera.

—La gente es idiota.

—Amén —bromeo. Me inclino y rozo su mejilla con los labios antes de detenerme junto a su oreja—. Déjame ir al baño y luego me llevas a casa. —Su mano se posa en la mía, que está apoyada en su muslo, y la arrastra hasta que le acaricio la polla, que ya está dura—. Seb —gruño.

—Mencionas casa y eso es lo que pasa, nena.

—Eres insaciable.

—¿Te quejas?

—Diablos, no. Dame cinco.

Le doy un beso en los labios y le aprieto la polla antes de cruzar la habitación.

Los ojos de Calli y Emmie me siguen y sé que estoy a punto de tener compañía.

—¿Cómo está? —pregunta Calli en cuanto entramos en el baño y descubrimos que, por algún milagro, estamos solos.

—Sí, ya sabes.

Calli sacude la cabeza.

—No puedo ni imaginarme lo que debe ser para él. Perder a un padre es malo, ¿pero a dos? Tan jodidamente cruel.

Emmie permanece callada a nuestro lado.

—¿Y tú? —pregunto, girándome hacia ella—. ¿Tu padre sabe que estás aquí con los moteros malos?

Suelta una carcajada.

—Sí, lo he confesado todo. —Pone los ojos en blanco—. Me mataría por salir con ellos, y mucho menos por esto. —Señala lo que está pasando en el bar principal.

—¿Y por qué lo haces? ¿No confías en él que deberías mantenerte alejado?

—Sí, por supuesto. Mi padre es listo. Loco jodidamente inteligente, pero...

—¿No puedes evitar rebelarte a pesar de saber qué es lo que no debes hacer? —Calli termina por ella.

—Algo así. No digo que quiera formar parte de todo eso. Yo sólo... —Deja escapar un largo suspiro—. Es parte de mi familia, de mi historia. Igual que ustedes dos, quiero saberlo, entenderlo.

—¿Quieres tomar tus propias decisiones al respecto? —Supongo. Es exactamente lo que siento por la Familia.

—Sí. Mis padres y mi tío han hecho cosas malas.

Suelto una carcajada.

—¿Hay alguien ahí fuera que no lo haya hecho?

—Cierto. Sólo... no sé, tengo curiosidad, supongo.

Calli me mira a los ojos durante un instante. Antes, de camino a la iglesia, le conté lo básico sobre nuestra investigación de los *Reapers*, así que es consciente de que Theo sospecha mucho de Emmie y de su actual relación con el club de su familia, pero no necesito preguntarle qué opina al respecto. Puedo sentir su lealtad hacia Emmie desde aquí.

Yo pienso lo mismo. No creo que se nos cruce así. Pero tampoco puedo ignorar los hechos.

Todo esto me está dando un puto dolor de cabeza.

—Me parece justo —le digo—. Tienes todo el derecho a formarte tus propias opiniones. Sólo... por favor, ten cuidado.

—Lo haré. Es de mi padre de quien tengo que preocuparme, no de esos hijos de puta miedosos. Cruz les ha dejado muy claro a todos ellos lo que pasaría si alguien lastimara un cabello de mi cabeza.

—Bueno, al menos ya es algo —murmuro, dirigiéndome a uno de los puestos vacíos.

Las chicas cambian de tema y hablan de algo más seguro en público. Aunque estemos rodeadas de hombres peligrosos y ávidos de poder, parece sensato no hablar abiertamente de ellos y de nuestros contactos.

Mientras volvemos al bar, Calli le cuenta a Emmie cómo Teagan se cayó de bruces desde la mitad de la pirámide en el último entrenamiento de animadoras.

Alguien que camina hacia nosotros, su ancho cuerpo cubierto de cuero ocupando casi todo el puto pasillo, nos hace movernos a un lado.

Le miro y le reconozco. Su rostro parece un poco más sano que la última vez que lo vi, pero sé que es él. Reconozco sus ojos.

Me asiente, sabiendo claramente quién soy yo también.

—Joker —digo a modo de saludo, necesitando que sepa que soy más que consciente de quién es.

—Princesa —gruñe, haciendo que frunza las cejas, confundida. Nadie me llama así aparte de mis hijos. Pero cuando vuelvo a concentrarme, lo veo mirando por encima del hombro a Emmie, que se limita a gruñir de frustración.

—Vete a la mierda, Joker, antes de que te castre.

—No decías eso la otra noche. —Le guiña un ojo mientras la mira lascivamente. La mirada me eriza la piel. No es mucho mayor que nosotros y, sin toda la sangre que le cubre la cara, no está mal, pero hay algo en él que me pone los pelos de punta.

Desaparece por el pasillo en dirección al baño antes de que pueda responderle.

Girando sobre los dedos de los pies, coloco las manos en las caderas y clavo la mirada en Emmie.

—¿La otra noche? —pregunto con el ceño fruncido—. ¿Necesitas contarnos algo, *Princesa*?

Me da la espalda, con los labios curvados en señal de disgusto por el apodo.

—Acaba de llevarme a dar una vuelta. Su moto es rápida de cojones. Fue increíble.

—Adicta a la adrenalina —murmuro riendo.

—Oh, como si fueras uno de los que hablan. ¿Qué he oído sobre una carrera a medianoche?

—¿Cómo lo sabes? —pregunto, mi voz un poco más áspera de lo que pretendía.

Emmie me mira con el ceño fruncido, confundida.

—Uh… Calli me lo dijo.

Calli asiente.

—Necesito un puto trago —murmuro, apartándome de ellas, más que dispuesta a encontrar a Seb y largarme de aquí.

Acepté conducir para que pudiéramos huir si lo necesitaba, pero empiezo a arrepentirme porque un poco de alcohol me vendría de puta madre ahora mismo.

—Estaba a punto de ir a buscarte —dice Seb desde detrás de mí un segundo antes de rodearme la cintura con los brazos y apoyar la barbilla en mi hombro.

—Lo siento, tenemos que hablar. —Saludo con la cabeza a Calli y Emmie.

—Pórtense bien. Nada de follarse a los chicos malos de la trastienda —les advierte Seb a ambas. Emmie pone los ojos en blanco, con su habitual cara de zorra en reposo, mientras los ojos de Calli se abren de par en par, sorprendida.

—Déjate las bragas puestas, C. Era una broma. Por Dios. —Calli cierra los puños y frunce los labios—. Alguien tiene que echar un polvo —me susurra Seb al oído.

—Sebastian —advierto, estirando la mano detrás de mí y abofeteando donde pueda.

—¿Qué? Me refería a mí. Necesito echar un polvo.

—Dios. Nos vemos mañana, ¿sí? —les digo a las chicas, sosteniendo la mirada de Emmie un poco más para obtener la confirmación que necesito de ella sobre algo que hemos estado planeando.

—Claro que sí. Va a necesitar poder andar mañana —advierte Emmie a Seb, que se limita a burlarse en mi oído.

—Puedo llevarla a donde necesite ir.

—Muy bien, cavernícola. Vámonos. ¿Te has despedido de tus hermanas?

—Estamos listos. Vamos.

~~~

—Haz una locura conmigo —murmura Seb desde el otro extremo del sofá.

Estamos los dos acostados con las piernas enredadas, él sólo en pantalón deportivo y yo sólo con su sudadera.

Siento que todo mi cuerpo se hunde en los mullidos cojines que tengo debajo, gracias a los orgasmos alucinantes que Seb me ha forzado como un poseso desde el momento en que cruzamos la puerta principal, junto con el vodka y la hierba de Alex.

Me siento de puta madre. Y es aún mejor ver a Seb con una sonrisa perezosa en los labios y un poco de su habitual brillo malvado en los ojos.

—Cualquier cosa —digo sinceramente.

—Vamos. Agarra unos zapatos —dice, guardándose el celular en el bolsillo y cogiendo lo que queda de la botella que nos hemos estado pasando de un lado a otro.

—Eh… vale —digo, apartando cualquier duda, porque incluso medio cortada, sé que no haría nada que me pusiera en peligro—. ¿Necesito más ropa?

—Nena —gruñe, cerrando el espacio entre nosotros hasta que mis pechos rozan su pecho desnudo—. Nunca necesitas más ropa, sólo menos.

Se agacha y me abraza con un beso apasionado antes de separarse demasiado pronto, agarrarme de la mano y sacarme del apartamento.

Sólo con su sudadera con capucha y un par de botas Ugg, salimos a la fría noche. No tengo ni idea de dónde están los demás; sólo puedo suponer que el velorio ya ha terminado. Supongo que habrán planeado algo para dejarnos un rato a solas.

Caminamos alrededor de la casa de los Cirillo. Hay algunas luces encendidas que indican que hay alguien en casa, pero Seb no hace ademán de entrar, así que me quedo detrás de él. El aire frío que corre bajo su capucha me eriza la piel y un escalofrío me recorre la espalda.

Seb me guía hacia el edificio situado al fondo del jardín, donde ya sé que se encuentra un gimnasio de última generación.

—Será mejor que no esperes que haga ejercicio —le digo mientras empuja la puerta y me permite entrar primero en el calor del edificio.

No he tomado ni de lejos tanto vodka ni tanta hierba como él, queriendo mantener un poco la cabeza por si pasaba alguna locura, pero aun así he tomado demasiado como para empezar a correr, joder.

—No, cariño. Tengo algo mucho más divertido en mente.

—De acuerdo, estoy dentro entonces.

Una sonrisa malvada se curva en sus labios y mi ritmo cardíaco se acelera al verlo.

—Respuesta correcta, Diablilla. —Cierra la puerta a patadas, pero no enciende las luces, dejándonos sólo con el resplandor de algunas luces de seguridad.

Se acerca a mí, obligándome a retroceder un paso y haciéndome chocar con la pared.

Sus ojos, oscuros y peligrosos, se clavan en los míos y me provocan una oleada de excitación, a pesar de que aún me duelen los músculos de nuestras aventuras sexuales de antes.

—¿Qué estás planeando, Sebastian? —Casi ronroneo su nombre completo, sabiendo que le volverá loco.

Sus dedos rozan mis muslos mientras rodea con sus manos la parte inferior de la sudadera con capucha.

En un santiamén, me ha arrancado la tela del cuerpo, dejándome sólo con las botas.

—Joder, eres perfecta —gruñe, agarrándome los pechos con rudeza, haciendo que un gemido se desgarre en mi garganta.

Aprovecha que tengo los labios entreabiertos y hunde su lengua en mi boca, encontrando la mía.

Levanta una de mis piernas, la engancha alrededor de su cintura y me aprieta.

Me vuelve jodidamente loca, y en sólo unos segundos estoy intentando trepar a él como a un árbol en mi necesidad de conseguir más.

Mis manos se dirigen a su cintura para poder liberar su polla, pero justo antes de agarrar la tela, mis pies abandonan el suelo y salgo despedida por encima de su hombro.

—Seb, ¿qué coño? —chillo, agarrando con fuerza su culo firme y apretando hasta que estoy segura de que debe doler—. Ay —grito cuando él contraataca agarrando el mío. Me arde como a un hijo de puta, pero su palma caliente no tarda en aliviarme.

—¿Qué tan mojada estás, nena?

—Que te jodan —siseo.

Se ríe entre dientes, y el sonido de su alegría después del día que hemos tenido me hace palpitar el corazón.

Yo lo he hecho. He ayudado a sacarlo de las fosas del infierno en las que se ahogaba antes.

—Ese es definitivamente el plan, Diablilla.

Continúa caminando, pero con el edificio a oscuras, no consigo ver gran cosa. Aunque el olor que me llega a la nariz cuando abre otra puerta y la atraviesa me da una pista sólida de cuáles son sus planes.

Sigo colgada sin remedio de su hombro mientras me quita las botas y las deja caer al suelo con un ruido sordo.

Mi gemido lascivo rasga el silencio de la habitación cuando me sube las palmas de las manos por detrás de las piernas y me aprieta el culo con fuerza.

—Seb —gimo cuando desliza un dedo entre mis mejillas hasta encontrar mi núcleo dolorido.

Me mete un dedo, lo hunde en mi humedad y lo enrosca de una forma que me hace poner los ojos en blanco.

—Qué sucia, Princesa. ¿Sabes lo que creo que necesitas?

—No —gimo cuando introduce un segundo dedo, a pesar de que sé exactamente lo que me espera.

—Necesitas una buena limpieza —dice entre risas antes de que me encuentre volando por los aires.

—Te voy a matar —grito justo antes de que el agua caliente de la piscina me trague entera y mi entorno desaparezca.

CAPÍTULO 20

Sebastian

Me quito los zapatos y dejo el celular en la tumbona de al lado, pero no quito los ojos de Stella, que se agita en la piscina.

Dejo caer mis joggers justo a tiempo para que asome la cabeza.

Se limpia el agua de los ojos, pero su mirada no se mueve de mi polla, totalmente dura y desesperada por ella.

—Eso no estuvo bien —sisea.

Doy un paso adelante, con los dedos de los pies enroscados en el borde de la piscina.

—Seguro que se me ocurren algunas formas de compensarte.

Se muerde el labio inferior mientras me mira, esperando a que haga algo.

—¿Quieres compañía?

—Supongo que eso depende de si vas a darme lo que necesito o no —se burla, retrocediendo hacia la orilla, exponiendo lentamente más de su cuerpo desnudo ante mí.

—¿No te doy siempre lo que necesitas? —gruño, mirándola con ojos hambrientos mientras su culo golpea el borde.

—Bueno, estás bastante desaprovechado —dice con una sonrisa burlona, burlándose de mí—. Puede que tenga que cuestionar tus habilidades.

—¿Es eso cierto? —pregunto, divertidísimo de que tenga la osadía de cuestionar mi capacidad bajo los efectos del alcohol. Ya debería saber que siempre hago mi trabajo. Siempre.

Inclina la cabeza hacia un lado y me estudia mientras levanta el culo hacia un lado, dejándome ver su cuerpo.

Mi polla se sacude por la necesidad de entrar en su apretado coño. Pero me quedo quieto, dispuesto a jugar a su juego, al menos un rato.

—Sí —dice, respondiendo por fin a mi pregunta mientras se apoya en los codos, apoya los pies en las baldosas y abre las piernas.

Puede que esté oscuro aquí, pero eso no significa que no pueda ver todo.

—Creo que tal vez... —Ella jadea mientras toma su pecho, pellizcando su pezón duro entre sus dedos—. Debería... —Su mano desciende por su vientre y la mía la imita, mis dedos envuelven mi polla mientras la observo—. Hacerlo yo mismo.

—¿Y crees que puedes correrte tan fuerte como yo te hago correrte? —gruño.

Su agudo jadeo llena la silenciosa habitación mientras se introduce dos dedos en el coño.

A la mierda mi vida.

Me acaricio la polla, pero no es suficiente. Ya nunca lo es. Cualquier cosa menos que ella nunca es lo suficientemente buena.

—Sí —grita, arqueando la espalda, montando un espectáculo increíble para mí. Ni siquiera me importa que esté fingiendo.

Me lanzo desde el borde y, una fracción de segundo después, mi cuerpo atraviesa el agua hasta que aparezco justo delante de ella.

—¿Quieres un primer plano? —pregunta, con la respiración entrecortada.

Vale, quizás no estaba fingiendo.

—Quiero más que eso, Diablilla.

Envolviendo mi mano alrededor de su muñeca, arrastro sus dedos lejos de su coño.

—Mía —gruño, empujando los dos dedos con los que se estaba follando más allá de mis labios.

Los chupo, lamiendo sus jugos, dejando que su sabor impregne mi lengua.

Sus ojos se oscurecen mientras observa.

Arrastrando sus dedos de mi boca, dejo caer su brazo a un lado.

—Ahora, dime, Princesa. ¿A quién pertenece este coño? —pregunto, acercándome y pasando un dedo suavemente a lo largo de ella.

—A ti —suspira mientras su mirada sostiene la mía—. Soy tuya, Sebastian. Toda. Tuya.

Aprieto mis manos contra sus rodillas, abro más sus piernas y dejo caer mis labios sobre la marca descolorida de su muslo.

Lamo alrededor de mis iniciales, deseando que se me hubiera ocurrido traerme la navaja para poder rebautizarla.

El hecho de saber que se pasea todos los putos días con mi nombre en la piel me produce una mierda rara con la que estoy seguro de que un psicólogo bien entrenado se lo pasaría pipa.

Pero joder, los dos somos tan retorcidos como el otro.

La única terapia que necesito es esta. Para ella.

Es mi maldita salvadora.

Mi maldito todo.

—Seb, por favor —gime cuando me tomo mi tiempo besando la suave piel de la cara interna de su muslo en lugar de lanzarme a por lo que ambos deseamos.

—¿Cachonda, nena?

—Lo sabes, joder —ladra, enredando los dedos en mi pelo mojado y acercándome a su coño—. Ahora lámeme. Chúpamela. Lo que sea, joder. Haz que me corra. Por favor.

—Sólo porque me lo pediste muy amablemente.

Le abro aún más las piernas, la dejo completamente expuesta y le lamo el coño mientras ella se retuerce sobre las baldosas.

—Sí —grita cuando le chupo el clítoris y deslizo dos dedos en su interior.

Su agarre de mi cabello se vuelve doloroso, pero no aflojo, no hasta que me cabalga la cara mientras grita mi nombre, sus jugos inundando mi mano.

—Joder, sí —gime con el pecho agitado mientras se tumba en las baldosas, intentando recuperar el aliento.

—¿Bien?

—Estuvo bien —dice riendo, empujando para sentarse una vez más.

—Cambia —exige.

La miro frunciendo el ceño.

—¿Qué? ¿Crees que eres el único que puede exigir? Pon tu culo a un lado, Sebastian, y déjame chuparte la polla.

Salta al agua, su cuerpo se desliza por el mío.

Le agarro la barbilla.

—Realmente tienes facilidad de palabra, Princesa.

—Curioso, porque pensé que preferirías que usara mi boca para otra cosa, Sebastian.

—Me encanta tu boca, la uses como la uses. —Para demostrárselo, cierro los labios sobre los suyos, introduzco la lengua en su boca y dejo que se saboree conmigo.

Damos una vuelta, choco con la pared de la piscina y enrosco los dedos alrededor del borde, arrancando mis labios de los suyos cuando salto hacia arriba.

—Toda tuya, nena —digo, lanzando una mirada a mi polla dolorosamente dura.

Su mirada sigue la mía y se lame los labios.

—Hazlo bien —me burlo.

Se burla.

—¿Cuándo no lo hago?

Desliza las manos por mis muslos, se inclina hacia delante y me lame.

—Siempre jodidamente alucinante —confieso mientras me toma en su boca.

A pesar de que ya me he corrido más veces de las que puedo contar hoy, pasan unos minutos vergonzosos antes de que vuelva a estar en equilibrio justo en el borde.

Ella también lo sabe, porque se echa hacia atrás justo antes de que me corra en su garganta.

—Me estás matando, Diablilla.

Se ríe a mi alrededor, empeorando aún más la deliciosa tortura.

Me toma profundamente y tengo mi polla enterrada en su garganta cuando se oye el sonido de una puerta que se abre y voces a lo lejos.

Sus ojos se disparan hacia mí, ensanchándose de asombro.

—No pares, joder —le digo, apretando con más fuerza su cabello.

Está de espaldas a la puerta, así que quien esté a punto de unirse a nosotros no verá nada de ella, y eso es lo único que realmente me importa ahora mismo.

—Joder, Diablilla —gimo, tan jodidamente cerca de explotar.

Las voces se acercan, los pasos son más fuertes, y entonces las luces a nuestro alrededor se encienden, dando a todos una jodida buena vista de lo que está pasando.

—Oh joder...

Mis ojos se cruzan con los de Theo cuando él, Alex, Nico, Toby, Calli y Emmie se paran en la puerta con los ojos muy abiertos, aunque no totalmente sorprendidos. Saber que me están mirando es el último empujón que necesitaba y me libero de golpe.

—Jodeeeeeeeeer —rujo, mi polla sacudiéndose violentamente mientras llenaba la garganta de Stella—. Joder, princesa. Te amo. Te amo muchísimo, joder —le digo, agachándome y apretándole la mandíbula mientras la miro fijamente a los ojos.

—Joder. ¿Acaba de...? —Una voz femenina horrorizada llena el espacio a nuestro alrededor.

—Tienes que perder esa tarjeta V, C —le dice Alex, divertido.

—¿Qué coño sabes tú de mi tarjeta V, Alexander? —le responde ella gruñendo.

—Dios, ¿podemos dejar de hablar de la virginidad de mi hermanita? —Nico chasquea, marchando más lejos en la habitación.

Empujándome desde el borde de la piscina, dejo que el agua me trague y envuelvo a Stella con mis brazos.

—¿Qué coño están haciendo? —pregunto cuando se dirigen a las tumbonas y empiezan a ponerse cómodos.

Theo saca su teléfono y lo sincroniza con los altavoces, llenando toda la habitación de música unos segundos después.

—Fiesta en la piscina, hermano —dice Alex, como si fuera jodidamente obvio.

Ahora que ya no estoy en mi estado de éxtasis post-orgasmo, me fijo en todos ellos y me doy cuenta de que llevan pantalones cortos y camisetas.

—Joder —murmuro.

—Ven con nosotros —dice Theo, con los ojos brillantes de diversión.

—Dime que no lo dicen en serio, joder —murmura Stella.

—Lo siento, cariño.

—No voy a salir desnuda.

—Tienes toda la puta razón.

—Son malos —suelta Calli, acercándose a los dos y tendiéndole algo a Stella—. Es todo lo que tenía. Puede que sea un poco pequeño —admite con una mueca.

—Gracias —dice Stella, aceptando los trozos de tela que le pasa Calli.

—Los chicos tienen el tuyo. Aunque buena suerte haciendo que lo traigan.

—Putos cabrones —murmuro en voz baja, suelto a Stella para que se vista y me dirijo hacia la parte menos profunda, sin importarme un carajo que todos me miren. Los chicos me han visto desnudo más veces de las que estoy seguro que están dispuestos a admitir.

—¿Qué coño te pasa? —Emmie ladra, tapándose los ojos con la mano. —No estoy lo suficientemente colocada para esta mierda—. Su otra mano se extiende en dirección a Alex, exigiéndole el porro que se lleva a los labios. A diferencia de los demás, ella es la única que sigue llevando la misma ropa que antes.

—Nadie te ha invitado, zorra motera —se burla, aunque le entrega el canuto.

—Calli me invitó, bellaco. Ella quería algún tipo de alivio de todo el macho alfa mierda.

—Ella tampoco tiene por qué estar aquí —añade Nico mientras le arrebato el pantalón corto que Theo escondía detrás de su tumbona.

—Dime que has traído más alcohol —exijo.

—Por supuesto, hermano. ¿Qué clase de fiesta en la piscina sería esta sin él?

Me dejo caer en una tumbona libre y le hago un gesto a Emmie para que la comparta.

—Joder —jadeo, procediendo rápidamente a ahogarme con el golpe que acabo de recibir.

—Eres un hijo de puta con suerte, amigo —anuncia Alex, claramente echándole el ojo a mi chica.

—Sí, lo sé. —Me echo hacia atrás en la tumbona y me acaricio el espacio entre los muslos. Stella me mira mientras se acerca, meneando las caderas, dejando al descubierto casi todas sus curvas y haciendo que mi polla cobre vida de nuevo.

Calli tenía razón: a ese bikini le falta tela.

Se sienta entre mis piernas y se reclina contra mí, inclinando la cara para dejar caer un beso bajo mi mandíbula.

—Te amo —suspira.

La abrazo con más fuerza y dejo caer la nariz sobre su pelo mojado. La inspiro.

—No puedo creer que estos cabrones se hayan colado.

—Oh, totalmente. Sabían exactamente lo que estaban haciendo, también.

—Gilipollas.

—No, Seb. Son los mejores putos amigos que podrías pedir.

Miro a todos ellos, riendo, bromeando y pasándose otro porro y latas de cerveza y botellas de vodka.

—Sí, están bien, supongo.

—Que te jodan, amigo —ladra Nico, habiendo escuchado claramente—. Somos los mejores y lo sabes muy bien.

—¿Qué han hecho con Daemon? ¿No estaba para una fiesta en la piscina? —dice Stella, su cuerpo temblando ligeramente con una carcajada.

—¿Daemon vistiendo otra cosa que no sea su traje? Tendrías suerte —ladra Alex—. Probablemente se ha ido a casa a adorar al diablo o alguna mierda. Cómo coño compartimos el mismo ADN nunca lo sabré.

La conversación avanza, la bebida fluye junto con la hierba, y yo sigo aferrado a Stella mientras me pierdo en mis amigos.

Puede que los acontecimientos del día estén a la altura de algunos de los peores de mi vida, pero las cosas van a ir bien.

Tengo a mi lado a mis chicos y, lo que es más importante, a mi chica. ¿Qué más puedo necesitar?

CAPÍTULO 21

Stella

—Dios mío —gimo en voz baja al volver en mí.

Tengo la boca como el fondo de la jaula de un pájaro, el estómago revuelto, la cabeza dándome vueltas y el cuerpo cubierto de una pegajosa capa de sudor.

Bruto.

Rodando sobre mi espalda, rezo para que mi estómago aguante e inmóvil durante unos segundos mientras espero el resultado.

Seb ronca fuerte a mi lado y, cuando miro hacia él, me alivia ver que parece relajado.

Ayer fue muy doloroso despedirse de su madre y luego tener que soportar a todos los que querían darle el pésame.

Comprensiblemente, era el último lugar en el que quería estar, y temí perderle durante más tiempo del que lo hice.

Afortunadamente, un poco -o mucha- de hierba, un puñado de orgasmos y la buena compañía parecieron ayudar a desterrar algunas de las sombras de sus ojos.

No soy tan ingenua como para pensar que eso es todo lo que va a hacer falta. Pero fue un buen comienzo.

Mi necesidad de ir al baño acaba por vencerme y me incorporo en silencio, levantando las piernas de la cama y caminando por la habitación.

Seb ni se inmuta. Me detengo en el umbral de la puerta y me quedo mirándole.

241

Está de espaldas, desnudo, con las sábanas bajas hasta la cintura, tan bajas que apenas cubren nada. Y a pesar del dolor que siento entre las piernas por haberle ayudado a olvidar lo de anoche, me acaloro al verle.

Maldito sea. Es demasiado guapo.

Me río en voz baja de mí misma. Me odiaría por llamarle así.

Mi gran soldado malo de la mafia trata de ser sexy y aterrador, pero ahora, todo ese personaje se ha ido. Es sólo mi chico roto con una cara bonita y un cuerpo pecaminoso.

Mi corazón se acelera mientras le observo.

¿Cómo es posible que mis sentimientos hacia él cambiaran tan rápido?

Le odiaba. Lo odiaba tanto.

Sonrío al recordar algunos de nuestros peores momentos.

Pero ahora…

Ahora lo es todo para mí y no puedo imaginar mi vida sin él.

—Siento que me miras. —Su voz profunda y áspera me sobresalta—. O vienes a hacer uso de este cuerpo o sigues con lo que estabas haciendo.

Me río entre dientes. Ni siquiera abre los ojos y se mueve un poco para ponerse más cómodo.

Las sábanas caen y me regalan la vista de todo él.

Maldita sea.

Me muerdo el labio inferior mientras sigo mirando.

Pero mi imperiosa necesidad de ir al baño me obliga a moverme. Eso y mi necesidad de algunos analgésicos.

Orino, abro la ducha y me lavo los dientes mientras espero a que se caliente. Me meto bajo el torrente de agua con la esperanza de que me ayude a despertarme un poco antes de encontrar una de las camisas de Seb del suelo del dormitorio y arrastrarla sobre mi cuerpo.

Me pongo un par de bragas, me cepillo el cabello mojado y doy por terminado el día.

No tengo ni idea de quién sigue aquí, pero seamos sinceros, todos me han visto antes en peor estado.

Abro la puerta de un tirón y avanzo en silencio por el pasillo.

De la habitación de Alex salen fuertes ronquidos y, al pasar, meto la mano y cierro la puerta de un tirón. Pero cuando llego al salón y encuentro tres cuerpos desmayados, descubro que en realidad no era Alex, porque está en uno de los sofás con Nico y Calli en los otros dos.

Intento mantener el ruido al mínimo, pero mi necesidad de café hace que sólo un segundo después el arranque de la máquina haga que los tres se revuelvan.

—Vete a la mierda —retumba una profunda voz masculina—. Haz que pare.

No puedo evitar reírme cuando Nico se pasa una almohada por la cabeza para amortiguar el ruido.

—Me estoy muriendo —añade Calli.

—Bienvenida al mundo de las resacas y los remordimientos, Callista —canta Alex.

—Oh Dios, ¿qué he hecho?

No puedo evitar reírme del pánico en su voz.

—¿Esperas que me acuerde? —pregunto riendo.

—Eres buena, C —murmura Alex—. No te follaste a nadie en la piscina, ni se la chupaste a nadie en el baño turco.

Sus palabras podrían tranquilizarla un poco, pero cuando sus ojos encuentran los míos, me doy cuenta de que sólo está recordando algunas de mis acciones de la noche anterior.

—Vas a tener que esforzarte más para avergonzarme, Deimos. Ambos sabemos que no es nada que no hayas visto antes.

—Deberíamos haber invitado a nuestro propio coño —gruñe Nico—. Salir de fiesta con mi hermana pequeña es un aguafiestas.

—Podrías haberte marchado —suelta Calli.

—Chicos, es demasiado pronto para esta mierda —refunfuña Alex—. Café —gime—. Necesito café. ¿Princesa? —Me pestañea y pongo los ojos en blanco con tanta fuerza que me duele.

—Bien. Pero vas a pedir comida.

—Trato hecho —dice, empujando para incorporarse un poco y alcanzando su móvil en la mesita.

Agarro una caja de analgésicos y me trago dos antes de lanzársela a un Alex de mirada necesitada mientras el apetitoso aroma del café llena el aire a nuestro alrededor.

Calli baja a trompicones hacia el baño, y no puedo evitar reírme al ver cómo rebota contra las paredes a medida que avanza. Al igual que yo, va vestida con una de las camisetas de los chicos de anoche, aunque no recuerdo de quién. No llevaban mucho tiempo puestas antes de zambullirse todos en la piscina.

Calli y Emmie se negaron durante un rato, prefiriendo mirar cómo se comportaban como niños desde las tumbonas, pero como deberían haber predicho, no duró mucho antes de que Alex y Theo forcejearan con ellos y los arrojaran sin contemplaciones a la piscina, con ropa y todo.

Calli llevaba un bañador bajo el vestido, pero Emmie se había negado en redondo a ponerse el bikini rosa que Calli le había ofrecido y había acabado sólo en ropa interior negra, para el falso horror de Theo y su apenas disimulado deleite.

Ese maldito astuto está tan ido por ella que ni siquiera es gracioso.

Se pasó la mayor parte de la noche observando todos sus movimientos, y estoy bastante segura de que habría sido así tanto si ella se paseaba en su minúsculo tanga y sujetador como si lo hacía completamente vestida. Todo lo que tenemos que hacer ahora es convencerle de que lo admita y haga algo.

El sonido de alguien moviéndose por el pasillo llama mi atención mientras le entrego el primer café a Calli, para disgusto de Alex.

—Las damas primero —se burla mientras se deja caer de nuevo en el sofá, claramente habiendo vuelto a la vida un poco después de su viaje al baño.

—No eres una dama, C. —Le guiña un ojo como si supiera algo que yo ignoro.

—No estabas pensando eso anoche mientras le mirabas las tetas en ese bañador tan pequeño. —Alex me lanza una mirada mordaz mientras Nico gime, haciéndonos saber que no se ha desmayado bajo su cojín.

—Me duele demasiado la cabeza para escuchar una conversación sobre las tetas de mi hermanita. Ay —se queja cuando Alex le lanza otro cojín.

No es hasta que coloco dos tazas más en la mesa de café cuando se abre una puerta al fondo del pasillo y aparece un Toby somnoliento.

—Buenos días —gruñe, levantando la mano para pasarse los dedos por el cabello revuelto.

Está sin camiseta, sólo lleva un par de pantalones deportivos, pero por muy impresionante que sea su cuerpo -como el de todos ellos, gilipollas- es la cicatriz reciente de su pecho lo que llama mi atención.

El dolor me atraviesa al recordar por lo que ha pasado recientemente, y todo por mi culpa. Yo y mi maldito acosador trastornado. Se me retuerce el estómago, igual que cuando me desperté, y me preparo para ir corriendo al baño.

Afortunadamente, se calma con un par de respiraciones profundas.

—Hola —dice Toby, notando claramente dónde tengo la cabeza.

Se acerca y me agarra la nuca, me atrae hacia su cuerpo y me da un beso en la parte superior de la cabeza.

—Estoy bien. Y no es culpa tuya.

—Pero…

—No, Stella. Sólo… no.

Asiento y me tomo un par de segundos para absorber su fuerza.

Seb no es el único que se convirtió en una parte vital de mi existencia casi de la noche a la mañana, porque Toby también lo hizo. Y mucho antes de que yo descubriera cómo estábamos conectados. En aquel momento no tenía ni idea, obviamente, pero sentí algo… algo más fuerte con Toby desde aquel primer día en que se dejó caer en mi carro y se ofreció a sentarse conmigo mientras esperaba a que se recuperara. Si hubiera sabido lo profunda que era esa conexión, quizá no me habría pasado toda la noche investigándole y tratando de utilizarle para volver loco a Seb.

—Así está mejor —dice, notando la sonrisa en mi cara al recordar aquellos primeros días—. ¿Quieres compartir lo que te hace sonreír? —susurra para que los demás no nos oigan.

Me alejo un paso de él y sacudo la cabeza.

—Sólo recuerdo lo inapropiadamente que te miré esas primeras semanas.

Lanza una carcajada, pero no se me escapa el escalofrío que la acompaña.

—Sí, bueno. No fuiste la única —dice—. Me alegro de que tu padre nos detuviera cuando lo hizo.

—Dios —digo, restregándome la mano por la cara—. Ni siquiera puedo…

—Deja de hablar de tu casi incesto y tráele un café al pobre —grita Alex entre risas.

—¿De qué coño murió tu último esclavo?

—Probablemente preferiría no saberlo, Princesa.

247

Entorno los ojos hacia él.

—¿Ya has pedido comida?

—Sí —balbucea como si le aburriera.

—Bien, ahora mueve el culo y deja que Toby se siente.

Me saluda con un guiño y se mueve un poco.

—¿Dónde está Emmie? —pregunta Toby, mirando a su alrededor como si estuviera a punto de salir de detrás del sofá.

—Ni idea —digo.

—Ni siquiera recuerdo haber vuelto aquí, y mucho menos cómo lo hicieron los demás —confiesa Calli—. ¿Qué demonios había en esa hierba?

—¿Hierba? —Alex sugiere, riendo cuando ella lo rechaza—. Me gustas más ahora que Stella te ha corrompido, C.

—Vete a la mierda.

—Quiero decir, Nico probablemente me mataría, pero claro, estoy dispuesto si tú lo estás.

—Eres un cerdo —se burla Calli.

—¿Se fue a casa? —pregunto, ignorando sus discusiones.

—Tal vez llamó a un Uber para alejarse de las miradas desesperadas de Theo —ofrece Toby.

—Tú también te has dado cuenta, ¿eh? —Murmuro, poniendo de nuevo en marcha la cafetera.

—Sólo necesita follársela.

—¿Quién necesita follar con quién? —pregunta una voz grave y familiar, provocándome un escalofrío.

Seb aparece por la esquina de la cocina y se me hace la boca agua al verlo también sólo con un pantalón de chándal gris.

La lujuria me recorre las venas.

—Eh —ronroneo, me giro hacia él y le paso las manos por el pecho desnudo, enlazándolas detrás de los hombros.

—Hola, Princesa.

Rozo mis labios con los suyos con la intención de mantener la castidad, pero él tiene otras ideas y aplasta mi cuerpo contra el suyo, deslizando la mano bajo la camiseta que llevo y agarrándome el culo con rudeza.

—Bájala, Neanderthal —murmura Calli.

—Le encanta —responde Seb, aunque hace lo que ella le dice.

—Demasiado jodidamente cierto, lo hago.

—Entonces, ¿quién necesita follar?

—Theo y Emmie.

—Oh, bueno, sí. Eso no es una puta novedad. Ve a sentarte, nena. —Seb me pone las manos en los hombros y me empuja hacia los sofás para hacerse el camarero.

Observo cómo se mueve por la cocina, preparando los últimos cafés antes de dejarse caer a mi lado y arrastrarme a su lado.

—¿Qué nos hemos perdido? —pregunta a los demás.

—Uh… aparte de no saber dónde fue Emmie, no mucho.

Repaso los acontecimientos de la noche anterior e intento recordar cómo acabó todo, pero, al igual que

Calli, no recuerdo haber vuelto aquí. Sin embargo, tengo recuerdos de Seb y yo en la cama, contra la pared y…

—Volvió aquí con nosotros —confirma Seb, que claramente tiene mejor memoria que el resto de nosotros.

—Vale, ¿dónde está?

—La llamaré —dice Calli, cogiendo su bolso.

Pero no tiene oportunidad de hacer la llamada, porque se abre una puerta y la siguen unos pasos pesados.

Todos miramos hacia arriba cuando Theo sale.

Tengo que contener la risa ante su estado. Suele estar tan arreglado que casi duele mirarlo, pero ahora mismo le cuelga el culo.

El cabello se le eriza en todas direcciones, tiene más pelusa de la que creo haber visto nunca en la cara y…

—Amigo, ¿tienes un ojo morado? —Alex ladra.

—Es que… —Theo levanta la mano con la esperanza de detenerlos.

No puedo evitar reírme porque… ¿acaso no conoce a sus amigos?

—No lo hagas. No. No lo hagas. Necesito café. Un puto café fuerte.

Da un paso hacia la cocina cuando oigo algo más. Tampoco soy la única, porque todas las cabezas se vuelven hacia el dormitorio de Theo cuando alguien más sale.

—Dios mío —casi chilla Alex—. Claro que sí, hermano.

Emmie Legit parece arrastrada por un seto hacia atrás. Tiene el cabello enmarañado, el maquillaje oscuro de anoche por todas partes y lleva puesta la camiseta de

Theo. Pero lo más sorprendente es lo que parece sangre seca a un lado de su cara.

—Em, ¿qué ha pasado? —pregunto, claramente la única que ve el daño real y no se deja llevar por el hecho de que los dos salgan del mismo dormitorio.

—No lo sé —sisea—. Y ese capullo no me lo quiere decir.

Vuelvo mi mirada furiosa hacia Theo, pero está demasiado concentrado en la cafetera para apreciar la pura muerte de mi mirada.

—Que alguien le pida un puto Uber —suelta—. Me vuelvo a la cama.

En cuanto se hace el café, desaparece por el pasillo y da un portazo que hace vibrar todo el edificio.

—Bueno, entonces me haré la mía —le grita Emmie, dándole la espalda.

—Yo lo haré —ofrece Seb, haciendo que mi corazón cante.

—Gracias. ¿Puedo? —pregunta, señalando la caja de analgésicos sobre la mesita.

—Sírvete —le digo, y lo hace. Se mete dos pastillitas en la boca y se las traga en seco, lo que me hace abrir los ojos de sorpresa.

—¿Y? —pregunto cuando se deja caer a mi lado.

—Pues nada. Me tomo un café y me voy. —Su cabeza cae hacia atrás contra el cojín y sus ojos se cierran.

—¿Qué te ha pasado en la cabeza? —pregunto, con los ojos fijos en la sangre.

Se encoge de hombros.

—Pregúntale a ese gilipollas.

—¿Ustedes dos…?

—No —suelta ella, incorporándose tan rápido que la cabeza le debe de dar vueltas, porque aprieta los ojos con fuerza y respira hondo—. No, no lo hicimos. Ni siquiera sé cómo acabé ahí.

—¿Estás segura? —pregunta Alex, que parece demasiado divertido con todos nosotros—. Si no puedes recordar lo que pasó, entonces cómo sabes que no…

—Porque lo sé —suelta—. O eso o su polla es tan pequeña que no tocaba los lados.

Alex se ríe mientras Nico rocía café por todas partes.

—Lo he visto. Eso es totalmente posible —Alex felizmente suministra.

—Lo que sea —se burla Emmie, volviéndose hacia mí—. No lo hicimos. ¿Sabes?

Asiento, sabiendo lo que quiere decir. Le agarro la mano y la aprieto suavemente.

—Te creo —susurro.

Seb le pasa una taza y se acomoda a mi otro lado.

El silencio se apodera de la sala durante unos minutos, los chicos ensimismados en sus celdas, hasta que Alex siente la necesidad de leer en voz alta algún chiste cutre que le parece divertidísimo.

—¿Quieres venir y usar nuestro baño para refrescarte? —le pregunto a Emmie—. Podemos llevarte a casa a cambiarte antes de… —Me entrecorto, quiero recordarle que tenemos planes, pero no quiero que nadie más lo sepa.

Originalmente habíamos planeado levantarnos e ir a la escuela hoy. Seb insistía en que la vida siguiera normal a pesar de todo, pero creo que todos acordamos unánimemente olvidarnos del tema en algún momento entre el vodka y la hierba de anoche.

El reloj ya indica que ha pasado la hora de comer, así que creo que todos hemos jodido por completo la idea de asistir a alguna clase hoy, pero por suerte, aún tenemos tiempo de sobra para la sorpresa que he planeado para Seb.

—¿Antes de qué? —pregunta Seb, sin perder detalle.

—Ya verás. —Dejo caer un beso sobre su mejilla—. Vamos, Em. Vamos a arreglarte.

Capítulo 22

Sebastian

Todavía me siento un poco delicada cuando Stella, Emmie, Toby y yo subimos a mi coche unas horas más tarde, aunque confío en estar bien para conducir. No puedo decir lo mismo de Nico y Alex, que vuelven a estar dormidos en los sofás cuando salimos, aunque no antes de que encuentre un rotulador permanente y Stella y Emmie se pongan a dibujarles pollas en la cara.

El viaje a través de la ciudad, primero para dejar a Toby y luego a casa de Emmie es bastante tranquilo, todo el mundo sigue sufriendo por lo de la noche anterior, pero yo estoy más que feliz mientras tengo la mano de Stella entre las mías.

Cada vez que la miro, me duele el pecho al pensar en su fuerza y su apoyo de ayer.

No podría haberlo hecho si ella no hubiera estado a mi lado. No tengo ninguna duda al respecto.

No habría sido capaz de estar allí mientras mis hermanas se desmoronaban, mientras personas que no tenían ni idea de nuestras vidas reales se levantaban y hablaban de mamá como si fuera alguien a quien realmente le importaban más sus hijos, su vida, que el veneno con el que llenaba su cuerpo. Pero lo peor de todo, los recuerdos. Stella ayudó a mantenerlos a raya.

Me mira mientras detengo el carro frente a la casa de Emmie.

Te quiero —dice antes de empujar la puerta y salir.

La sigo porque no puedo hacer otra cosa.

—¿Vas a decirme ya qué están tramando? —pregunto, siguiendo a las dos hasta la casa.

Está vacía, el padre de Emmie está en el trabajo y la señorita Hill está en la escuela, aunque probablemente no por mucho más tiempo, ya que el día está a punto de terminar.

—No.

—No tardaré —dice Emmie, desapareciendo rápidamente escaleras arriba y dejándonos en medio del pasillo.

La casa es bonita, aunque bastante modesta comparada con las casas a las que estoy acostumbrada, viviendo la vida que vivo. Pero es acogedora, confortable, y al mirar el conjunto de fotografías que recubren casi todas las superficies, me doy cuenta rápidamente de que está llena de amor.

—Eh, mira —digo mirando una foto—. Es la señorita Hill de niña.

Stella viene a ponerse a mi lado y mira la imagen de los dos adolescentes sonrientes que tenemos ante nosotros.

—El padre de Emmie estaba muy bueno por aquel entonces —anuncia, con un brillo en los ojos que me indica que solo quiere provocar una reacción.

—¿Sólo entonces? Creía que ahora estabas suspirando por él —digo, siguiéndole el juego.

—Oh, sí. Tiene ese rollo de chico malo motero hasta la médula.

—Abuelo motero malo —murmuro.

Stella echa la cabeza hacia atrás y se ríe.

—No es tan viejo. Tuvo a Emmie como a los dieciocho.

—Demasiado viejo para que lo desees, Diablilla.

Se encoge de hombros como si no fuera gran cosa antes de acercarse a otras fotografías.

—Deberíamos enviárselo a Theo —se ríe y no me deja otra opción que acercarme a ver qué ha encontrado.

—¿Qué pasa con los padres que hacen fotos a sus hijos desnudos en la bañera? —murmuro, sabiendo que mamá tiene exactamente las mismas imágenes en algún álbum de la casa.

—Ni idea. Pero mira qué mona es.

—Seguro que es más mona que ahora.

Stella me mira, con los ojos entrecerrados.

—Ella no está involucrada en nada de esto.

Tiene tanta confianza en su amiga, y quiero darle la razón, pero este tipo de coincidencias no suelen existir, y no puedo quitarme de la cabeza las teorías de Theo. Está convencido de que ella está involucrada de alguna manera. Aunque no sea consciente de que lo está.

—Sólo el tiempo lo dirá, cariño.

Sus labios se fruncen de frustración, pero no tiene oportunidad de discutir conmigo porque los pies que bajan las escaleras le impiden decir nada.

—¿En serio? —se queja Emmie cuando ve lo que nos llama la atención—. ¿No podías haber ido y servirte algo en la cocina?

—Aw, tienes un lindo trasero, Em.

Un gruñido de rabia le desgarra la garganta y rápidamente se traga sus frustraciones y se echa el cabello por encima del hombro.

—¿Estamos listos para irnos?

—Sí —asiente Stella con alegría.

—¿Ir a dónde? —pregunto, mirando entre las dos. Es más que obvio que han estado conspirando sobre algo, y la curiosidad me está matando.

—Sorpresa —dice Stella, volviéndose hacia mí con una amplia y traviesa sonrisa.

Introduce su mano en la mía y me saca de la casa detrás de Emmie, pero no me suelta para que pueda ir al lado del conductor del carro. En lugar de eso, me arrastra hacia su cuerpo y me apoya contra él.

—Hola. —Me sonríe a través de las pestañas.

—Hola. ¿Qué pasa, Diablilla?

Me coge la mandíbula y no puedo hacer otra cosa que dejarme tocar por ella.

—¿Confías en mí? —me pregunta, haciendo que me pellizque las cejas.

Mis dedos rodean su cintura. La atraigo más hacia mí y uso su cuerpo para aprisionarme contra la puerta del pasajero.

—Sabes que sí —suspiro, inclinándome para capturar su boca, pero rápidamente me doy cuenta de que tiene otros planes.

Justo antes de que mis labios conecten con los suyos, su mano se sumerge en mi bolsillo y sus dedos envuelven la llave antes de sacarla con una sonrisa triunfal.

—Sabes que te lo habría dado si me lo hubieras pedido.

Se encoge de hombros.

—¿Dónde está la diversión en eso?

Niego con la cabeza, incapaz de borrar la sonrisa de su cara.

—¿Nos vamos o qué? —Emmie se burla desde detrás de Stella.

—Sí, nos vamos —asiente Stella, dejando caer un rápido beso sobre mis labios—. Recuerda que dijiste que confiabas en mí —me advierte antes de saltar al lado del conductor y ponerse al volante.

—Me voy a arrepentir de esto, ¿verdad? —le pregunto a Emmie, que no parece ni la mitad de emocionada que Stella.

Se encoge de hombros.

—Sube atrás, Seb —me exige, empujándome y abriendo la puerta.

—Claro, sí —murmuro, poniendo los ojos en blanco mientras me muevo.

—Estás muy guapo por detrás, Sebby.

—¿Sebby? —pregunto, la aspereza de mi voz transmite lo mucho que odio ese apodo.

Demi solía usarlo para molestarme cuando me hice mayor.

Mis puños se encogen y mi mandíbula tics cuando pienso en ella.

Como si lo supiera, Stella me mira por el retrovisor y me lanza un beso.

—Vamos entonces, quiero ver qué te traes entre manos —exijo, forzando los recuerdos a un lado.

Cuando Stella sale a la calle, Emmie se hace cargo de la música y un poco de rock duro retumba por los altavoces.

—¿En serio? —murmuro.

—Deja de quejarte —se burla—. Ahora estamos al mando.

—No es esa la puta verdad —murmuro, haciendo reír a Stella.

Echándome hacia atrás en el asiento, me concentro en verla conducir por la ciudad para evitar sumergirme de cabeza en los recuerdos de ayer y en el dolor constante en el pecho.

Su mano agarra el volante con fuerza. A diferencia de los demás, dejar que conduzca mi carro no me molesta, y no se lo voy a decir. Estoy seguro de que tiene algo que ver con lo buena que está mientras conduce.

Lleva el cabello recogido en un moño desordenado, lo que me permite ver su esbelto cuello antes de que su piel quede cubierta por la cazadora de cuero.

—Siento que me miras fijamente —dice, lanzándome una rápida mirada por encima del hombro.

Me encojo de hombros, totalmente imperturbable por haber sido descubierta.

—Eres mía —afirmo como si fuera la respuesta a todo.

Vuelvo a sentarme y aparto los ojos de mi chica, observando las tiendas y las casas que pasan por delante, intentando averiguar qué han planeado. Pero mientras recorremos las calles con Emmie como guía, no consigo adivinar adónde demonios vamos.

—Estaciona aquí —dice Emmie, señalando un espacio a un lado de la carretera, un poco más abajo.

Stella aparca con facilidad, apaga el motor y se vuelve para mirarme con una amplia sonrisa dibujada en la cara.

La pequeña inquietud que sentía por lo que estamos haciendo desaparece inmediatamente. No mentía cuando le aseguraba que confiaba en ella. Lo hago implícitamente.

—No tenemos tiempo para esto —murmura Emmie, empujando la puerta y saliendo.

—¿Cuál es su problema? —pregunto riendo, aunque creo que todos sabemos muy bien cuál es su problema. Viene en forma de mi mejor amiga.

Stella me menea la cabeza y baja del coche.

No es hasta que estoy en la acera junto a ellos y miro hacia los negocios que bordean la calle que empiezo a hacerme una idea de lo que estamos a punto de hacer.

—Diablilla —gruño mientras me agarra de la mano y empieza a avanzar.

—¿Qué te pasa? No tienes miedo, ¿verdad? ¿Miedo?

—No, cariño. Más bien intrigado.

—Bien. Aunque algo me dice que te va a encantar. —Dicho esto, me arrastra por la puerta principal hasta un estudio de tatuajes llamado Tinta Rebelde.

Una mujer de cabello rosa sentada detrás de un mostrador nos da la bienvenida, pero en cuanto sonríe a

Emmie y se dirige a ella por su nombre, me doy cuenta de que hay mucho más de lo que pensaba.

—Estos son Stella y Seb —dice Emmie, presentándonos.

—Hola, soy Biff. Me alegro de conocerte por fin. Emmie siempre está hablando de ti, es una charlatana —bromea Biff mientras los labios de Emmie se fruncen de frustración.

—Ella está mintiendo. No creía que tuviera amigos de verdad hasta que entraste tú.

—Tiene razón —asiente Biff riendo—. Su papá siempre nos habla de sus amigos imaginarios. Él...

—Bien, ¿hemos terminado aquí? —Emmie chasquea, su cara empieza a ponerse un poco roja de por qué estamos en este estudio específico me golpea.

—Sí, está todo listo para ti y ya pagó tu cuenta. Pásenla bien, chicos. —Ella guiña un ojo.

Me rechinan los dientes cuando nos llama chicos. Hace años que no soy un puto crío. A veces me pregunto si alguna vez tuve la oportunidad de serlo de verdad.

Pienso en esas fotos de Emmie cuando era bebé. Sí, hay algunas mías en casa de mamá. Pero, sobre todo, todo ese tipo de fotografías son de mis hermanas. Cuando tenían dos padres emocionados viéndolas crecer y aprender. Para cuando llego allí... Aparto esos pensamientos deprimentes de mi mente mientras Stella me arrastra en la dirección por la que desaparece Emmie.

—Ya estamos aquí —anuncia, abriendo una puerta de golpe y entrando—. Papá, estos son Stella y Seb. Tus víctimas de la tarde.

—Fantástico. Me encanta la carne joven. Mientras no sea la tuya —dice el motorista tatuado, despeinando a Emmie y cabreándola al instante.

Aprieto la mano de Stella mientras se ríe.

—Un día no muy lejano, viejo. —Le guiña un ojo antes de dejarse caer en un sofá de la esquina de la habitación como si viviera aquí.

—Bien, bueno. Soy D, el sufrido padre de esa mocosa. Aparentemente, hoy voy a causarles dolor a los dos. —Se frota las manos, la emoción brilla en sus ojos.

—Me alegro de conocerte por fin como es debido —ronronea Stella, con la voz llena de lujuria.

Sé que me está provocando, coqueteando con él. Pero joder. Funciona.

Le rodeo la cintura con la mano, la arrastro hacia mí y le gruño al oído.

Lamentablemente, el padre de Emmie no se pierde la jugada, y sus ojos brillan con algo.

—Así que, Sebastian Papatonis —murmura volviendo a su pequeño taburete con ruedas.

—Sí, ¿y qué?

Se ríe entre dientes mientras sigue preparando su equipo.

—Nada. Nada de nada. Confío en el juicio de Emmie.

—Sí, claro que sí —se burla Emmie.

—Ignórala. Si son amigos, seguro que saben cómo es. —Le saca la lengua a su hija y ella se la quita de encima.

Su relación hace que me duela el corazón y me obliga a preguntarme cómo habría sido mi vida si las cosas hubieran salido de otra manera.

—Vale, ¿quién va primero? —pregunta, sacándome de mis pensamientos malhumorados.

Stella me mira con una sonrisa perversa en los labios.

—Yo primero —casi ronronea.

—Joder —murmuro, restregándome la mano por la cara.

—Toma asiento, Seb. Te toca mirar. —El hijo de puta me guiña un ojo. Sabe demasiado bien lo tortuoso que va a ser esto. Ni siquiera sé dónde o qué está tatuando todavía y ya soy un desastre.

Todas las cosas que Stella ha dicho alguna vez sobre el atractivo padre de Emmie pasan por mi mente mientras lucho por mantener a raya mis celos.

Sé que es irracional. Estoy seguro de que es completamente profesional. Diablos, su maldita hija está sentada a mi lado. Pero aun así. Ella es mía.

Mía.

Me sostiene la mirada mientras se desabrocha el botón de la falda y deja que caiga hasta sus pies, dejándola en un pantalón corto negro.

Mi culo apenas toca el cuero del sofá antes de levantarme de nuevo.

—¿Qué coño? —Ladro, para diversión de Stella.

—Cálmate, cavernícola —murmura Emmie—. Mi padre no va a tocarla con nosotros mirando—.

—Puedo hacer que te sientes en la sala de espera si lo prefieres —ofrece D, con una sonrisa cómplice en los labios.

—No —afirmo, volviendo a sentarme y cruzando los brazos sobre el pecho.

Los ojos de Stella sostienen los míos. No tengo ni idea de cómo no cede a su diversión. Lo lleva escrito en la cara.

—Menuda puta sorpresa —murmuro, apoyando los codos en las rodillas mientras me preparo para ver a otro tío con las manos en mi chica.

—Valdrá la pena. Te lo prometo—. Me sopla otro beso, y maldita sea, ayuda.

—Cálmate de una puta vez, amigo —sisea Emmie—. Estás empezando a perder tu imagen de chico malo.

—¿Ah, sí? —pregunto, mirándola fijamente—. Por suerte para mí, me importa una mierda lo que pienses.

D se aclara la garganta.

—¿Cómo está la señorita Hill? —pregunto, mirando hacia él—. ¿Ya la has sentado en esa silla? —

Sus ojos se oscurecen lo suficiente como para que no necesite una respuesta.

—Dios mío, papá —resopla Emmie.

—¿Qué? Has visto su tinta.

—Sí, es increíble, pero… ugh. ¿Podemos seguir con esto? No soporto la tensión que vibra de esta polla. —Me lanza una mirada.

—¿Necesitas estar aquí? —le pregunto, con las cejas levantadas.

—¿Y perderme a mi padre causándote algún dolor?

La risita divertida de D llena la habitación mientras se coloca en su sitio y le dice a Stella que mueva la pierna.

—A la mierda mi vida —me susurro al darme cuenta de dónde está pasando esto.

D aspira un suspiro cuando ve la cicatriz que le he dejado en la cara interna del muslo.

Sus duros ojos sostienen los míos antes de dirigirse a su hija.

—Si alguien te destroza así, Em, lo mato. ¿De acuerdo?

—Sí, lo que tú digas, papá —murmura sin levantar la vista de la pantalla.

Me lanza otra mirada de advertencia que yo respondo sin vacilar.

Puede que sea un ex Reaper, pero no ha estado activo durante años a pesar de sus conexiones familiares. Es seguro decir que estoy lejos de tenerle miedo.

Me encojo de hombros y vuelvo a recostarme en el sofá cuando un zumbido familiar llena la habitación y él se pone a trabajar con mi chica.

Al menos ahora es plenamente consciente de a quién pertenece.

CAPÍTULO 23

Stella

Sabía que esto iba a ser divertido, pero no sabía que la reacción de Seb iba a ser tan buena.

—¿Todavía me gruñe? —susurra D, y no tengo más remedio que echar la cabeza hacia atrás y reírme cuando levanta su máquina, dándome un pequeño respiro del dolor en el muslo.

—Oh, sí —digo después de unos segundos—. No espero que eso pare pronto.

—No estoy seguro de si debería advertirte de él o decirte que eres valiente por estar cerca de él.

—Tal vez él es el valiente.

—Por lo que he oído, puede que tengas razón. ¿Qué te parece? —pregunta, echando un vistazo a mi muslo, que parece muy dolorido.

—Tiene una pinta increíble, muchas gracias —le digo sinceramente.

Cuando Emmie le habló por primera vez de hacer esto, se mostró súper reacio. Los dos somos bastante mayores, pero saber que éramos amigos de Emmie se le hizo un poco raro. Sobre todo, porque está convencido de que Emmie no va a recibir tinta en un futuro próximo -al menos no de él-, así que creo que se sintió un poco hipócrita. Pero en cuanto Emmie me enseñó algunos de sus trabajos, no había forma de que no lo hiciera.

Sabía lo que quería. Ya había creado un diseño. Emmie me lo había quitado de las manos y lo había completado a su manera, y finalmente se lo había entregado a D, que lo había hecho cantar.

Estoy obsesionada con él. Y no puedo esperar a mirarlo todos los días el resto de mi vida.

Seb sin embargo no puede ver una mierda en este momento, y lo está matando.

—¿Seb? —pregunto, con voz inocente.

—Sí —gruñe, sus ojos que me han estado taladrando todo el tiempo que llevamos aquí se entrecierran con curiosidad.

—El nombre de Theo se deletrea T-h-e-o-d-o-r-e, ¿verdad?

Frunce los labios al comprender el significado de mis palabras. Tampoco me extraña que Emmie levante la cabeza de su celular con curiosidad. Ha visto el diseño, pero, aun así, oír el nombre de Theo le provoca una reacción.

Maldita sea, haber sido una mosca en la pared entre ellos anoche.

—Necesitarás un recordatorio, porque si tienes alguno de sus putos nombres en la piel ya no respirarán para verlo.

D se ríe entre dientes y, tras estirar un poco la espalda, vuelve el zumbido y se pone manos a la obra.

—Ya veremos. Es pura palabrería —le digo a D.

—¿Lo soy? —Seb se burla.

D sacude la cabeza ante nuestras discusiones. Sólo puedo suponer que es plenamente consciente de lo peligrosos que son Seb y el resto de la familia Cirillo, pero nunca dice nada -aparte del nombre de Seb cuando llegamos- para confirmarlo o desmentirlo.

Pensaba que el tiempo se iba a alargar mientras me tumbaba aquí torturando a Seb. Pero demasiado pronto, D se sienta y anuncia que ha terminado, con una sonrisa triunfante en la cara.

—¿Puedo ver? —pregunta Seb, sentándose hacia delante.

—No —digo feliz—. Cúbreme D. Luego quiero ver lo cobarde que es mi hombre—. Le guiño un ojo, sin intentar ocultar mi burla.

—Cobarde. Sabes que ya me he hecho las dos mangas, ¿verdad?

—La parte interior del muslo no es ninguna broma —añade D, uniéndose alegremente.

—Como quieras. Saca el culo de la silla, nena.

Sin esperar instrucciones, se baja los pantalones, haciendo que los ojos de Emmie y D se abran de par en par divertidos antes de saltar en el lugar del que me alejo, con el envoltorio sobre el muslo y una amplia sonrisa en la cara.

—¿Estás bien? —me pregunta Emmie cuando me dejo caer en el sofá a su lado. Me pasa una lata de refresco y no pierdo ni un segundo en tomarla.

—Tan bueno.

—¿No te ha dolido? —me pregunta, mirándome el muslo dolorido.

—Valió la pena.

Me sacude la cabeza. —Eres una causa perdida, ¿lo sabes verdad? —

Miro a Seb, que se acomoda en la silla, y sus ojos encuentran los míos.

—Sí. Ni siquiera me importa.

—Espero de verdad que no estés a punto de entintarme un puto osito rosa o algo así en el muslo —gruñe Seb cuando se reinicia el zumbido.

—Soy valiente, Seb. Pero no soy tan valiente —bromeo—. Confía en mí, ¿sí?

Me hace un gesto con la cabeza y luego a D para que empiece.

~~~

—Tengo hambre —se queja Emmie unas horas después.

—Entonces ve a buscarnos comida —le dice D, sacando la cartera del bolsillo y tirándola en el sofá.

—Claro. ¿Vienes? —me pregunta.

—Sí, me muero de hambre.

Hace un rato que me he vuelto a poner la falda, pero rápidamente me meto los pies en las botas y me dirijo hacia donde está Seb tumbado con los ojos cerrados en la silla.

Al principio me pregunté -con la esperanza enfermiza- si le dolía tanto que no podía concentrarse en otra cosa, pero pronto me di cuenta de que en realidad estaba dormido. Maldito bicho raro.

Pero está claro que no ha perdido el juicio del todo, porque en cuanto le pongo la mano en el pecho, abre los ojos y me mira con una suavidad en la expresión que me derrite el corazón.

—Vamos por comida. ¿Alguna petición?

—Sí, lleva a alguien más contigo.

—Seb, estaremos bien. —Golpeo mi bolso, diciéndole en silencio que estoy más que equipada.

Entrecierra los ojos, pero no discute.

En cuanto llegamos a la recepción, Biff se pone el abrigo, lista para salir.

—¿Qué tal? —pregunta cuando nos ve.

—Está bien. —Me subo el dobladillo de la falda, mostrándole mi nueva tinta—. Vamos a por comida.

—Voy por cafés para los chicos. Vamos.

Puede que sea unos años mayor que nosotros, pero mientras caminamos por la calle, entablo una conversación fácil con Biff sobre su trabajo y su vida en general. Es bastante refrescante hablar con alguien que no tiene ni la más remota idea del drama que rodea mi vida ahora mismo. Me hace darme cuenta de lo agobiante que es mirar por encima del hombro cada segundo y esperar a que ese puto enfermo haga su próxima jugada.

Afortunadamente, el viaje que acaba en hamburguesas, patatas fritas y una enorme bandeja llena de café no tiene incidentes, y cuando Emmie y yo conseguimos volver a la habitación de D, él está dando los últimos retoques a Seb.

—Parece una locura —le digo, aunque Seb no baja la mirada. No lo ha hecho desde que empezó D. Su moderación me impresiona, porque yo no habría sido capaz de esperar, sobre todo si no tuviera ni idea de lo que le estaba pasando a mi propia piel.

—Déjame cubrir a tu chico y podemos comer —dice D, su voz profunda retumba en la habitación.

No tengo ni idea de cómo se ha sentado en esa posición para entintarnos toda la tarde y la noche. Su espalda debe estar doliendo como una perra.

Emmie y yo desenvolvemos nuestras hamburguesas, comiendo en silencio mientras D le pregunta a Seb si quiere ver.

—No, sólo cúbreme.

—¿No quieres ver? —pregunto alrededor de mi bocado de comida.

—Por supuesto. Pero miraré más tarde. Contigo.

Mi corazón se estremece ante sus palabras.

—Saben, ustedes dos son casi monos —admite D mientras termina.

—¿Monos? —Seb se burla—. No hay nada jodidamente mono en ninguno de nosotros. Mi chica es más mala que tú. Te lo garantizo.

—¿Ah, sí? —D pregunta, sonando todo tipo de diversión.

Apartando los ojos de los de D, Seb mira uno de los muchos, muchos bocetos que cubren las paredes.

—Asombroso parecido con la señorita Hill, D —murmura Seb—. Verdadero chico malo motero de ti.

—Vete a la mierda, mequetrefe. —Seb se ríe, sabiendo que ha tocado un nervio—. Me alejé de esa vida hace mucho tiempo. La mejor decisión que he tomado. Emmie está por encima de todo.

Miro a mi amiga justo a tiempo para verla tragar saliva nerviosa. Solo confirma lo que ya sabía. D no tiene ni idea de que Emmie ha estado saliendo con las mismas personas de las que él ha intentado alejarla.

Antes ella que yo cuando lo descubra.

Levanto una ceja y ella se limita a hacerme un gesto con la mano para que no me acerque.

Pero ella no es estúpida. Sabe lo que viene.

D repasa las instrucciones de cuidado de nuestra nueva tinta antes de coger algo de comida y Seb viene a sentarse a mi lado en el sofá.

Me besa el hombro desnudo, me rodea la cintura con el brazo y se come la hamburguesa con una sola mano.

—No me puedo creer que no hayas mirado —susurro mientras D y Emmie se pierden en una discusión sobre cuándo puede ponerse su primera tinta.

—Lo haré. Cuando estemos solos.

Le sacudo la cabeza.

—Estás loco.

—Loco por ti.

No puedo evitarlo, me desmayo tan jodidamente fuerte.

—Eso fue cursi.

Se encoge de hombros y muerde su hamburguesa.

Sintiendo unos ojos que me queman en un lado de la cara, levanto la vista para ver a D mirándonos fijamente.

—Ustedes dos me recuerdan a Piper y a mí cuando éramos más jóvenes —reflexiona.

Puede que Emmie no me diera detalles reales, pero sí me dijo que se conocían de niños y que la mierda del club los separó.

—¿Quieres un consejo? —pregunta muy serio.

—¡Papá! —gimotea Emmie como si fuera la persona más vergonzosa que jamás haya pisado el planeta.

—Claro —digo, intrigada.

Me sostiene la mirada un instante antes de mirar a Seb.

Sus labios se separan, pero no sale ninguna palabra durante un segundo, aunque cuando por fin habla, golpea exactamente donde creo que pretendía.

—Esto —dice señalando entre los dos—, es algo que ocurre una vez en la vida. A la mierda lo que digan o intenten hacer los demás. Agárrense fuerte y no se suelten nunca. Nunca.

La mano de Seb se estrecha en torno a mi cintura mientras se hace el silencio a nuestro alrededor.

—Siento que usted y la señorita Hill hayan perdido tanto tiempo —digo suavemente.

—Sí. Yo la tengo en su lugar —dice suavemente, asintiendo con la cabeza a Emmie.

—Lo que quiere decir es que se emborrachó y se folló a mi madre sin envolverla—.

—Sí, ¿necesitabas más consejos?

—No, no —digo riendo antes de que se sumerja más en esa conversación—. Lo tengo cubierto, gracias.

—Me alegro de oírlo. —Dejando eso a un lado, se vuelve hacia Emmie—. Hablando de la bruja, ¿sabes algo de tu madre?

Emmie sacude la cabeza.

—Todavía nada.

Entrecierro los ojos al mirarla. Sabía que le pasaba algo, pero supuse que era por lo de Theo y los secretos que le oculta a su padre. No tenía ni idea de que tuviera algo que ver con su madre. Apenas la ha mencionado.

—Haré más llamadas. No puede haber desaparecido de la faz de la Tierra.

—Está bien, papá. Si quisiera estar aquí, estaría.

Despega los labios para discutir, pero se corta rápidamente cuando queda claro que Emmie realmente no quiere hablar de ello.

—¿Quieres que te llevemos a casa? —le pregunto a Emmie una vez que hemos terminado de comer y D está limpiando lo que hemos ensuciado.

—Puedo llevarla. Estás al otro lado de la ciudad, ¿verdad? —pregunta sin mirarnos.

—Sí. Pero está bien —dice Seb.

—Todo bien. Ustedes dos váyanse. Pueden pasar la noche comparando su tinta.

—Vale —digo, levantándome de un salto. Estoy más que lista para que Seb tenga su primera mirada—. ¿Nos vemos mañana en el colegio? —le pregunto a Emmie.

—Esperemos que todos tengan más éxito mañana —dice D, todavía de espaldas a todos nosotros.

Emmie se queda quieta, dándose cuenta de que la han pillado.

—Es culpa mía —confiesa Seb—. Nos dejamos llevar un poco anoche. Ya sabes, después del funeral de mi madre.

—Está bien, Seb. Lo entiendo. No soy completamente viejo y poco cool.

Seb asiente a D y se dirige hacia la puerta.

—Muchas gracias por esto —digo.

—De nada. Intenta no meterte en líos, ¿vale?

Seb se ríe.

—Sí, ya veremos. Vamos, Diablilla. Tenemos cosas que hacer.

Su tono sugerente me calienta las piernas.

—Adiós —grito mientras Seb casi me arrastra fuera de la habitación y por el pasillo.

El mostrador de recepción está vacío cuando pasamos, pero se oyen voces procedentes de algún lugar que sugieren que Biff no está muy lejos.

Seb no para hasta que estamos en su coche.

Con un rápido movimiento de su brazo, me tiene atrapado entre el carro y su cuerpo.

Sus ojos sostienen los míos durante un instante, y me preparo para lo que pueda tener que decir sobre todo eso, pero pronto descubro que no tiene palabras, porque en lugar de decirme lo que piensa, me lo muestra.

Sus labios se estrellan contra los míos en un beso brutal, contundente y reivindicativo.

Mis brazos descansan sobre sus hombros, mis dedos en su cabello mientras mis labios se separan, profundizando nuestra conexión y permitiendo que su lengua se introduzca en mi boca.

—Te quiero, Diablilla —gruñe mientras nos besamos.

—Yo también te quiero. Llévame a casa. Por favor —le ruego. Mis manos recorren su cuerpo y se deslizan bajo su camisa. No puedo evitar sonreír contra sus labios cuando sus músculos se contraen al contacto—. Te quiero desnudo.

—Mmm… —murmura, sin dejar de besarme—. No tanto como te quiero desnuda, estoy seguro.

—Seb, por favor —gimo cuando empieza a besarme por el cuello.

—Joder, nena. ¿Tienes idea de lo que me haces? —me pregunta, aunque me hago una buena idea cuando gira sus caderas contra mí, permitiéndome sentir lo duro que está contra mi estómago.

—Te exigiré que me folles aquí mismo si no te mueves.

—Y sabes que yo también lo haría.

El calor me recorre y me tiemblan las rodillas.

Joder, él también lo haría.

Por suerte, se lo piensa mejor y, en lugar de tumbarme sobre el capó, me levanta a un lado, abre la puerta y me coloca en el asiento del copiloto.

El viaje de vuelta a casa es casi tan emocionante como lo que sé que nos espera una vez allí.

Seb no pierde nunca el control del volante, toma todas las curvas demasiado rápido y se salta todos los semáforos que puede.

Cuando llegamos a la enorme entrada de la casa de los Cirillo, mi corazón se acelera y comprendo mejor cómo se sintió al verme correr con la moto la otra noche.

—Vamos —ladra, sin perder un segundo.

Al no ser lo bastante rápido, abre la puerta de un tirón y me saca a rastras, echándome al hombro y corriendo escaleras arriba conmigo.

—Oh hey, dónde has...

—Sal —ladra Seb, cortando la pregunta de Theo.

—Sabes, me estoy hartando de que me echen de mi propia casa.

—Entonces no te vayas. Pero no digas que no te lo advertí —murmura Seb, deslizando su mano por la parte trasera de mi pierna no enroscada hasta que mete los dedos bajo mis bragas y encuentra mi dolorido coño.

—Joder —gimo fuerte cuando me mete el dedo hasta el fondo al descubrir que estoy más que mojada para él.

—A la mierda. Me largo. No puedo volver a hacer esto —retumba su voz enfadada por todo el apartamento. Doy un respingo, sintiéndome mal.

Una vez que toda esta mierda termine, realmente necesitamos resolver dónde demonios estamos viviendo, porque Theo merece su espacio, su paz, de vuelta.

Seb cierra la puerta de una patada y me tira a la cama. Su mirada cuando la encuentro hace que todo lo demás se desvanezca en mi cabeza.

—¿Te he dicho últimamente lo jodidamente perfecto que eres? —pregunta, arrastrando la sudadera por la cabeza y tirándola al suelo a su lado mientras se quita los zapatos y se baja los pantalones.

La tinta oscura de su muslo llama mi atención cuando se acerca a mí y apoya la rodilla en el colchón. Pero, aun así, no baja la mirada.

—¿A qué esperas? —susurro.

—Brazos arriba —me dice, rodeando con sus dedos mi camiseta de tirantes y separándola de mi cuerpo. Me rodea la nuca con la mano y me reclama los labios una vez más, antes de iniciar un tentador rastro de besos ardientes y dolorosos pellizcos hasta llegar a la cintura.

Me abrocha el botón y me baja la falda por las piernas, seguida rápidamente por las bragas, de modo que quedo desnuda ante él.

—Seb —gimoteo.

—Ahora —dibuja—. Ahora voy a mirar.

Sus ojos se separan de los míos y recorren mi cuerpo hasta fijarse en la tinta de mi muslo.

—Joder —jadea, levantando una mano para echarse el cabello hacia atrás mientras contempla la obra de D.

En el centro de las imágenes están sus iniciales, justo encima de donde él las talló, y rodeando esas dos letras está el boceto más impresionante de cosas que me recuerdan a nosotros.

—¿Lo has diseñado tú? —pregunta, pasando ligeramente la punta del dedo por encima del envoltorio mientras lo asimila todo.

—Sí. Es decir, tuve un poco de ayuda, pero las ideas fueron todas mías.

—Cariño, es…

—Mira el tuyo.

Se levanta de la cama, se baja los calzoncillos por las piernas y se los quita de los pies.

Su tatuaje es casi idéntico al mío. Las únicas diferencias son que, obviamente, tiene mis iniciales y el suyo es completamente negro, mientras que yo tengo destellos de color para hacer el mío un poco más femenino.

—D tiene un talento de la hostia —respira, alternando la mirada entre nuestros dos muslos.

—Ajá —estoy de acuerdo—. ¿Entonces te gusta? —le pregunto. Incluso después de ver su reacción, estoy un poco nerviosa por haberme tatuado esto en su piel sin consultarlo con él. Aunque no tenía por qué estar de acuerdo.

—¿Me gusta? Me encanta, joder. —Sus labios encuentran los míos y me besa hasta que me quedo sin aliento y me aprieto contra él, desesperada por saber más de él.

CAPÍTULO 24

Stella

Como habíamos prometido, todos volvimos al colegio al día siguiente e intentamos volver a la normalidad. O tan normal como lo han sido nuestras vidas.

Emmie sigue negándose a hablar de lo que pasó con Theo la noche del funeral de Helen, y Theo se ha mantenido igual de hermético al respecto. Me muero de curiosidad, pero no voy a insistirles. Si quieren hablar, si es que se acuerdan, lo harán cuando estén preparados.

—Probablemente deberíamos salir —dice Alex desde el otro sofá el viernes por la noche mientras se enciende un porro.

—Tiene razón. Este puto psicópata nos ha convertido en unos hijos de puta aburridos —añade Nico.

—Sois más que bienvenidos si queréis salir y mojaros la polla —dice Seb, sus dedos aprietan mi muslo donde su mano ha estado descansando mientras pasábamos el rato en grupo.

—¿Tienes que ser tan jodidamente engreído? —murmura Theo, volcando su cerveza.

—¿Me estás diciendo que serías diferente si tuvieras lo que yo tengo?

—Seb —advierto. Ambos acordamos que bajaríamos un poco el tono por el bien de Theo. Puede que no estemos cerca de tomar una decisión sobre lo que vamos a hacer, pero tenemos que dejar de desterrarlo de su propia casa.

—¿Qué, nena? Es verdad.

—No hemos tenido una noche de chicos en años —se queja Nico.

—No dejen que los detenga si todos quieren ir a emborracharse a un club de striptease. —Los ojos de Nico y Alex se iluminan ante mi sugerencia.

—No se refería a eso —señala Theo.

—No, y prefiero verte desnudarte cualquier día —me susurra Seb al oído.

—Bueno, sal y haz lo que sea que solías hacer antes de que me colara en tu fiesta.

Todos me miran como si me hubiera crecido una cabeza de más.

—¿Qué? No soy una conejita caldera que no quiere que Seb tenga una vida, que se divierta sin mí. Puedo llamar a las chicas para hacer una fiesta de pijamas —digo, sabiendo exactamente por dónde van a ir sus sucias mentes.

—Quizá deberíamos quedarnos en casa —dice Alex—. Sacar nuestros pijamas y tener una pelea de almohadas.

—¿Con la chica de Seb y mi hermana? Suena como una noche salvaje —Nico replica.

Doy un sorbo a mi bebida mientras todos debaten si quieren ir a hacer algo de verdad o no, hasta que el teléfono de Theo suena en la mesita, haciendo que Toby se detenga a mitad de frase y todos se queden quietos.

—Bueno, supongo que acabamos de recibir nuestra respuesta, chicos —anuncia Theo, aunque suena cualquier cosa menos feliz por ello. Lee lo que tiene en el celular antes de murmurar—: Vístanse, nos necesitan.

—Me estás tomando el pelo —se queja Seb.

—¿Parece que estoy bromeando? El jefe quiere que entremos.

—¿Todos nosotros? —Toby pregunta.

—Sí. Su oficina, cuarenta y cinco minutos.

—Joder. Vamos a movernos.—

Antes de que pueda preguntar nada, todos se dispersan.

—Llamaré a las chicas entonces, ¿de acuerdo? — grito.

Sabiendo que no voy a obtener respuesta hasta que alguien reaparezca, saco el celular del bolsillo de la sudadera y busco mi chat de grupo con Calli y Emmie.

Sólo hacen falta tres minutos para descubrir que Calli tiene planes con su madre pero que Emmie está aburridísima en casa y más que encantada de venir, siempre y cuando no estén los chicos.

Le aseguro que están a punto de irse y me levanto del sofá.

—Oye, Emmie va a venir —digo, apoyándome de nuevo contra la puerta cerrada de nuestro dormitorio mientras Seb se viste con su traje y luego se pasa un poco de cera por el pelo.

—Bien, me alegro de que no te dejemos sola.

—¿Tienes idea de por qué te han llamado? —le pregunto acercándome a él y ayudándole a alisarse la corbata.

No necesita que le ayude, es más que capaz, pero aun así me sigue la corriente.

—Sabes tanto como yo, cariño.

—¿Crees que tiene algo que ver conmigo?

—Espero que el jefe haya colgado de las pelotas a algún estúpido por haberte hecho daño.

—Aw, dices las cosas más dulces —digo, pasando mis manos por su pecho y apoyándolas sobre sus hombros.

—Volveré tan pronto como pueda.

—No pasa nada. Nos quedaremos aquí, veremos una película o algo.

—Si pides, ya sabes…

—Pide sólo en restaurantes Cirillo. Lo sé. Yo me encargo, Seb.

—¿Ningún viaje loco a The Avenue? —pregunta, frunciendo una ceja.

—No. Vamos a pasar la noche en casa. Prometido.

Es la primera vez en semanas que los cinco se ausentan juntos. La idea me hace un nudo en el estómago, porque obviamente es algo serio.

—De acuerdo. —Me da un beso en los labios, me coge de la mano y me lleva por el pasillo hasta Theo, que ya está esperando.

—¿Algo? —pregunta a Theo, que niega con la cabeza.

—Nada, pero espero que sea una pista.

—Lo mismo —asiente Seb—. Mantén tu teléfono cerca y no…

—Estaré aquí cuando vuelvas.

Asiente, aunque veo que su preocupación brilla en sus ojos.

—Estoy a salvo aquí. Cerraré cuando te vayas y cuando Emmie llegue.

—Vamos —dice Theo, dándole una palmada en el hombro a Seb.

—Te amo —dice Seb, mirándome por encima del hombro mientras Theo le dirige hacia la puerta.

—Yo también te amo. Cuídate.

—Siempre. —Me lanza un beso antes de desaparecer.

—Eres tan puñetero que da pena —murmura Theo mientras bajan las escaleras, haciéndome reír.

—Sólo espera —dice Seb—. Algún día te pasará y te recordaré todo esto.

—Qué coño —se burla Theo antes de que la puerta se cierre de golpe, dejándome solo por primera vez en… mucho puto tiempo.

Sabiendo que Emmie no tardará, ordeno rápidamente y tiro al lavavajillas los platos sucios que hay en la encimera antes de prepararnos algo de beber y poner música.

El timbre suena sólo unos minutos después de sentarme en el sofá.

Como le prometí a Seb, soy sensata y compruebo la cámara antes de abrir la puerta. Es completamente innecesario, porque es sólo mi chica de pie en el otro lado.

Theo se equivoca sobre su participación en esto. Sé que lo está. Sólo se agarra a un clavo ardiendo, tratando de encontrar una razón para que ella no le guste y así convencerse de alejarla.

Te veo, Theo Cirillo.

—Hola —le digo con una amplia sonrisa, haciéndome a un lado para dejarla entrar.

—No me puedo creer que te hayan dejado sola —dice, mirando alrededor de la sala de estar como si uno de ellos estuviera a punto de salir y gritar abucheo.

—Lo sé, cierto. Se siente... raro.

Emmie se quita las botas y se deja caer en el sofá como si fuera la dueña del lugar.

—Entonces, ¿cuál es el plan? —pregunta, aceptando el cóctel suave que le he preparado, ya que probablemente querrá volver a casa más tarde.

Encogiéndome de hombros, me dejo caer en el sofá de enfrente.

—No tengo. Pensé que podríamos pasar el rato.

Sus cejas se levantan en estado de shock.

—Y yo que pensaba que me estaban engañando con un plan loco que volvería loco a Seb.

—No tengo energía —admito, encorvándome hacia atrás.

—¿Quién eres y qué has hecho con Stella? —pregunta burlándose de mí.

—Lo sé, lo sé. Las últimas semanas han sido jodidamente mentales. Sólo quiero relajarme de una puta vez. Ver alguna mierda en la tele y... no sé —confieso—. Respirar.

—Lo entiendo. —Levanta su vaso y bebe un trago—. ¿Has comido?

Sacudo la cabeza.

—No. ¿Tú?

—¿Chino? Podría asesinar un poco de pollo desmenuzado con chile.

—Me parece bien.

Saco el menú del celular y selecciono lo que quiero antes de lanzárselo a Emmie para que añada cualquier otra cosa que se le antoje.

Después de ordenar, me dejo caer en el sofá y me quedo mirando lo que ponen en la tele. El silencio nos rodea, pero es completamente confortable.

Miro a Emmie, desesperada por interrogarla sobre Theo, entre otras cosas. Quiere hablar; lo noto en el ceño ligeramente fruncido y en la oscuridad de sus ojos.

—Emmie, ¿estás…?

—Estoy bien —suelta, prediciendo lo que estaba a punto de preguntar, dándome sin querer la verdad.

—Em —respiro, girándome para prestarle toda mi atención—. ¿Qué te pasa? Puedes contarme lo que sea, te prometo que no irá a más.

Se ríe, pero no hay humor en ello. Sólo dolor.

—Confío en ti, Stella. Confío en ti. Yo sólo… —Ella sacude la cabeza—. No quiero hablar de ello.

—Vale —digo, pero me niego a cambiar de tema por completo—. ¿Tu padre ya tiene idea de que sales con Cruz?

Ella palidece visiblemente ante mi pregunta.

—Te va a matar literalmente, ¿lo sabes verdad? —Lo pensé antes, pero después de pasar todo ese tiempo con él la otra noche mientras nos entintaba, ahora estoy

286

más segura que nunca de que va a estallar cuando se entere.

—Lo sé. Yo sólo…

—Quieres saber la verdad sobre quién eres. Lo entiendo, de verdad, Em. ¿Pero vale la pena?

Suelta un fuerte suspiro.

—Cuando estoy allí, nadie me trata como a una niña —confiesa—. Sólo mi nombre hace que la mayoría de los chicos me traten con un nivel de respeto que no obtengo en ningún otro sitio. Es… refrescante. Me hace sentir que formo parte de algo. Como si perteneciera a algún sitio—.

—Tú perteneces a algún sitio. Perteneces aquí.

Su ceño se levanta.

—¿Yo? Theo me odia. Odia que esté aquí. Los demás me aguantan porque te tienen miedo. Y ni siquiera intentes decirme que pertenezco a la escuela.

No puedo evitar reírme al ver cómo se le tuerce la cara en ese momento.

—No, Em. Creo que puedo decir con seguridad que ninguno de los dos pertenece a ese lugar. Pero estamos juntos en eso.

—Yo no quería nada de esto. Sólo quería… —No digo nada con la esperanza de que continúe—. Desaparecer —dice finalmente tras largos segundos de silencio.

—¿Qué pasa con tu madre, Em?

Sus ojos se apartan de los míos en favor de la mesa de café, pero no antes de que vea las lágrimas que brotan de sus ojos.

—No es nada que no esperara —murmura en voz baja—. Nunca iba a ganar el premio a la madre del año ni nada de eso, pero que se vaya a la mierda y no mire atrás... —Suspira—. Duele más de lo que debería.

Le sonrío con tristeza.

—Yo... —Salgo de mi reacción instintiva de decirle que lo siento. Odio decir eso cuando algo sale mal o alguien muere.

No fue culpa mía, así que ¿por qué acepto la culpa?

—¿Quieres emborracharte? —le pregunto.

—¿Y seguir aquí cuando vuelvan los chicos? No, gracias.

Quiero discutir con ella, pero me reprimo al ver la feroz determinación de su rostro. No voy a convencerla de que haga nada que no quiera hacer esta noche.

—Me ahogaré en chino y azúcar en su lugar.

—Suena como un plan. ¿Alguna preferencia? —Digo, apuntando el mando a distancia hacia el televisor.

—Algo donde alguien recibe un disparo.

—Hecho —digo, hojeo hasta que encuentro alguna película de acción que no he visto nunca y le doy al play.

—¿Qué van a hacer los chicos esta noche? —pregunta Emmie un poco más tarde, mientras el héroe de la película conoce a la mujer que, obviamente, se convertirá en su interés amoroso.

—Ni idea. Era todo capa y puñales.

—Debe ser importante si todos te dejaron.

Me encojo de hombros.

—El jefe probablemente está harto de que me cuiden.

—No sé, creo que probablemente te quiere a salvo tanto como ellos.

—¿Por qué? Ni siquiera me conoce—. He hablado dos palabras con el hombre, y eso fue sólo porque asistió al funeral de Helen. Si no fuera por eso, tengo la certeza de que no lo habría visto en persona.

—Él te conoce lo suficiente como para protegerte a ti y a tu padre cuando toda esa mierda se vino abajo. Te protegió cuando volviste por primera vez, aunque fuera para poner a esos gilipollas en tu caso.

—Supongo.

—Es la familia, Stella. Así es como debe ser... aparentemente —añade en voz baja.

—Tu padre es increíble, Em —le digo—. La mayoría de los chicos matarían por un padre tan genial como él.

—Dios, Stel. Prométeme que nunca le dirás que es genial.

No puedo evitar reírme de ella.

—Claro que no. Pero lo es. Tienes que admitirlo.

—Lo es. Me lo merezco después del espectáculo de mierda que tuve por madre.

—Ahora tienes a la señorita Hill.

Emmie sonríe suavemente.

—Me alegro de que se hayan reencontrado. Nunca he visto a mi padre sonreír como ahora que ella ha vuelto a su vida.

—Mira, los felices para siempre y los milagros ocurren.

La expresión inexpresiva de Emmie me dice que no está totalmente de acuerdo conmigo.

—¿Quieres decir que quizá me despierte por la mañana y milagrosamente tenga mi bachillerato y una plaza en la universidad en algún lugar muy lejos de Theo Cirillo?

El hecho de que incluso ponga su nombre en ese pequeño sueño me dice que él está mucho más en su cabeza de lo que jamás admitiría.

—Todos podemos tener esperanza, ¿verdad? —Digo, pero rápidamente me entra el pánico—. Aunque no sobre que te vayas. Te echaría de menos.

—Aw, no te pongas blanda conmigo —se burla—. ¿Realmente crees que una universidad me aceptaría? Soy un completo desastre, Stel. El hecho de que Knight's Ridge me dejara entrar fue posiblemente mi milagro, que yo no quería, debo añadir.

—Todo saldrá como tiene que salir —le digo.

—¿De verdad crees eso?

Mi móvil emite un mensaje y lo cojo apresuradamente, esperando que sea Seb, pero sonrío al ver el nombre de Harley en la pantalla.

Es viernes por la noche. Noche de juegos.

A pesar de ser feliz aquí, me invade una oleada de nostalgia. Casi es Acción de Gracias. Esta época del año siempre fue mi favorita. Los partidos de fútbol, los vítores, las calabazas, las hogueras, las fiestas, el pavo. Todo.

Pero aquí es diferente. Halloween fue… bueno, cuanto menos hablemos de ello mejor, pero los chicos intentaron asegurarse de que fuera algo especial. Supongo que Acción de Gracias pasará de largo.

Abro el mensaje antes de pensar demasiado en todo lo que he dejado atrás, y una sonrisa se dibuja en mis labios al ver una selfie de Harley, Ruby, Kyle y Ash, todos sonrientes y preparados para el gran partido.

Stella: ¡VAMOS, OSOS! Buena suerte esta noche. Los echo de menos.

Le doy a enviar y espero a ver si lo leen. Nunca lo es, y pensar en ellos preparándose para su noche me hace doler el corazón.

—¿Estás bien?

—Sí. Sólo era Harley. Es noche de juegos.

—Lo echas todo de menos, ¿eh?

—Sí, pero cuando estaba allí, echaba de menos estar aquí. Créeme cuando te digo que entiendo no pertenecer. Esa ha sido más o menos mi vida.

—Pero quieres estar aquí, ¿verdad? ¿Con Seb?

—Sí, por supuesto. Si me dieras un billete de avión y las llaves de mi antigua vida en América, no iría. Hace unas semanas quizás. Pero ahora no.

Ella asiente, aparentemente contenta con mi respuesta.

—Bien. Y te equivocas. Tú perteneces. Aquí es donde siempre debiste estar.

—Tal vez —respiro, pensando en lo feliz que es papá aquí en comparación con cuando estábamos al otro lado del charco. Pienso en Toby, María, Seb. Puede que eche de menos a mi familia de Rosewood, pero siempre estarán ahí. Pero aquí, tengo una familia de verdad. Tengo padres. Vale, puede que sea poco convencional y un completo desastre ahora mismo. Pero están aquí, y si los médicos no se equivocan, María -mamá- todavía tiene tiempo, y puede que llegue a conocerla, a tener el tipo de relación madre-hija con la que siempre he soñado.

El sonido del timbre interrumpe cualquier conversación sobre mi vida y me levanto de un salto para ir a buscar la comida.

Como antes, compruebo la pantalla antes de abrir la puerta a un repartidor con el que empiezo a familiarizarme.

Los chicos tienen un puñado de restaurantes favoritos, propiedad de Cirillo, a los que hacen pedidos con demasiada frecuencia, y la mayoría de los días uno de sus repartidores viene al menos una vez.

Deberíamos esforzarnos más por cocinar, pero con todo lo que está pasando, estar en la cocina cocinando para quien pueda o no aparecer no parece muy divertido.

A pesar de que nunca he tenido que cocinar para mí, sé hacerlo. Angie me enseñó desde una edad temprana.

Hago una pausa mientras pienso en ella.

—Mierda —siseo mientras vuelvo a la sala.

—¿Qué pasa? —Emmie pregunta, empujando desde el sofá.

—Oh, eh… nada. No he visitado a Angie.

—¿Quién es Angie? —pregunta, siguiéndome a mí, o más bien a la comida, hacia la cocina en busca de platos.

—Nuestra ama de llaves, pero más o menos la mujer que me crio.

—Seguro que sabe que has estado ocupada.

—Lo sé —asiento, pero eso no disminuye el sentimiento de culpa que se agolpa en mi vientre.

La última vez que vi a Calvin, estaba cabreada con él y salí de casa hecha una furia.

Ambos merecen más de mí que eso después de todos los años que me han apoyado. Nada de esto ha sido culpa suya. Si Calvin hubiera sabido que alguien había estado en la casa, lo habría impedido, lo sé sin lugar a dudas.

—Oye —dice Emmie, apoyando su mano sobre la mía, la conmoción de su movimiento hace que levante la vista hacia ella. —Ve a verla mañana. Nadie puede culparte de nada en las últimas semanas. Ha sido jodidamente estresante.

—Lo sé. Gracias.

—Tiene que servir para algo, ¿no? —pregunta, cargando su plato lleno de comida.

—¿Más que ponerle dura la polla a Theo, quieres decir?

La mirada que me lanza es de pura muerte, y lo único que puedo hacer es reírme.

—Lo siento, lo siento —digo mientras intento recuperar el aliento.

—No, no lo sientes —se enfurruña, dejándose caer en el sofá con su plato.

—Meh, tal vez no. Deberías llevarlo a dar una vuelta de prueba, destrozar un poco la tensión. Podría arreglarlo todo.

—¿Y empeorarlo todo, joder? —murmura, metiéndose un bocado de comida en la boca.

—No lo sabes hasta que lo intentas.

No necesita darme una respuesta verbal. Sus ojos me dan todo lo que necesito.

—Sólo estaba entablando conversación — murmuro levemente antes de pinchar un trozo de cerdo con el tenedor.

Me niega con la cabeza mientras sigue comiendo.

~~~

—¿Tienes helado aquí? —Emmie pregunta un par de horas más tarde.

Es casi medianoche. Esperaba que los chicos ya hubieran vuelto, o al menos hubieran oído algo, pero mi móvil está en silencio en el sofá.

—¿Hablas en serio? —pregunto, mirándola con desconfianza—. Te acabas de comer tu peso en chino. ¿Cómo puedes querer helado?

Se encoge de hombros.

—Sólo necesito algo dulce. Y el helado no es realmente comida así que…

Sabiendo exactamente a qué se refiere, a pesar de la cantidad de comida para llevar que ambos hemos consumido, me levanto del sofá y me dirijo a la cocina para buscar en el congelador.

Algo me dice que estará vacío. No me imagino a los chicos sentados con tarrinas de Ben and Jerry's y mascarillas.

Me parto de risa con la imagen que me viene a la cabeza.

—¿Qué? —pregunta mirándome desde el sofá, con las cejas fruncidas por la confusión.

—N-nada —tartamudeo, aún riéndome para mis adentros—. Nada. Creo que esos cócteles eran un poco fuertes.

—Así que… —pregunta, sus ojos se desvían hacia la puerta del congelador que mis dedos siguen rodeando.

—No. Nada de helado.

—Maldita sea —hace un mohín antes de cruzar el salón.

—¿Qué haces? —pregunto cuando se mete los pies en las botas.

—Voy a la tienda.

—¿Tanto necesitas un helado? —Me responde levantando una ceja—. Vale, está bien. Te acompaño.

—No, tú te quedas aquí. No puedes salir de casa —bromea—. Podrías activar una alarma o algo.

—Dios, no soy un perro, Em.

Se encoge de hombros.

—Es sólo la tienda al final de la calle. Volveremos en menos de diez minutos.

—Vale, de acuerdo —concede.

—Oh, mierda —chillo cuando levanto el primer pie para meterlo en mi bota Ugg y en lugar de eso me tambaleo y choco con la cómoda.

—¿Qué demonios había en ese cóctel? —Emmie pregunta, cogiéndome antes de que caiga al suelo.

—Er… vodka y… lo que fuera la botella que estaba al fondo del armario—.

—Dios. Seb me va a matar.

—Puedo manejar a Sebastian. —Sacudo la cabeza. Incluso yo puedo oír lo arrastrada que está mi voz—. El aire fresco me despejará la cabeza —me digo en voz alta.

—Vamos entonces. —Emmie pasa su brazo por el mío como si pensara que necesito apoyo para bajar las escaleras.

Estoy achispada, no borracha.

—Oh mierda, espera —digo una vez que salimos por la puerta principal.

Esperaba encontrarme a Carl y Cass de guardia, pero estaba claro que los chicos creían que me quedaría aquí esta noche, o simplemente no confiaban en poder detenerme si volvía a saltarme las normas.

La culpa me golpea mientras hago una pausa, tratando de recordar por qué me detuve en primer lugar.

—Olvidé mi celular. Espera ahí.

—¿De verdad lo necesitas?

—Un minuto —grito, corriendo hacia las escaleras.

—Estaré en la puerta.

Capítulo 25

Sebastian

Theo capta mi atención desde el otro lado de la habitación y asiente.

Muevo la boca, confirmando que todo va bien pero también mostrándole lo cabreado que estoy con este puto trabajo.

Al parecer, Evan tenía una gran redada o algo así esta noche y necesitaba a todos los hombres. Eso hizo que nos llamaran para hacer de seguridad en las habitaciones traseras del hotel.

Y por trastiendas me refiero a las que la mayoría de nuestros clientes ni siquiera saben que existen.

Alex y Nico están en su elemento, sus ojos fijos en las mujeres que giran alrededor de los postes que están suspendidos del techo con ropa tan pequeña que no estoy del todo seguro de por qué se molestaron.

He estado aquí unas cuantas veces a lo largo de los años, así que sabía lo que me esperaba cuando entramos antes. Sólo Nico y Toby han hecho turnos aquí antes, ya que son mayores que nosotros. Puede que seamos más que capaces de manejar a los gilipollas que llevan su suerte con nuestras bailarinas demasiado lejos, pero el jefe intenta mantener al personal mayor de edad siempre que puede.

—Te la has tirado, ¿verdad? —le pregunto a Nico mientras se folla descaradamente a la mujer en el escenario.

—No, la verdad. Pero quiero hacerlo, joder. ¿Has visto ese culo?

Murmuro algo de acuerdo porque sí, su cuerpo es bastante increíble -todas las chicas lo son, pero no es una gran sorpresa, ya que pasan las noches haciendo eso.

Prefiero el que tengo en casa esperándome a ellos.

—Tan jodidamente azotado —murmura Nico.

—¿Sí? ¿Y qué hay de eso? —pregunto, dando un paso de advertencia hacia él.

Levanta las manos para defenderse.

—Sólo estaba señalando un hecho, no hay necesidad de golpearme por ello.

—Eres un gilipollas —murmuro, alejándome de él y haciendo un barrido por la habitación antes de detenerme al final de la barra.

—¿Qué te sirvo, cariño? —Missy, nuestra camarera, pregunta.

—Vodka. Genial.

Me lanza una mirada de advertencia.

No se nos permite beber mientras trabajamos, pero últimamente me he dado cuenta de que cada vez sigo menos las normas. Especialmente cuando nos ponen en trabajos de mierda como este y la despedida de soltera de hace unas semanas.

Nuestras habilidades pueden aprovecharse mucho mejor.

Estoy seguro de que lo que sea que Evan esté tramando es mucho más emocionante que esto.

—Sólo uno —le prometo a Missy, que afortunadamente cumple y me sirve un trago más que generoso—. Gracias —murmuro, y lo vuelvo a beber.

Saco mi teléfono y compruebo el rastreador de Stella. Debería confiar en ella, sé que debería, pero joder, después de la última vez…

Respiro aliviado cuando su teléfono indica que está en casa, y una sonrisa genuina se dibuja en mis labios al pensar en ella pasando el rato con Emmie. Pienso en encontrarla dormida y desnuda en mi cama cuando volvamos más tarde, y mi polla se hincha al imaginarme deslizándome detrás de ella, cogiéndola por detrás para hacerle saber que estoy en casa.

La tentación de enviarle un mensaje es fuerte, pero me resisto, sabiendo que, si empiezo, acabaré pasando toda la noche hablando con ella en vez de trabajando.

Me vuelvo a guardar el teléfono en el bolsillo, le doy las gracias a Missy y me voy.

Los clientes están a punto de emborracharse por completo y, a medida que avanza el reloj, sé que estamos cada vez más cerca de que alguien le meta mano a una de las chicas y nos obligue a hacer algo.

Mis puños se curvan, mis nudillos crujen. Quizá dar un par de puñetazos esta noche sea exactamente lo que necesito.

—¿Todo bien? —pregunto, deteniéndome junto a Theo.

—No deberías estar bebiendo—.

—¿Se lo vas a decir a tu padre? —bromeo.

—Su equipo de seguridad probablemente te ha visto hacerlo. No necesitas que te delate.

—Seguro que tienen cosas mejores que hacer que vigilarnos. —Aunque mientras digo estas palabras, recuerdo la advertencia del jefe antes de que saliéramos de su oficina, nuestro papel para la noche había quedado bastante claro. Nada de joder con las chicas, nada de beber, nada de ponerle en evidencia—. *Estaré vigilando.*

—No hablaba en serio —murmuro, aunque sé que es mentira.

—Tu funeral, hombre.

Se hace el silencio entre nosotros. Puede que Theo esté de acuerdo con presionar a su padre en cada oportunidad, pero eso no significa que piense que sea buena idea que nosotros hagamos lo mismo.

—¿Stella está bien? —pregunta tras unos minutos de silencio.

—Su teléfono sigue apareciendo como en casa, si eso es lo que quieres decir.

Resopla.

—Deberías haberla marcado. Con gusto dejaría eso en casa para darte esquinazo.

—Confío en ella.

Se vuelve hacia mí y arquea una ceja.

—Mientras Emmie se haya ido antes de que volvamos —dice en voz baja. Tan bajo que me pregunto si no quería decirlo en voz alta.

—¿Estás listo para hablar de eso?

—¿Sobre qué? —pregunta, empujándose de la pared contra la que estaba apoyado y echando a andar por la habitación.

—Tomaré eso como un no entonces —murmuro para mis adentros.

Todavía lo estoy viendo moverse hacia donde Alex está mirando a la mujer en el escenario cuando alguien grita y rápidamente cambia de dirección, corriendo hacia donde había dejado a Nico en su lugar.

—Joder —murmuro cuando me reúno con ellos y me encuentro a Nico con un viejo en una llave de cabeza, la mujer por la que Nico suspiraba sentada en el borde del escenario con la chaqueta de un tipo alrededor de los hombros mientras su cuerpo tiembla.

—¿Qué ha pasado? —Theo ladra.

—Este estúpido intentó sacarla del escenario y subirla a su regazo.

—Tonto de mierda —se burla Theo cuando Toby finalmente se une a nosotros—. Llévenlo atrás y muéstrenle lo que pasa cuando los estúpidos intentan tocar a nuestras chicas.

—De acuerdo, jefe —bromea Alex, agarrando al tipo por el otro lado y ayudando a Nico a sacarlo a rastras por una de las puertas de seguridad del fondo de la sala.

Toby ya está sentado junto a la mujer, hablándole en voz baja, así que lo dejo. Al cabo de unos segundos, se la lleva a la barra y Missy le ofrece un par de chupitos para calmar los nervios.

—Ve a ayudar si quieres —me dice Theo, sabiendo que nadie más intentará una mierda inmediatamente después de ver cómo arrastran a alguien para que le den por el culo.

—No, estoy bien. Lo tienen cubierto.

—Sí, lo hacen. —Su teléfono sonando en el bolsillo detiene lo que iba a decir y lo saca.

En cuanto desliza el dedo por la pantalla, se le cae la cara y la sangre se le escurre en una fracción de segundo.

—¿Qué pasa? —Exijo, mi propio corazón golpeando contra mi pecho sólo por su reacción.

Sus ojos se cruzan con los míos un instante antes de dar la vuelta a la pantalla.

—Eso es… Joder. ¿Es esa la cochera?

—Tienes que irte. Voy a arreglar algo y voy a estar detrás de ti.

Oigo sus palabras, pero no las capto. Lo único que veo son las llamas de color naranja brillante que envuelven nuestra casa, el lugar donde dejé a mi chica.

Joder.

JODER.

—Seb, llévate mi carro. Vuelve allí, joder. —Me pone las llaves de su Ferrari en la mano y cierro los dedos en torno a ellas.

—Yo… ella…

—No lo sé, Seb. Eso era de la cámara de seguridad de la casa. Vete a la mierda.

—S-sí. Joder. Joder.

Theo hunde el dedo en la pantalla del celular y se lo lleva a la oreja un instante antes de que yo eche a correr.

Su carro está estacionado justo delante del hotel, a diferencia del de Alex, que nos trajo en coche y aparcó en el aparcamiento subterráneo.

Todo mi cuerpo tiembla de miedo. Los neumáticos del Ferrari de Theo chirrían al doblar la última curva para llegar a su casa.

Ya hay camiones de bomberos bloqueando la entrada, así que me veo obligado a pisar el freno y abandonar el coche en medio de la carretera.

El humo y las llamas se extienden por el cielo nocturno mientras corro hacia la devastación.

—Por favor, por favor. Joder. Por favor, no estes dentro —susurro a cualquiera que pueda escucharme mientras me acerco a los bomberos que empiezan a controlar las llamas.

—Lo siento, pero no puedes entrar…

—Quítate de en medio, joder —ladro, cortando lo que iba a decir el bombero.

Alarga la mano para intentar detenerme, pero avanzo demasiado rápido para él y rodeo el alto muro que rodea la finca de Cirillo.

—Joder —respiro, con los ojos desorbitados al ver el desastre que solía ser la cochera de Theo.

Un lado se ha derrumbado completamente, tanto el carro de Stella como el mío están en algún lugar debajo.

Mi mano tiembla violentamente mientras lucho por aspirar el aire que necesito. El humo me quema los pulmones mientras permanezco allí de pie, con la vista nublada mientras intento obligarme a no creer que ella podría haber estado dentro.

—No. Por favor. No me merezco esto, joder. —Un sollozo me desgarra la garganta mientras miro fijamente las llamas—. JODER —grito, con los dedos retorciéndose en mi cabello, tirando, pero no lo siento.

El único dolor que siento es el de mi corazón rompiéndose en mil pedazos.

El sonido de alguien llamándome por mi nombre me hace ponerme un poco más erguido, pero cuando no vuelvo a oírlo, sólo el ruido de algo derrumbándose delante de mí, empiezo a pensar que me lo he imaginado.

—Sebastian.

—Mierda. —Me doy la vuelta y me encuentro cara a cara con Selene, la madre de Theo.

—No puedo…

—Está dentro. —Me interrumpe, con las mejillas húmedas de lágrimas mientras se acerca un paso.

—¿Qué? —pregunto, pensando que la he oído mal.

—Ella está dentro. Ambas están dentro de la casa.

—Joder. —Corro a su alrededor y hacia la puerta principal.

Vuelo por el pasillo hasta el salón. No tengo ni idea de si es donde están, pero es tan buena suposición como cualquier otra.

Mis dedos apenas se agarran al marco de la puerta mientras giro sobre mí misma, con el corazón en la garganta.

En cuanto veo a la gente acurrucada en el sofá, se me va todo el aire de los pulmones.

—Seb —grita Stella, empujando a un niño de su regazo mientras corro hacia ella.

Chocamos con un ruido sordo, mis brazos la rodean con tanta fuerza que probablemente no pueda respirar, pero me importa una mierda.

—Joder, nena. Pensé que estabas muerta.

—Lo siento —solloza en mi pecho, su propio cuerpo temblando.

Me corren las lágrimas por las mejillas mientras la abrazo. El miedo que nunca he sentido me recorre el cuerpo, como si fuera un sueño, como si ella no estuviera realmente entre mis brazos.

—Shh, no es culpa tuya —le digo después de que vuelva a disculparse—. Joder. ¿De verdad estás bien? —le pregunto, soltándola por fin para poder inspeccionarla en busca de heridas.

—Estoy realmente bien. N-no estábamos dentro cuando explotó.

Entrecierro los ojos al saber que ha salido de casa, pero no puedo enfadarme por ello. Si no lo hubiera hecho… Miro por encima del hombro y por la ventana hacia el edificio en llamas.

—Joder.

Un movimiento en el sofá llama mi atención y encuentro a Emmie con el hermano y las hermanas de Theo acurrucados contra ella. Tiene los ojos muy abiertos y nos mira a los dos, claramente conmocionada.

—¿Estás bien? —le pregunto.

—S-sí. Estoy bien. Menos mal que quería helado, ¿eh?

—Emmie —le reprende una vocecita.

—Lo siento.

El cuerpo de Stella vuelve a temblar, pero cuando vuelvo a mirarla, encuentro una amplia sonrisa en su rostro. Se está riendo, joder.

—Umm… me he perdido algo.

Sacude la cabeza y trata de serenarse, pero rápidamente descubre que no puede y suelta otra carcajada.

Miro a Emmie, que se limita a encogerse de hombros confundida por el estado de su amiga.

—¿Cariño? —Tomo la parte superior de sus brazos entre mis manos y le doy una pequeña sacudida.

—Bebió mucho —añade Emmie.

—Lo siento. Lo siento —dice Stella finalmente, controlándose—. Es sólo que… nos salvó un maldito helado.

—Vale —digo, tirando de ella hacia mi cuerpo y enredando los dedos en su cabello mientras aprieto su cara contra mi pecho.

Su risa no tarda más de treinta segundos en convertirse en llanto, y se aferra a mí como si no quisiera soltarme nunca.

Conozco esa maldita sensación.

—Vale, tengo bebidas y galletas —dice Selene, bajando una bandeja a la mesita.

Los niños pegados a Emmie se adelantan e inmediatamente agarran un vaso de leche y una galleta casera mientras Selene se acerca a la ventana y corre las cortinas. No debería sorprenderme su frialdad en esta situación. Lleva años casada con Damien. Debe de estar acostumbrada a lidiar con este tipo de dramas.

—Damien y Evan están en camino.

—Siento mucho lo de tu casa —dice Stella, levantando la cabeza de mi pecho.

—Está bien, cariño. Me alegro de que nadie resultara herido. Sólo eran ladrillos y cemento. Hay cosas mucho más importantes en la vida.

Me aprieta el hombro en señal de apoyo al pasar y se deja caer en el sofá con sus hijos pequeños, atrayéndolos a todos para darles un abrazo.

CAPÍTULO 26

Stella

Sigo sentada en el regazo de Seb con sus brazos alrededor de mi cintura cuando los demás entran casi una hora después.

—¿Qué demonios ha pasado? —ladra Theo, con el rostro inexpresivo pero los ojos oscuros por la rabia apenas disimulada.

Selene consiguió que sus hermanos pequeños volvieran a la cama hace unos treinta minutos, después de que les despertara la explosión de la cochera y luego el estruendo de las sirenas de los camiones de bomberos.

—Lo siento mucho, Theo —digo, pero Seb me aprieta la cintura en señal de advertencia. No quiere que me responsabilice de esto, pero seamos sinceros, no ha sido un golpe a Theo, ni siquiera a la Familia. Ha sido contra mí.

Yo soy a quien quieren muerto.

—No es culpa tuya, princesa. Tú no pediste nada de esto —dice, paseándose de un lado a otro.

—Tú tampoco, y era tu casa.

—Son sólo cosas —dice, como hizo su madre no hace mucho—. Estoy jodidamente aliviado de que no estuvieras dentro. —Lanza una rápida mirada en dirección a Emmie—. Ninguna de las dos.

Emmie abre los ojos sorprendida, pero no dice nada.

—¿Y qué ha pasado? ¿Por qué no *estabas* dentro? —pregunta, bajando el culo hasta el otro extremo del sofá junto a Emmie, con los ojos clavados en mí.

—Emmie quería helado, así que íbamos a la tienda a comprarlo. Llegamos al final del camino y… —Hago un gesto con la mano hacia la ventana, aunque las cortinas siguen cerradas para que no podamos ver el desastre que era nuestro hogar—. Eso pasó —termino con tristeza.

Theo se vuelve para mirar a Emmie, con los ojos entrecerrados.

—¿Qué? —sisea.

—Vale, dime exactamente cómo pasó.

—Uh… como acabo de decir.

—¿Así que se fueron las dos juntas?

—Sí. Bueno, no —añado rápidamente—. Volví a entrar para agarrar el celular porque me lo había dejado en la mesita y…

Me detengo, sosteniendo la mirada de Theo.

Joder.

—¿De verdad crees…? —Me detengo, rezando para que no estemos pensando lo mismo.

—¿Él cree qué? —Emmie chasquea.

—Nico —ladra Theo—. Lleva a Emmie a casa, por favor. Y consigue un ETA para nuestros padres.

—¿Qué? No. No me voy. No. —Se levanta del sofá de un salto, totalmente ofendida incluso por la sugerencia.

—Emmie —gruñe Theo, volviéndose para mirarla con una expresión peligrosa en la cara que estoy segura de que haría mearse encima a hombres adultos.

Por desgracia para él, mi amiga, al igual que yo, no es normal y, en lugar de echarse atrás, pone las manos en las caderas y le sostiene la mirada.

—Oblígame —le sisea, acercándose un paso.

—Nico —ladra Theo, con los puños curvados a los lados.

—¿Qué coño? —Emmie chilla mientras Nico la levanta como si no pesara más que una pluma y se la echa al hombro—. No. No me voy, joder. —Ella patalea y se agita, pero creo que todos sabemos que no va a ganar.

Nadie habla hasta que la puerta principal se cierra con un portazo al marcharse.

—Hermano, realmente no crees que…

Unos pasos atronadores hacen que la pregunta de Alex termine bruscamente, y ni diez segundos después la puerta del salón se abre y entran tres hombres más grandes que la vida.

Damien, Evan y mi padre entran furiosos en la habitación.

—Stella —respira papá, todo su cuerpo se relaja cuando sus ojos se posan en mí.

—Estoy bien —digo, alejándome de Seb por primera vez desde que llegó para poder abrazar a mi padre. Me recorre con la mirada, buscando cortes y moratones—. Estoy bien. Te lo prometo.

Sus fuertes brazos me rodean y deja caer sus labios sobre mi cabeza.

Las mismas emociones abrumadoras que sentí cuando Seb irrumpió en la habitación vuelven a golpearme.

Podría haber muerto esta noche. Las dos podríamos haberlo hecho. Si Emmie no hubiera querido helado, habríamos estado dentro cuando la casa se quemó.

¿O no?

¿Theo tiene razón? ¿Esto está relacionado con Emmie?

Había salido del apartamento.

Un escalofrío me recorre al pensarlo.

—Mi oficina —ladra Damien, mientras papá aún me sostiene—. Vamos a encontrar a este hijo de puta. Esta noche. No se saldrá con la suya.

La voz de Damien es fría, mortífera cuando hace esa afirmación, y papá me suelta, dispuesto a seguir las órdenes del jefe.

—Vamos, cariño —dice Seb, rodeándome la cintura con el brazo y empujándome para que siga a todos fuera de la habitación.

—No creo que se refiriera a mí —intento argumentar cuando nos gira para seguir a los demás.

—Eres parte de esto, Stella.

Damien me sigue con la mirada cuando entro en la habitación junto a Seb, y me preparo para que me exija que me vaya.

Pero nunca lo hace.

—Estella, ven y toma asiento.

Hace un gesto hacia la silla en la que se ha sentado Evan, y su segundo se pone inmediatamente en pie, permitiéndome sentarme.

—U-uh… —Tartamudeo, sintiéndome completamente fuera de lugar, y todavía un poco borracha, pero la mano de Seb en la parte baja de mi espalda me empuja hacia delante.

—Theo, saca las imágenes de seguridad. Tiene que haber algo en lo que podamos basarnos.

—Jefe. —Asiente y se acerca a otro escritorio con varias pantallas de ordenador instaladas en la pared.

—Cuéntamelo todo —exige Damien, con sus ojos duros y furiosos clavados en los míos.

La mano de Seb me aprieta el hombro, haciéndome saber que está justo detrás de mí, y empiezo a hablar.

—Tiene algo que ver con los *Reapers*, Jefe. Te lo aseguro —añade Theo una vez que he terminado—. Hay demasiadas coincidencias en lo que respecta a Emmie Ramsey.

Damien permanece en silencio durante un rato, con una expresión y un lenguaje corporal completamente ilegibles.

Y entonces dice dos palabras que me hielan la sangre.

—Tienes razón.

Joder.

—¿Tienes listo el material?

—Sí, Jefe.

Todos nos giramos para ver las pantallas cuando Theo da al reproducir. En cada una de ellas se ve un ángulo diferente de la cochera, y mis ojos pasan de un lado a otro durante un buen rato, esperando a que ocurra algo.

Hemos visto salir a los chicos y Emmie ya está dentro. Hemos visto cómo la invitaba a entrar, pero parece una eternidad antes de que algo llame la atención de Theo.

—Ahí —dice señalando la pantalla inferior derecha.

Entrecierro los ojos, mirando fijamente a la oscuridad, pero al cabo de un par de segundos descubro que tiene razón.

Una figura oscura atraviesa la noche desde la parte trasera de la cochera.

—¿Cómo llegó allí? —Seb reflexiona. El muro detrás de la cochera tiene al menos tres metros de altura, con alambre de espino en la parte superior y una alarma, he descubierto.

—Ni idea —murmura Damien, con los ojos fijos en la pantalla.

La figura encapuchada de negro camina alrededor del edificio, pero mantiene la cabeza gacha todo el tiempo.

—Hijo de puta —gruñe Nico, dándose cuenta igual que yo de que da la espalda a todas las cámaras.

—Conoce nuestro sistema de seguridad. ¿Cómo?

—Los italianos tenían razón —dice papá en voz baja, haciendo que una onda de inquietud fluya por el aire.

—¿Qué está haciendo? —pregunto, sin ser capaz de asimilar lo que estoy viendo.

—Colocando explosivos —responde Evan por mí.

Seguimos observando mucho después de que la figura desaparezca y, finalmente, la puerta principal se abre y Emmie y yo aparecemos antes de salir disparados hacia mi celda.

—¿A dónde fue Emmie? —Theo pregunta.

—Ella… eh… gritó que iba a esperar junto a la puerta —confieso en voz baja.

—¿Por qué?

—Para… eh…

—¿Impedir que salte por los aires? —sugiere Alex, diciendo en voz alta exactamente lo que todos están pensando.

—Ella no habría hecho esto —digo, pero mi voz no suena tan segura como esperaba.

Theo se burla, claramente en desacuerdo conmigo.

—Ella no lo haría. No me haría daño, ni lo intentaría, así.

En la pantalla, aparezco de nuevo en la puerta principal y la cierro tras de mí.

Apenas he dado diez pasos cuando el edificio se ilumina detrás de mí y salgo despedida hacia delante, aterrizando por suerte en el jardín delantero de los Cirillo para salvarme de los daños que me habría causado la grava del camino de entrada.

Las pantallas ante nosotros se convierten en nada más que el resplandor de las llamas mientras la cochera es engullida.

Theo deja correr la grabación hasta que llegan los camiones de bomberos y luego la apaga.

—Ella no haría esto —repito con la esperanza de que alguien me crea.

—Se marchó y te dejó allí, Stella. Las pruebas son bastante condenatorias —dice Seb en voz baja.

—Pues mira mejor. No era ella —ladro, con el corazón retumbando en mi pecho y las manos cerradas en puños en un intento de evitar que tiemblen—. Ella no lo haría. —Mi voz sale más suave esta vez, emotiva, y lo odio.

—¿Nos necesitas para algo más? —pregunta Seb, rodeándome la cintura con el brazo y tirando de mí desde la silla.

—Sacaremos las imágenes de la calle, seguiremos a este cabrón. Tengo gente fuera buscando entre los restos. Si encontramos algo, te llamaremos.

—Gracias —dice Seb en mi nombre antes de acompañarme fuera de la habitación.

—¿Adónde vamos? —pregunto, mi voz apenas audible.

Seb no responde, pero cuando me gira hacia las escaleras y me anima a subir, me hago una idea.

Avanzamos en silencio hasta que Seb llega a una puerta entreabierta y me empuja suavemente hacia el interior.

El resplandor anaranjado de los enormes ventanales capta mi atención y, sin pensarlo, me dirijo hacia ellos.

—Cariño, no —respira Seb, pero es demasiado tarde. Ya estoy allí, mirando los restos carbonizados de la casa de Theo.

—Todo esto es culpa mía.

—No, nena. No lo es. La seguridad de este lugar debería haberlo detenido.

—Pero no fue así. Y mira—. Agito la mano frente a la ventana, las lágrimas me llenan los ojos una vez más al ver cómo todo lo relacionado con nuestra vida juntos se convierte en polvo.

—Lo sé, Princesa —dice en voz baja, extendiendo la mano para cerrar las cortinas—. Lo sé.

Me gira hacia su cuerpo. Me agarra las mejillas con las manos y baja la cara hasta que su nariz casi roza la mía.

—Pensé que te había perdido otra vez esta noche, Diablilla —dice, su voz áspera con el miedo persistente y las emociones que arrastra esa declaración.

—No lo hiciste —le aseguro, apretando más nuestros cuerpos con mis brazos alrededor de su cintura—. Estoy aquí mismo.

Me mira fijamente a los ojos durante largo rato, como si intentara convencerse de que esas tres palabras son ciertas.

—Tenemos que encontrar a este cabrón, Princesa. No puedo seguir haciendo esto.

Una risa sin gracia cae de mis labios.

—Dímelo a mí.

Levanto la cabeza y rozo sus labios con los míos. Pero, a diferencia de lo habitual, no se lanza de inmediato a besarnos. Sus movimientos son inseguros, vacilantes.

—Seb —respiro, levantando mi mano hacia su mejilla y rozando mi pulgar de un lado a otro—. Te prometo que estoy bien.

—Joder, nena.

Finalmente, me resuelvo y sus labios se mueven, su lengua se zambulle en mi boca y se retuerce con la mía.

Rezuma desesperación, alivio y miedo. Lo siento en cada roce de sus labios y en cada movimiento de su lengua. Sin embargo, no tengo ni idea de cómo mejorar nada.

Hasta que no pongamos fin a esto, para él, el riesgo siempre va a estar ahí.

El miedo a que la próxima vez pueda tener éxito en su misión.

Capítulo 27

Sebastian

Deslizo las manos alrededor de su cuerpo, dispuesto a cerrar aún más espacio entre nosotros. Mi necesidad de sentir cada centímetro de ella contra mí para hacerme creer lo que me está diciendo es demasiado para negarlo.

Pensé que estaba dentro de esa casa.

Pensé…

Un escalofrío recorre todo mi cuerpo cuando el recuerdo de volar a través de la entrada y ver la casa envuelta en llamas por primera vez me golpea una vez más.

—Estoy bien —murmura mientras nos besamos. Pero cuando deslizo las manos por su espalda, dispuesto a agarrarle el culo, se sobresalta.

—¿Qué pasa? —pregunto, arrancando mis labios de los suyos.

—Nada. Seb, necesito…

Le pongo la mano en los hombros, la hago girar y le levanto la blusa.

—Hija de puta —ladro, viendo la piel roja y maltratada de toda su espalda.

—Está bien —argumenta.

—No está bien —siseo, quitándole la sudadera y la camiseta antes de desabrocharle el sujetador y dejarlo caer al suelo—. No te muevas —le ordeno, le doy un beso en el hombro y salgo corriendo de la habitación.

Navego rápidamente por la mansión Cirillo hasta localizar uno de los muchos botiquines del cuarto de baño principal y saco lo que necesito.

Cuando vuelvo a la habitación que he reclamado como nuestra, descubro que no ha seguido las órdenes en absoluto.

Aunque no estoy seguro de haber esperado menos.

—Stella —gruño, siguiendo el hilo de luz que sale del cuarto de baño contiguo.

Abro la puerta de un empujón y no puedo evitar quedarme sin aliento cuando la veo de pie detrás de la mampara de cristal de la ducha, totalmente desnuda y con el agua corriendo sobre sus apetitosas curvas.

Está de pie, de frente a mí, pero con la cara inclinada hacia arriba, dejando que el agua se precipite sobre su piel.

Mis dedos se enroscan alrededor del tubo de crema que tengo en la mano mientras dejo de lado lo mucho que la necesito, mi ira se apodera de mí.

—¿Qué coño estás haciendo? —Ladro.

Todo su cuerpo se estremece al oír mi voz grave y estruendosa, seguida rápidamente por el portazo que doy al patear la puerta.

—Mierda —sisea, con los ojos muy abiertos por el miedo.

—¿Qué coño, Seb? Me has dado un susto de muerte.

Doy un paso adelante y respiro hondo por la nariz.

—Te he dicho que no te muevas—. Entrecierro los ojos para que vea lo cabreado que estoy, pero, como siempre, se contenta con no hacer nada y esboza una sonrisa mientras toma el tubo de crema antiséptica que tengo en la mano.

—Es sólo una quemadura por fricción, Seb. No pasa nada.

—Estuviste a punto de volar por los aires. Nada de esto está bien.

—Lo sé. Lo sé, pero…

La mirada rota y exhausta de su rostro me saca toda la rabia y la tensión del cuerpo. Se deja caer contra la pared y jadea cuando las frías baldosas golpean su piel dolorida.

—Nena —respiro, suelto el tubo, me quito los zapatos de una patada y me quito la corbata del cuello, ya floja.

Aún vestido con camisa y pantalones, me meto con ella en la ducha y el agua empapa inmediatamente mi ropa.

—Deja que te cuide, ¿vale? —le susurro en la cabeza mientras se aferra a mí.

Ella asiente, su cuerpo empieza a temblar.

Da un buen espectáculo a los demás, aparentando que es un día normal. Pero no lo es. Es todo menos eso, y tiene que dejar de fingir que está bien.

—Está bien romperse, cariño. Te mantendré unida. Lo prometo, joder.

Un sollozo sale de su garganta mientras me agarra con más fuerza.

Nos quedamos allí, abrazados, con el agua cayendo sobre nosotros durante mucho tiempo.

—¿Me dejas lavarte el cabello? —le pregunto cuándo empieza a temblar a pesar del agua caliente.

Asiente, me suelta y se da la vuelta.

No tengo que preocuparme de que no haya nada que usar. Selene tiene todos los dormitorios y baños de esta casa como si fuera un puto hotel.

Agarro el bote de champú, me echo una gota en la mano y empiezo a masajearle el cabello. El olor a humo y a quemado es sustituido casi al instante por su aroma floral, y Stella se inclina inmediatamente hacia mi cuerpo mientras mis dedos trabajan.

Su gemido ondula en el aire mientras le masajeo la cabeza y ella se estira hacia mí, me rodea la cadera con la mano y se aferra a mí como si fuera su ancla.

—¿Bien? —Susurro lo suficientemente alto para que ella oiga por encima del agua.

—Muy bien —gime, igual que cuando estoy hasta las pelotas dentro de ella.

Enguajo las burbujas antes de pasar el acondicionador por sus largos, usando los dedos para desenredar los nudos.

—Eres bueno en esto.

—Crecí con tres hermanas. No pude evitar aprender algunos trucos.

—Bueno, te lo agradezco.

Dejo un poco su cabello, agarro el gel de ducha y me echo una generosa cantidad en las manos antes de frotar cada centímetro de su cuerpo.

Respira entrecortadamente, le tiemblan los pezones y sus gemidos son francamente asquerosos mientras trabajo, pero me niego a ceder.

Le dije que cuidaría de ella, y eso es lo que tengo la jodida intención de hacer.

—Seb —gime, su mano se extiende detrás de ella en busca de mi polla.

—Cariño, estoy tratando de hacer lo correcto aquí.

—Fóllame, eso eslo correcto, Seb. Fóllame contra las baldosas, por favor.

Me río entre dientes.

—Buen intento, Diablilla.

Enjuago rápidamente el acondicionador de su pelo.

Alargo la mano, giro el dial para cortar el agua y salgo de la caseta, para su frustración.

Agarro una toalla blanca y gruesa de la barandilla calefactada y le hago un gesto para que se ponga.

—Te está cayendo agua por todas partes —señala, señalando con la cabeza el charco que se está formando alrededor de mis pies.

—Siéntate en el borde de la cama. Ahora mismo voy —prometo antes de intentar quitarme la tela empapada del cuerpo y tirarla a la ducha.

Con una toalla alrededor de la cintura, salgo a buscar a mi chica.

Afortunadamente, me permite aplicarle la crema que encontré tirada en el suelo del baño y, tras bajar las sábanas, se mete dentro.

Parece agotada, con ojeras y el labio inferior enrojecido e hinchado de tanto preocuparse.

Enrolla los brazos alrededor de sus piernas recogidas y me mira mientras le aprieto la toalla alrededor del pelo para quitarle el exceso de agua y luego la animo a tumbarse conmigo.

Arrimo su cuerpo contra el mío y la abrazo con fuerza.

Se hace el silencio a nuestro alrededor y me concentro en su respiración suave y superficial, recordándome que está aquí y que está bien.

—Háblame, cariño —le digo en voz baja, sin querer asustarla, pero también sabiendo que no está dormida.

—¿Qué pasará si… si Emmie está involucrada en esto? —pregunta vacilante.

—Supongo que todo depende de lo involucrada que esté —respondo honestamente—. Si tiene algo que ver con esto, la mataré yo mismo.

Stella respira hondo, el tono mortal de mi amenaza es suficiente para que sepa que hablo en serio.

—Nadie puede intentar hacerte daño y vivir, Diablilla. Eso no va a pasar.

Deja escapar un suspiro tembloroso.

Ella ya sabía cuál iba a ser mi respuesta, y no estoy seguro de que oírla de mis labios la haga sentir mejor ante lo que está por venir.

—Intenta dormir un poco, cariño. Creo que nos esperan unos días duros.

Acerco mis labios a su cabeza y le doy un beso, deseando que pueda sentir, aunque sólo sea un poco del amor y el alivio que siento al tenerla entre mis brazos.

~~~

No consigo pegar ojo. Estoy demasiado excitado para intentarlo. Acabo tumbado, mirando las sombras que se mueven por la habitación mientras el resplandor de la chimenea disminuye y el sol matutino de invierno toma el relevo.

Hay voces y ruidos procedentes de algún lugar de la casa durante toda la noche, así que sé que no soy el único que no puede descansar después de lo ocurrido.

Oigo pasos mucho antes de que se abra la puerta del dormitorio y la suave luz del pasillo llene la habitación.

—Hola —digo cuando Theo asoma la cabeza por la puerta.

—Tampoco podías dormir, ¿eh?

Sacude la cabeza.

—Tengo ropa y cosas para los dos. Pero tienes que venir a la oficina de papá.

—¿Has encontrado algo? —pregunto, incorporándome apresuradamente antes de darme cuenta de que mi movimiento deja al descubierto a Stella, que sigue profundamente dormida a mi lado.

—Sí. Más pronto que tarde —dice antes de salir de la habitación.

—Mierda —siseo, restregándome la mano por la cara—. Stella, cariño —susurro, rodeando suavemente su cuello con la mano y rozando sus labios.

—Mmm —gime, su cuerpo se inclina hacia el mío, su pierna se levanta sobre mi cadera y nos arrastra más cerca.

—Cariño, necesito que despiertes.

—Sólo bésame.

Me trago un gemido. ¿Cuántas ganas tengo de perderme en ella ahora mismo y olvidarme de todo lo demás?

—No podemos. Necesitamos…

Su cuerpo se tensa en mis brazos y sé que la realidad acaba de golpearla.

Sus preocupados ojos azules se cruzan con los míos cuando abre los párpados.

—¿Qué ha pasado? —pregunta apresurada, apartándose el pelo de la cara y sentándose.

Las sábanas caen de su cuerpo y tengo que darme ánimos cuando sus pezones se endurecen con el aire fresco.

—No lo sé —digo después de aclararme la garganta.

—Theo acaba de entrar y…

—¿Por qué demonios seguimos aquí entonces?

Se levanta de la cama en un santiamén y casi corre al baño.

La visión de su espalda dolorida hace que todo se derrumbe a mi alrededor y, tras exhalar un suspiro, echo las mantas hacia atrás y la sigo.

Damien, Galen y Theo están en el despacho cuando llamamos a la puerta y entramos. El resto de la casa está en silencio, pero no creo ni por un segundo que todos estén durmiendo.

—¿Qué hemos encontrado? —pregunto, ocupando inmediatamente uno de los asientos libres frente a las pantallas y arrastrando a Stella a mi regazo para que podamos mirar juntos.

—No hay nada desde aquí. Este hijo de puta cubrió bien sus huellas —sisea Theo. Me recorre un escalofrío de inquietud.

Esto realmente fue un trabajo interno.

Y sólo me viene a la mente un puto nombre.

Mis ojos se cruzan con los de Theo. Hablamos de posibilidades una noche, cuando Stella dormía, después de oír la confesión de los italianos, y empecé a preguntarme si estaba equivocado.

—Pero sacamos el CCTV de su fuga y conseguimos encontrar esto—.

Theo le da al reproducir en uno de los vídeos.

La hora indica que ha pasado casi una hora desde la explosión, y las imágenes son de una calle que no reconozco.

—Rastreamos su huida —dice Galen, probablemente viendo mi confusión.

—Aquí está —dice Theo cuando el encapuchado se mete en un café nocturno.

—¿Qué…?

—Espera.

Mi pulso se acelera mientras miro fijamente esa pantalla, esperando que ocurra algo, que aparezca alguien.

Y cuando lo hacen, a pesar de que me lo esperaba, me quedo boquiabierto.

—¿Eso es… mierda? —jadea Stella, inclinándose hacia delante para estudiar la pantalla. Pero no es necesario; todos podemos ver quién es con toda claridad.

—¿Pero cuál es la conexión? —pregunto mientras los dos hombres se alejan de la cafetería, el de la derecha ofreciéndonos un plano casi perfecto de su chaleco de los *Reapers*.

—Ahora —dice Theo, frotándose las manos y con un brillo de excitación en los ojos—. Aquí es donde la cosa se pone interesante.

CAPÍTULO 28

Stella

—¡Stella! —grita Calli cuando Seb y yo caminamos de la mano hacia la cocina después de que nuestra necesidad de cafeína superara nuestro estado de shock—. Dios mío. Me alegro tanto de que estés bien.

Se baja del taburete en el que estaba encaramada y choca con mi cuerpo menos de dos segundos después.

—Alex murmura de forma sugerente, ganándose una fuerte bofetada de Nico en la cabeza.

—Si no tienes nada constructivo que decir, cállate la boca—.

—Vete a la mierda, si fuera Emmie abusando de Stella de esa manera sabes que él estaría en todo —dice Alex, inclinando la cabeza hacia Theo mientras se acerca detrás de nosotros.

—Cállate o lárgate—. La voz de Theo es fría y tan jodidamente letal que me produce un escalofrío de miedo.

—¿Qué ha pasado? —Calli me susurra al oído después de espiar a su prima por encima de mi hombro.

—Todavía no puedo decirte nada. Lo siento —digo con una mueca de dolor.

En lugar de la frustración que esperaba que cubriera su rostro por haberse quedado fuera, me alegro cuando se limita a asentir en señal de comprensión.

—Pero lo tienes, ¿verdad? ¿Todo esto está llegando a su fin?

—Sí. Se está acabando.

—Gracias a Dios por eso. Mis nervios no pueden soportar esta mierda.

—Eres un puto Cirillo —suelta Theo, pasando a nuestro lado y acercándose a la comida que hay en el mostrador.

—Gilipollas —murmura ella tras él, pero él no reacciona.

—¿Quieren café? —Selene pregunta, apareciendo desde algún lugar detrás de mí.

—Sí, por favor —dice Seb cortésmente, haciéndome sonreír.

Dirige a su hijo una mirada curiosa antes de pasar junto a él en dirección a la máquina de café. Seguro que está más que acostumbrada a que Theo se enfade. Y si no es él, será su padre.

Hasta hace poco, habría dicho a cualquiera que me hubiera escuchado que Theo no se parecía en nada a su padre -o a la imagen de su padre que me habían explicado, ya que en realidad no había conocido al hombre-, pero después de la otra noche en el apartamento, y luego esta mañana, me doy cuenta de lo equivocada que habría estado.

Theo Cirillo es realmente el prodigio de su padre.

—Come —exige, mirándome por encima del hombro antes de lanzar una mirada cómplice a Seb.

—Vamos, Diablilla. Vamos a necesitar nuestra fuerza.

Su mano se posa en la parte baja de mi espalda mientras me empuja hacia delante, hacia la comida y lejos de Calli.

—¿Has hablado con Emmie? —pregunta detrás de mí.

Theo no mira hacia atrás, pero yo no me pierdo la forma en que todo su cuerpo se bloquea al oír su nombre.

—Esta mañana no. ¿Estaba bien cuando la dejaste anoche? —pregunto, mirando a Nico.

Gruñe en respuesta.

—Su encanto habitual.

Los chicos comparten una mirada cómplice.

Aunque ahora sólo nosotros tres sabemos la verdad sobre lo de anoche, todos son conscientes de las preocupaciones de Theo, y los últimos acontecimientos sólo pueden alimentar sus sospechas.

—Deberías llamarla, Stel. Checar que este bien —dice Calli inocentemente.

—Sí, lo haré—. Obligo a Seb a sonreír y agarro el plato que me tiende, lleno de bollería y fruta fresca para la que ya sé que no tengo estómago.

—Nico —ladra Theo—. Trae a Toby aquí.

—Él está aquí. Se estrelló conmigo —dice, estrechando la mirada hacia Theo.

—Entonces cógele, joder.

—Sí, de acuerdo. Dios.

Nico sale de la habitación antes de subir las escaleras bramando en busca de Toby.

Se me hace un nudo en el estómago mientras miro la comida.

Sabía que esto era un puto desastre. Pero no me di cuenta de lo jodidamente malo que era.

La cálida mano de Seb se posa en mi muslo, sacándome de mis casillas. Levanto la vista y me relajo en cuanto le miro a los ojos.

—Todo va a ir bien —dice.

—Lo sé. —Me fuerzo a sonreír porque lo creo. Sólo odio el dolor que va a causar a los que nos importan.

Todos hemos sufrido demasiado. No necesitamos más.

Una puerta de la casa se cierra de golpe antes de que Evan atraviese la cocina con Caronte pisándole los talones.

—Calli, Stella, chicos. —Nos saluda a todos mientras pasa para reunirse con Damien y papá.

Se hace el silencio en la sala mientras todos estamos sentados. Solo Alex come, a pesar de que Theo y Seb nos han ordenado a todos que hagamos lo mismo.

Unos pasos bajan las escaleras y contengo la respiración cuando Nico y, finalmente, Toby, se unen a nosotros.

—Lo siento, esos analgésicos me dejan fuera de combate —dice Toby como si todo fuera bien. Miro cómo se mueve por la habitación—. Oh qué bien, tu madre tiene la mierda de la buena. —Acaba de meterse un croissant en la boca cuando levanta la vista y sus ojos se clavan en los míos—. ¿Qué coño ha pasado ahora? —pregunta, leyendo correctamente mi cara.

—Mamá, Calli, ¿pueden darnos unos minutos, por favor? —Theo pregunta, su voz no es tan fría como cuando entró por primera vez.

—Claro, cariño. Iremos a ver cómo están los niños en el estudio—.

Salen juntas de la cocina, pero no antes de que Calli me lance una mirada preocupada por encima del hombro y Selene cierre la puerta para darnos un poco de intimidad.

—¿Chicos? —Toby pregunta, encontrándose con los ojos de Theo y Seb antes de mirar a Alex y Nico.

—A saber, hermano. Espero que alguien empiece a hablar —sisea Nico, claramente cabreado por estar a oscuras ahora mismo.

—Siéntate y cállate y quizá pueda hablar, joder, gilipollas —murmura Theo.

Sólo cuando habla y miro hacia mí reconozco su posición en la cabecera de la mesa.

Al notar mi atención, me mira y frunce el ceño al ver que le sonrío.

¿Qué?

Sacudo la cabeza, miro hacia otro lado y veo cómo Toby se sienta en la silla a mi lado.

—No son buenas noticias, ¿verdad? —pregunta, forzando una ligereza en su tono que estoy segura de que nadie en la sala siente.

—No —confirma Theo.

—Cuéntanoslo, hermano. Dinos a cuántos hijos de puta tenemos que ir a matar por esto —dice Alex, encorvándose en su silla como si estuviéramos hablando del puto tiempo.

—De acuerdo —dice Theo, apoyando los codos en la mesa y mirando a todos a los ojos antes de continuar—. Ya saben que nos ha preocupado la implicación de los *Reapers* en todo esto.

Todos asienten.

—Eso es porque lo están.

—Hijos de puta —grita Nico, tirando su comida sobre la mesa—. ¿Emmie? —pregunta, sorprendiéndome.

—Aún no sabemos qué tan profundo es esto. Pero sabemos quién ha dado los golpes y quién lo ha planeado todo.

—¿Los italianos? —pregunta Alex, inclinándose hacia delante y pareciendo repentinamente interesado.

—Tenían razón. Es un trabajo interno.

—¿Quién? —Nico chasquea, su paciencia se agota rápidamente.

Alargo la mano y agarro la de Toby, que está apoyada en la mesa junto a su sitio.

De repente, la habitación está tan silenciosa que oiríamos caer un puto alfiler. Joder, yo sí. Escucho el momento exacto en que Alex, Nico y finalmente Toby se dan cuenta.

—No —suspira—. No. —Su silla cae al suelo y él se levanta, arrancando su mano de la mía.

—¿Toby? —Susurro, girando para poder llegar a él más rápido.

—¿Ha estado haciendo esto? *¿Ha* estado intentando matarte? *¿Él es* la razón por la que me dispararon? ¿Por qué le dispararon a Seb? Joder. JODER —ladra, se lleva las manos al cabello y tira de él hasta que juro que está a punto de arrancárselo de cuajo.

Nos quedamos sentados durante unos minutos tensos, observando cómo va de un lado a otro, tratando de asimilar lo que Theo acaba de decirle.

—Toby —digo en voz baja, acercándome al extremo de la silla, lista para ir hacia él si lo necesita—. Hay más.

Hace una pausa y levanta la vista, sus ojos chocan con los míos.

Se me corta la respiración al sentir el dolor en sus profundidades.

—Nada de esto es culpa tuya, Toby —le digo, odiando poder ver la culpa grabada en cada centímetro de su rostro.

—Claro que lo es, joder —ladra, pasando los brazos por encima de la encimera y haciendo volar platos y comida—. Debería haberlo matado cuando descubrí la clase de hombre que era. Debería haberle detenido. Tendría que haber evitado que hiriera a mi madre. No debería haberle dado la oportunidad de acercarse a ti.

El dolor en su voz me destroza y arranco la otra mano del apretado agarre de Seb y camino hacia mi hermano.

—Nada de esto es culpa tuya, Toby —le digo antes de chocar con su cuerpo y rodearlo con mis brazos, dándole poca opción a devolverme el abrazo.

Respira entrecortadamente y me abraza con fuerza.

—Lo siento mucho —me dice al oído.

—No es tu culpa, Toby. Nadie te culpa de nada de esto. Todo lo que has hecho es lo que pensabas que era mejor para mamá.

Se le corta la respiración al darse cuenta de que acabo de llamarla así por primera vez.

—Sólo he querido hacer lo correcto por ella. Se merece mucho más que él.

—Demasiado cierto. Vamos a hacerlo. ¿Vale? Juntos.

—Joder, no merezco tener una hermana tan jodidamente guay como tú. —No puedo evitar sonreír ante sus palabras mientras me rodea la nuca con la mano y deja caer sus labios sobre mi frente como si estuviera literalmente empapándose de mi fuerza.

—No, sólo necesitabas una Bonnie para tu Clyde.

—No nos estamos muriendo, Princesa. Y estoy bastante seguro de que tú y Seb ya reclamaron esos títulos.

—Meh, aquí hacemos nuestras propias reglas. —Tomo su mano entre las mías y lo llevo de vuelta a la mesa—. Tienes que escuchar al resto.

—Que me jodan. —Se restriega la mano por la cara.

—Lo siento, hermano —dice Theo con una mueca de dolor. Todos nos observan atentamente mientras nos reunimos con ellos.

—Venga, dame con ello —exige Toby cuando volvemos a estar sentados.

—No eres el único hijo de Jonas.

Una risa amarga cae de los labios de Toby mientras se presiona las sienes con las yemas de los dedos.

—Claro que no —murmura, con la voz vacía, como si no tuviera nada más que dar. —Déjame adivinar. Es un *Reaper*.

—Bingo —dice Seb.

—Dios. —Toby aspira profundamente un par de veces antes de sentarse y mirar a Theo fijamente a los ojos—. Entonces, ¿cuál es el plan? ¿Cómo y cuándo vamos a matar a estos hijos de puta?

Y sin más, Toby se despoja de su suave piel y se baja la máscara.

—Esperando noticias del jefe sobre cuándo atacar. Sacaremos a Joker...

—Espera —dice Alex, levantando una mano para pausar a Theo—. ¿Joker?

—Sí.

—Estuvo en el funeral de Helen —añade Nico.

—En nuestras putas narices —sisea Theo.

—Incluso me habló —confieso, haciendo que Seb se sobresalte sorprendido.

—¿El maldito qué?

—Cuando salía del baño con Calli y Emmie. Nos cruzamos con él y me habló. Normal de cojones. Realmente no pensé nada. Ni siquiera recuerdo lo que dijo.

—Puto atrevido.

—También lo vi la noche de la pelea.

—¿Hay alguna vez que no lo hayas visto, Diablilla? —Seb chasquea, claramente cabreado por no haber confesado todo esto.

—No parecía importante. Era un don nadie. Si sospechaba algo entonces...

—Lo sabemos, Stella —me asegura Theo, cortando a Seb antes de que pueda discutir—. Lo que haya pasado antes no importa. Lo único en lo que tenemos que centrarnos es en lo que pasará después. Esto se acaba. Ahora mismo, joder.

~~~

Mi padre se unió a nosotros unos minutos más tarde, diciendo a Theo y Nico que Damien quería verlos, y después de comprobar que tanto Toby como yo estábamos bien, desapareció detrás de ellos, dejando que el resto de nosotros nos sentáramos y esperáramos. Y recoger, porque Toby había hecho un lío del carajo.

Juro por Dios que es uno de los días más largos de mi maldita vida.

Teníamos una buena pista de lo que todos estaban discutiendo, pero joder, nos llevó una eternidad. Por lo que pude ver, lo único en lo que teníamos que ponernos de acuerdo era en que íbamos a encontrar a los dos cabrones y meterles una bala a cada uno entre ceja y ceja.

Supongo que en realidad no era tan sencillo.

Calli volvió en algún momento, miró entre todos nosotros y leyó correctamente nuestras expresiones sombrías.

Cuando Selene sugirió que se llevaran a los niños a su casa para alejarlos de todos los hombres que entraban y salían, aceptó a regañadientes y se los llevó a jugar con su madre. No estaba contenta de irse, pero es más que consciente de cómo funciona todo esto. Y en cuanto pueda hablar, se lo contaré todo, porque sus días de no saber nada han terminado.

La puerta se abre cuando el sol está a punto de ocultarse tras los árboles del fondo del patio y alguien a quien esperaba ver todo el día se une a nosotros.

—Te has metido en un buen lío aquí, ¿eh Doukas?

—Vete a la mierda, Daemon —ladra Alex, con el labio superior curvado por el disgusto mientras recorre con la mirada a su hermano trajeado.

—Qué bonito. He estado fuera todo el puto día consiguiendo información para ustedes cabrones y ¿así es como me lo agradeces?

—Como quieras —murmura Alex, levantándose del sofá y cruzando furioso la habitación.

—¿Cuál es su problema? —Daemon pregunta, mirando genuinamente confundido.

—Ha sido un día largo —le digo—. ¿Café?

—Me parece bien —dice, dejándose caer en el asiento que acaba de dejar libre su hermano.

—No me digas. ¿Lo tomas negro?

—¿Cómo lo has adivinado, Princesa?

—No lo sé —bromeo—. Algo sobre tu aura.

Justo cuando Daemon da el primer sorbo a su café aún hirviendo, la puerta se abre y Damien y Evan se colocan uno al lado del otro. Caronte entra en la habitación detrás de ellos, se detiene junto a su nieto y le apoya la mano en el hombro.

Sonrío a los dos, contenta de que Toby tenga a alguien en quien confiar y a quien admirar.

—Los *Reapers* tienen una fiesta en su recinto esta noche. Todo el mundo está allí. *El Joker está* allí —dice Damien más específicamente.

—¿Jonas? —Theo pregunta.

—Lo tengo en un trabajo. Su paradero no está en duda.

Theo asiente mientras Toby traga saliva algo nervioso. No me cabe duda de que tiene lo que hay que tener para conseguirlo por fin, pero me imagino cómo se siente ahora mismo.

—Theo, Seb… Stella —dice, sosteniéndome la mirada. El orgullo se hincha dentro de mí, porque no puedo imaginar que dé instrucciones a las mujeres para que se involucren en este tipo de mierdas a menudo, y me siento jodidamente aliviada de que no vaya a intentar mantenerme aquí a salvo con su mujer y sus hijos.

Ese no es el tipo de persona que soy.

—Ustedes tres y Daemon vayan con los *Reapers*. Toby, Nico, Alex… ustedes con nosotros.

Un murmullo de acuerdo recorre la habitación antes de que Damien camine hacia nosotros y baje el culo hasta la mesita.

—No debería necesitar decirles esto a ninguno de ustedes, pero… mantengan la cuenta de muertes al mínimo. Los *Reapers* han respetado la línea durante años. Preferiría no joderlo todo en una noche.

—Ram sabe que se avecina algo, pero no sabe qué, así que va a coger a todo el club por sorpresa. O al menos esa es la esperanza.

—Lleven a ese hijo de puta como mejor les parezca, pero no se vayan hasta que estén seguros de que ha exhalado su último aliento y todos los demás cabrones sepan que no deben tocar a mi familia—.

339

Damien nos mira a todos a los ojos hasta que todos estamos de acuerdo.

—Lo tienes, Jefe —afirma Theo—. Lo tenemos. ¿Verdad, Princesa?

—El Joker ha jugado su última carta. Es hora de limpiar el puto suelo con él —estoy de acuerdo.

—Diez PM. Y ni un segundo antes. Confío en que puedas manejar esto.

Luego, tan rápido como apareció, se fue, dejando el peso del trabajo que tenemos entre manos presionándonos a todos.

—Tengo hambre —dice Alex desde el rincón de la habitación al que se había retirado antes—. ¿Pedimos pizza?

—¿Es de verdad? —le pregunto a Seb, que se encoge de hombros como si esta mierda fuera normal.

CAPÍTULO 29

Sebastian

—Deja de mirarme así —sisea Stella desde mi lado en la parte trasera del coche de Daemon.

—¿Qué? pregunto inocentemente, pero soy incapaz de mantener mis ojos clavados en los suyos, prefiriendo dejarlos caer por su cuerpo.

Está sensacional con su falda lápiz negra, su corsé de encaje casi transparente y su chaqueta negra. Si le añades la funda de la pistola y la navaja que sé que lleva atado al muslo, me pongo más duro que nunca.

Mi chica parece la mala que es, envuelta en un puto paquete sexy.

—Ni se te ocurra follar en la parte de atrás de mi carro —ladra Daemon.

—Es el único lugar que aún no han bautizado —murmura Theo.

—Ignóralo, sólo está celoso.

—¿De echar un polvo cada veinte minutos? No tengo ni idea de por qué —exclama Daemon.

—Cállate y conduce de una puta vez —ladro, aunque con esos dos delante no tengo ninguna posibilidad de que nadie me dé órdenes.

—En serio —sisea Stella.

—No puedo evitarlo —le digo, sosteniéndole la mirada esta vez. Su maquillaje es oscuro, sus labios rojo sangre. El mismo color con el que pretendo pintar la ciudad esta noche. Vale, quizá no la ciudad, pero sí el territorio enemigo—. La sed de sangre ardiendo en tus ojos, y ese traje… joder, nena. Estoy tan jodidamente ido.

—Tienes que poner tu puta cabeza en el juego, Papatonis, o te quedarás atrás con sólo tu mano como compañía mientras tu chica se lleva a esta puta —ladra Theo.

—Tiene razón.

Me burlo, tirando de la tela del pantalón con la esperanza de dejar espacio a mi polla.

—¿Por qué Calli pensó que era una buena idea? —murmuro, mirando su traje de nuevo.

—Porque me conoce bien. Creo que encajo perfectamente.

—Ése es la mitad del problema —añade Daemon, que sigue escuchando a hurtadillas nuestra conversación.

—¿Viste la cara de papá cuando apareció? Pensé que esa vena en su frente finalmente iba a estallar —pregunta Theo, sonando un poco más relajado de repente—. Apuesto a que nunca pensó que vería el día en que enviaría a una mujer soldado a trabajar.

—Me alegro de que no intentara alejarme —añade Stella.

—Papá es anticuado, no estúpido, Princesa.

—Es bueno saberlo —se ríe.

El silencio se apodera del carro mientras tomamos la última curva hacia el complejo de los *Reapers*.

Al otro lado de la carretera aparece otro carro negro que reconozco como uno de los nuestros. El jefe no dijo que tendríamos refuerzos, pero no me sorprende. Los *Reapers* tienen suficientes hombres y armas para vencernos a los cuatro. Sólo espero que Ram, su presidente, sepa lo que le conviene y no dispare. No necesitamos que esto se convierta en una guerra sólo porque uno de sus miembros decidió romper las putas reglas y enfrentarse a nosotros, hijo de Jonas o no. El cabrón merece morir por la mierda que ha hecho.

Se supone que los *Reapers*, los italianos y nosotros tenemos un puto acuerdo para ahorrar el tipo de derramamiento de sangre que se produjo en el pasado, ya que todos hemos luchado por el poder y el territorio. Pero parece que ahora solo somos nosotros los que seguimos las reglas que todas las bandas acordaron.

Daemon se detiene a un lado de la carretera frente a las puertas del recinto mientras el otro coche hace lo mismo.

Las puertas se abren para nosotros, demostrando que Boss tenía razón: Ram nos espera de alguna manera.

—Esto parece demasiado fácil —murmura Stella a mi lado, recorriendo con la mirada la masa de motos y camiones desparramados.

Daemon detiene el carro y, sin decir palabra, Theo y él se bajan.

—¿Lista? —Le pregunto a Stella.

No necesita responder. Puedo verlo brillar en sus ojos.

—Tan lista. —Su sonrisa es pura violencia, y me pone duro como el acero.

—Joder, te quiero, Diablilla.

—Vamos, mandemos a este hijo de puta al infierno.

Sale, se alisa la ajustada falda y cierra la puerta tras de sí.

Para cuando me acomodo la polla y me reúno con ellos, ella está de pie con Theo y Daemon, los tres con una feroz determinación escrita en sus caras.

Theo me hace un gesto con la cabeza, Se da la vuelta y marcha hacia la entrada principal, sacando su pistola de la cintura.

Hay sospechosamente poca gente aquí fuera, pero en cuanto entramos y nos detenemos dentro de su club, descubrimos dónde está todo el mundo.

Se hace el silencio un instante antes de que todos los miembros de su club nos apunten con sus armas.

Percibo que hay gente detrás de nosotros, pero un rápido vistazo me dice que solo son Carl y Cass, nuestros refuerzos.

—Theo Cirillo, qué agradable sorpresa —afirma Ram, el abuelo de Emmie. La falta de sorpresa se le nota en la cara.

—No estamos aquí por problemas, Ram —afirma Theo, su voz dura, no invita a discusión—. Sólo estamos aquí para corregir algunos errores.

Los ojos de Ram se entrecierran en Theo. Un forcejeo en un rincón de la habitación me llama la atención, lo que hace que me tiemble el dedo en el gatillo de la pistola, pero no veo nada preocupante cuando escudriño la zona.

El sonido de los tacones sobre el viejo suelo de madera me hace volver la vista atrás y veo cómo Stella se adentra en el local con la mirada fija en una sola persona sentada en la barra.

Le reconozco al instante, aunque tiene mucho mejor aspecto ahora que las heridas que se hizo la noche del combate están casi curadas.

Se acerca a él, sin una pizca de miedo en su porte. No puede decirse lo mismo de Joker, que traga saliva, nervioso, y se mueve en su asiento.

—¿Nos estabas esperando? —pregunta ella, con tono burlón.

—¿Joker? —Ram ladra, con las cejas apretadas por la confusión.

—No es nada, Prez. Sólo un malentendido.

—Tal vez quieras empezar a explicarte —dice Cruz, saliendo de una de las habitaciones traseras.

—Yo… umm…

—Ha estado intentando matarme —dice Stella, sin una sola fisura en la voz—. ¿No es cierto, Joker? —se burla.

Ram echa la cabeza hacia atrás y se ríe, como si fuera lo más gracioso que ha oído en su vida.

—Joker no será el más listo, pero no es tan estúpido.

El imbécil mira a su prez y traga saliva una vez más, gotas de sudor aparecen en su frente antes de volver a mirar a Stella.

—Joder —gime Ram, pasándose la mano por la cara y frotándose la barba—. ¿Fuiste tras una princesa Cirillo, maldito tonto?

—Pregúntale por qué —ladro.

—¿Sacamos esto por detrás, Prez? —Cruz pregunta, consciente de que todo el puto club nos mira.

345

—No —afirma Theo—. Creo que es una lección que todos sus miembros deben aprender—.

—Cirillo, ellos no…

—¿No es así? Está claro que las reglas no se han establecido con suficiente firmeza, *Prez*. Tu liderazgo no es lo suficientemente sólido, porque este puto enfermo ha estado corriendo por toda la ciudad siguiendo las órdenes de otro y rompiendo todas tus reglas.

—¿Quién? —ladra con una voz mortal que haría acobardarse a la mayoría de los demás.

Joker sostiene la mirada, suplicando en silencio a su prez que lo saque de esto.

Joker es un maldito delirante. Con razón fue tan fácil corromperlo.

—Su padre —grita Stella. El chasquido del seguro corta el silencio de la sala mientras todos esperan oír de quién se trata.

Una risita divertida sale de sus labios mientras levanta el arma y la apunta justo en el entrecejo de él.

—Pero no te preocupes, Joker. Ambos irán al infierno juntos. Él no estará aquí para ayudarte esta vez.

—Nunca quise lastimarte —suplica Joker como un maldito marica.

—Pues es una verdadera lástima, porque lo hiciste. Y más que eso, heriste a gente que me importa, y eso es algo que no puedo dejar pasar.

Para mi sorpresa, Stella da un paso atrás y tanto Ram como Cruz respiran aliviados.

—Tienes una oportunidad —le dice Stella.

—Stella, ¿qué demonios estás…?

—Una oportunidad para demostrar a todo el club de qué estás hecho —continúa Stella, ignorando la pregunta de Theo.

—¿Vas a ser un hombre como intentas demostrarle a tu padre, o sólo eres un débil y patético...?

Se levanta del taburete en el que estaba, respondiendo así a la pregunta no formulada de Stella.

Apenas ha dado cinco pasos antes de que el fuerte chasquido de su arma retumbe en la enorme habitación, seguido por el sonido reconocible de un cuerpo golpeando el suelo con un ruido sordo.

—Joder —murmura Ram mientras la sangre empieza a acumularse en su suelo.

Stella se dirige hacia su víctima, se detiene encima de él y lo mira fijamente mientras lucha por respirar.

—Perdiste, Joker. Aunque buen intento. Fue divertido mientras duró.

Vuelve a levantar la pistola y, esta vez, en lugar de darle en el pecho, la bala le cae justo en el entrecejo.

Joder, mi chica es épica.

Bajando su arma, mira alrededor de la sala a las caras de sorpresa de los miembros del club y sus viejas damas que acaban de ver el espectáculo.

—¿Alguien más quiere intentarlo? —pregunta, levantando los brazos de los costados, ofreciéndose como blanco fácil.

El pánico me inunda al pensar que podría haber más de un estúpido hijo de puta aquí dentro, y doy un paso adelante, sólo para detenerme cuando el brazo de Theo sale disparado y me golpea el estómago.

—Ella tiene esto —susurra.

—Bien. —Se gira para mirar a Ram a los ojos. Es un hijo de puta aterrador, y aparte del Joker, dirige este club como una máquina bien engrasada. Su reputación lo es todo, y Stella acaba de poner una enorme abolladura en ella.

Acortando distancias, Stella hace ademán de volver a enfundar su arma. Yo, sin embargo, mantengo la mía a mi lado, lista para disparar. No confío en nadie en este edificio ahora mismo.

—Mantén a tus chicos bajo control, *Prez*. Y quizá también a tus chicas. —Ram frunce el ceño un instante, pero luego sus labios se entreabren al darse cuenta de a quién se refiere Stella—. Y no olvides quién dirige realmente esta parte de la ciudad. Todos los demás son... prescindibles.

Se da la vuelta y se vuelve hacia nosotros tres. Tiene el rostro inexpresivo, pero veo en sus ojos su emoción, su sensación de logro, su hambre.

Estoy seguro de que lo único que hay en la mía ahora mismo es conmoción, y si fuera capaz de apartar la mirada de ella, podría incluso ver una grieta en las máscaras habitualmente impenetrables tanto de Theo como de Daemon.

Nos esquiva mientras Ram habla una vez más.

—Espera, ¿quién era su padre?

—No es nadie por quien debas preocuparte —responde Stella, continuando hacia la puerta—. ¿Vienen o qué? —suelta cuando llega.

La abre de un tirón y desaparece con la cabeza alta y las caderas contoneándose.

Es tan jodidamente excitante.

Con una mirada más entre Ram y Cruz, doy media vuelta y la sigo. Daemon y Theo la siguen unos segundos después.

En cuanto la alcanzo, la agarro por el cuello y la inmovilizo contra el carro de Daemon.

—Eso —gruño—, fue una puta locura.

Su pulso retumba contra mis dedos mientras me sostiene la mirada.

No habíamos acordado cómo íbamos a jugar a eso. Bueno, no del todo. Pero *eso, que* mi chica les pusiera el culo en bandeja a los Segadores de forma tan espectacular, no era de lo que habíamos hablado.

—Buen trabajo, Princesa. Estoy impresionado —dice Daemon, deteniéndose a nuestro lado.

Se me abren los ojos. Nadie impresiona nunca a ese cabrón.

—Pero si meten cualquier tipo de fluido corporal en mi carro, será su última puta muerte —nos advierte.

Abre la puerta del conductor y está a punto de meterse dentro cuando Theo habla.

—Ustedes vayan sin mí. Tengo algo que terminar aquí.

Todos nos volvemos hacia él.

—¿Necesitas refuerzos?

—No. Creo que Stella dejó muy claro nuestro punto de vista. Sólo tardaré unos minutos.

Daemon asiente, claramente feliz de no volver a caer en una trampa después de eso.

—Vamos. De todas formas, quiero enseñarte algo —le digo a Stella, abriendo la puerta y apoyando suavemente la mano en la parte baja de su espalda.

—La princesa se sienta delante —ladra Daemon.

—¿Qué?

—Ella está en el frente, o los dejaré a los dos aquí también.

—Bien —concedo, no queriendo que me dejen.

La acompaño alrededor del coche y le abro la puerta.

—Puedo hacer esto por mí mismo, ya sabes. Pensé que acababa de demostrar que puedo manejarme solo.

—Oh nena, lo has conseguido con creces. Estoy tan jodidamente cachonda ahora mismo.

Agarro su mano y la aprieto contra mi dolorida polla. No puedo resistir el gruñido cuando aprieta.

Su lengua se escabulle y moja sus labios, mis ojos siguen el rastro.

Un lado de su boca se curva en una sonrisa mientras sus ojos se posan en los míos.

—Por el amor de Dios, vamos. Tengo mierda que hacer —ladra Daemon desde dentro del coche.

—Más te vale que lo que tengas que enseñarme sea bueno—. Stella me lanza un guiño seductor antes de meterse en el coche.

CAPÍTULO 30

Stella

En cuanto mi culo golpea la silla, un violento escalofrío me recorre. Curvando los dedos, meto los puños en el cuerpo en un intento de ocultar mi reacción ante lo que acabo de hacer.

Exhalo un largo y lento suspiro y lucho por calmar mi acelerado corazón.

—El shock es bastante normal —me dice Daemon antes de que Seb tenga oportunidad de unirse a nosotros—. Sólo aguántalo, estarás bien.

Me giro para mirarle, sorprendida por su comprensión. Sé que no es un completo monstruo de corazón frío, pero aun así no me *lo esperaba* de él.

—Estoy bien —miento en voz baja.

No entré allí con la intención de subir y volarle los sesos a Joker. Pensé que Theo, o incluso Seb, perderían la cabeza y se harían cargo. No esperaba que me dejaran tomar el mando y entregar la venganza que el maldito necesitaba por todo lo que nos ha hecho pasar. Sólo espero que Toby consiga la venganza que necesita con el cabrón de su padre al otro lado de la ciudad.

—Necesitas echar un polvo, ¿lo sabes, hermano? —Seb sisea mientras se une a nosotros.

Daemon pone los ojos en blanco y pisa el acelerador, alejándonos rápidamente del complejo de los Segadores.

—¿Sigue siendo el mismo sitio? —pregunta crípticamente a Seb.

—Sí —confirma Seb, pero no da más detalles.

Le devuelvo la mirada por encima del hombro, feliz de centrarme en lo que sea que esté ocultando en lugar de en la realidad de lo que estamos dejando atrás, pero el cabrón engreído se limita a sonreírme inocentemente.

—¿Qué está haciendo Theo? —pregunto, necesitando seguir hablando. No tengo ni idea de lo que va a pasar cuando me permita procesar el hecho de que esta noche he matado a alguien, y prefiero no averiguarlo sentada en el coche de Daemon.

—Ni puta idea. El jefe probablemente le tendió una trampa para interrogar a Ram o algo así.

—¿No tomará represalias? Acabamos de disparar a uno de sus miembros.

—Uno de sus miembros que rompió una de las reglas de Ram —señala Seb.

—Sólo estará cabreado por no haber apretado el gatillo él mismo. —Ram no lleva bien la desobediencia. Y —continúa Daemon—, como probablemente acabas de ver, todo el club sabe quién está realmente al mando. Ram tendrá que arrastrarse si no quiere más repercusiones de esto.

—No creo que Joker tuviera muchas posibilidades contra Jonas —murmuro.

—No. Pero tampoco necesitaba ir contra su prez.

—¿Tiene algún otro hijo del que debamos saber?

Daemon se ríe.

—Lo estamos investigando.

—Espero que le hagan daño, sea lo que sea lo que tienen planeado para él —dice Seb, sentándose hacia delante y rodeándome la cintura con la mano.

—Casi puedo garantizarlo.

—Te diriges a donde lo llevarán después, ¿eh? —Le pregunto a Daemon.

—No me perdería ese tipo de diversión.

—¿No quieres formar parte de eso? —le pregunto a Seb, con auténtica curiosidad.

—Tengo algo mucho mejor en mente.

Sólo unos minutos después, Daemon detiene su carro en el arcén.

Miro hacia fuera y no veo nada que me llame la atención. Es sólo una calle con tiendas y edificios de apartamentos en lo más profundo del territorio de Cirillo.

—¿Qué es esto? —pregunto mientras Seb empuja la puerta detrás de mí y sale.

—Que tengas una noche divertida. —Daemon me guiña un ojo mientras la puerta a mi lado se abre y Seb mete la mano.

—Tú también. Hazle gritar. —Daemon se ríe de mis palabras antes de que me levanten del asiento.

Seb me agarra de la mano y me arrastra hasta la acera antes de apretarme contra la pared del edificio.

—No puedo esperar más, joder —gime, me rodea de nuevo la garganta con los dedos y me levanta un poco la barbilla para poder chocar sus labios contra los míos.

Apenas me doy cuenta de su movimiento cuando su lengua me empuja por los labios y su mano me sube por el muslo, rodeando su cintura con mi pierna y dejándole que se apriete contra mí.

—Eres jodidamente increíble —gime mientras me besa la garganta.

—S-Seb, estamos... *joder* —siseo cuando su longitud roza mi clítoris de tal forma que me hace perder el hilo.

Por suerte, o tal vez no, un imbécil al otro lado de la calle nos silba. Sólo puedo suponer que es en nuestro beneficio, pero es suficiente para recordarme que estamos en público.

—Seb, tenemos que parar —digo, encontrando por fin mi cerebro. Mis manos se detienen en su pecho para empujarlo hacia atrás.

—¿Por qué? No tengo problema en mostrarle al mundo a quién perteneces, Diablilla. Sabes que todos los tipos que nos vieran estarían locamente celosos de mí.

Mi coño se aprieta ante la idea de que me lleve a un sitio tan público.

Él también lo sabe, porque su sonrisa se vuelve malvada.

—Me dejarías, joder, ¿verdad, Diablilla? —gruñe, deslizando la mano por mi pierna hasta que las yemas de sus dedos rozan el encaje empapado de mis bragas.

Sus dedos me aprietan la garganta, lo suficiente para que las estrellas empiecen a parpadear en mi visión.

—Eres una puta sucia, Diablilla —dice, sosteniéndome los ojos mientras me frota el clítoris—. Y eres todo mi mundo entero.

No me doy cuenta de que nos hemos movido hasta que el calor me golpea, y cuando me separo de los labios de Seb y abro los ojos, descubro que estamos dentro y delante de un ascensor.

—¿Dónde estamos? —pregunto, con la voz áspera por el deseo.

—Tu sorpresa, Diablilla.

Las puertas se abren, y después de que Seb golpee algo contra el panel de control, empezamos a elevarnos por el edificio.

—¿Te he dicho ya lo jodidamente increíble que estás esta noche? —gruñe, dando un paso hacia mí mientras sus ojos me devoran.

Retrocedo, burlándome de él, pero mi espalda pronto choca con la pared, deteniendo mi retirada.

—Una o dos veces —bromeo.

—No es suficiente, entonces.

Arrastra el labio inferior entre los dientes, sus ojos recorren cada centímetro de mí y hacen arder mi piel.

Ni siquiera me está tocando y yo estoy aquí de pie con las rodillas débiles, casi jadeando por él.

—Eres jodidamente hermosa, Diablilla. Y no sólo por fuera.

Cierra el espacio que nos separa y me rodea el cuello con la mano.

—Me salvaste, cariño. ¿Lo sabes?

Sacudo la cabeza.

—No me necesitabas, Seb.

—No es verdad. Ya me habría hundido.

Se inclina, rozando sus labios con los míos, pero antes de que pueda profundizar, suena el ascensor, anunciando nuestra llegada.

355

Seb me toma de la mano, me saca del ascensor y me arrastra hasta un pasillo vacío. El olor a pintura fresca me llega a la nariz mientras mis pies se hunden en la alfombra de felpa. Por lo que veo, hay cuatro puertas negras en la pared de color crema.

—¿Dónde estamos? —pregunto, y pasamos una puerta y nos dirigimos hacia otra un poco más abajo.

—Ponga la mano en esa almohadilla —dice, señalando una familiar caja negra cuadrada en la pared.

Algunas de las casas en las que papá y yo hemos vivido han tenido esta mierda de tecnología de lujo, así que no es nuevo para mí.

—Seb —advierto, con el corazón agitado mientras mi cabeza se deja llevar por lo que podría haber detrás de esta puerta.

—Si quieres terminar lo que empezamos entonces…

Aprieto la almohadilla con la mano, haciéndole callar.

Se oye un clic, y cuando empujo la manilla hacia abajo, la puerta se abre para mí.

Hay un suave resplandor de las lámparas laterales cuando entro.

El apartamento está completamente amueblado. Las paredes son de un color crema suave, los muebles son de madera. Todo es muy cálido y acogedor, todo lo contrario de los sitios donde he vivido con papá. Hay un enorme sofá cama color crema con un montón de cojines y unas ventanas que van del suelo al techo, detrás de las cuales se ven las luces parpadeantes de la ciudad a lo lejos.

—Vaya, este sitio es precioso —digo, entrando y encontrando una enorme cocina totalmente equipada con una isla y una barra de desayuno gigante.

Es increíble, y el tipo exacto de cosa que elegiría para mí.

—¿Sí? —Seb pregunta desde algún lugar detrás de mí.

La ligera vacilación en su voz me hace girarme y mirarle.

Tiene el brazo levantado, los dedos enredados en el pelo y el ceño ligeramente fruncido. Aun así, está increíblemente guapo con su traje. Las mariposas siguen revoloteando por lo que empezamos antes.

—Pensé que deberíamos darle a Theo algo de paz por esta noche, ¿eh? —pregunto, asumiendo que lo ha alquilado o tomado prestado. Bloqueo cualquier otra opción, porque me niego a dejarme llevar.

Se lleva la mano a la nuca.

—Sí, la noche… para siempre. —Sus ojos sostienen los míos mientras da un paso adelante.

Algo explota en mi vientre… la excitación que intentaba mantener a raya al pensar que esto podría ser algo más que serio.

—Seb, ¿qué has hecho?

Su mano se desliza por mi nuca, arrastrándome hacia delante hasta que nuestras cabezas se tocan.

—Bienvenida a casa, nena —susurra.

El corazón me late tan fuerte en el pecho que puedo sentirlo en la punta de los dedos mientras sus ojos sostienen los míos, esperando mi reacción.

—Seb —suspiro.

—No iba a estar listo hasta dentro de unas semanas. *No* está listo del todo. Pero Damien movió algunos hilos anoche y ha habido gente aquí todo el día y toda la noche intentando arreglarlo. Quizá... no toques la pintura —se ríe.

—Esto es una locura —le digo, con la cabeza empezando a darme vueltas.

—Nos conviene, ¿eh?

—Yo... no sé qué...

—Es un edificio Cirillo. Estos apartamentos han tenido nuestros nombres en ellos durante años. Daemon de hecho ya vive al final del pasillo. El resto de nosotros no sentimos la misma necesidad de apresurarnos. Bueno, hasta que...

—Ese imbécil voló nuestra casa—.

—Sí —está de acuerdo—. Theo y Nico tienen los áticos por encima de nosotros. Alex, Toby y Daemon también están en este piso. O lo estarán cuando terminen sus pisos.

—Esto es nuestro. ¿Sólo... nuestro? —pregunto, sólo para confirmar.

—Sí.

—¿Lo sabe mi padre?

Una sonrisa se dibuja en los labios de Seb, la emoción y la expectación centellean en sus ojos.

—¿Quién crees que me ayudó a amueblarlo?

—Es... es perfecto.

—No. Esa eres tú, nena. Eres perfecta. Viéndote esta noche. Diablilla... ¿te das cuenta de lo feroz que fuiste?

Me encojo de hombros como si nada, cuando en realidad las imágenes de mí disparando a ese cabrón en la cabeza están justo en el borde de mi conciencia, intentando desesperadamente estar en primer plano. Algo que sospecho que Seb sabe.

—Sólo protejo a mi familia. Estoy harto de cuidarme las espaldas. De preocuparme por ti, por ellos. —Mis ojos se disparan hacia el techo para indicar a los chicos—. No debería ser así.

—Somos gente peligrosa, Diablilla. Siempre hay un elemento de mirar por encima del hombro, pero no debería ser tan malo.

Sus manos se deslizan por mi cuerpo hasta encontrar el broche de mi funda de hombro, y en cuestión de segundos la tiene junto con mi pistola sobre el mostrador, a nuestro lado. —Te la has ganado esta noche, ¿eh? —dice, mirando mi Glock familiar Cirillo.

Una sonrisa se dibuja en mis labios. Probablemente no debería estar orgulloso de ello, pero joder, lo estoy.

—¿Hora de celebrarlo? —pregunto, fijándome en la botella de champán que hay en una cubitera sobre la encimera con dos copas al lado.

—Esa era la idea. —Toma la botella, la destapa y se la lleva a la boca para beber un sorbo.

Traga y se pasa la lengua por el labio, recogiendo las gotas. Se me hace la boca agua mientras le observo hacerlo de nuevo, con los músculos del cuello ondulándose y la nuez de Adán balanceándose.

—Seb —gimo.

Sus ojos encapuchados encuentran los míos e inclina la botella en mi dirección, preguntándome si es lo que quiero.

Alargo la mano y rodeo la suya con los dedos, acercándola a mis labios.

—¿Desesperada, nena? —Su voz es tan baja, tan áspera, que me recorre un escalofrío de deseo que termina en mi clítoris.

—No tienes ni idea.

Para complacerme, me acerca la botella a los labios, inclinándola lo suficiente para que un pequeño chorro me llene la boca y las burbujas exploten en mi lengua.

Trago, esperando que pare, pero no lo hace, y el champán se me escurre por la boca y me baja por la barbilla, el líquido helado golpeándome el pecho.

—Sebastian —gimo cuando inclina la cabeza y me lame la piel enrojecida.

—Sabes a pecado y a muerte, Diablilla.

—Exactamente como te gusta.

Abandona la botella a un lado y me quita la chaqueta de los hombros, dejándola caer sobre la encimera.

Arrastro mis pies por detrás de sus piernas y aprieto su cintura contra mí, gimiendo cuando su dura longitud me aprieta contra mi cuerpo.

—Puta —murmura contra mi pecho, su mano se desliza por mi pierna desnuda hasta encontrar la correa de mi muslo, o más concretamente, mi cuchillo.

La libera y presiona la fría parte plana de la hoja contra mi mejilla.

Mi pecho se agita mientras nos miramos fijamente, mis pezones como balas tras las copas de mi corsé.

—¿Quieres jugar, Diablilla? —Seb me arrastra la navaja por la mandíbula y el cuello.

—Sabes que sí —susurro, intentando frenar los movimientos de mi pecho cuando la punta de la hoja baja.

No me corta -confío implícitamente en que no me haga daño-, pero noto el leve rasguño.

Sé lo afilada que es esa cosa, lo rápido que podría rebanarme y dejarme desangrándome en esta encimera.

—Realmente me encanta esto —suspira, pasando la parte superior de la hoja por el borde del corsé—. Lamentablemente, no lo suficiente. — Mete la punta bajo la tela que cubre mi pecho y tira.

El encaje se desgarra con facilidad, dejando al descubierto mis pesados pechos.

—Oh, Dios —gimo, apoyándome de nuevo en las palmas de las manos y arqueando el cuerpo, ofreciéndome a él.

Aparta la navaja, inclina la cabeza, se lleva el pezón a la boca y lo muerde hasta que grito.

—Sí. Seb, sí.

Con su boca aún sobre mí, corta el resto de mi corsé hasta que cae sobre la encimera como restos arruinados.

Arrastra los labios hacia el otro lado y le da el mismo tratamiento hasta que me retuerzo sobre la encimera, clavándole los talones en el culo mientras lucho por conseguir la fricción que necesito para excitarme.

—Seb, por favor. Necesito…

—Confía en mí, Diablilla. Voy a darte exactamente lo que necesitas.

Besándome el vientre, sus dedos encuentran la pequeña cremallera en la base de mi columna y la arrastra hacia abajo dolorosamente despacio.

En cuanto lo abre, levanto el culo del mostrador y le permito que lo arrastre por mis piernas. Se deshace de él a la altura de mis rodillas y me deja quitármelo de una patada.

—Tan jodidamente perfecto.

Me besa una línea a lo largo de la cicatriz del vientre antes de volver a lamérmela.

—Feroz. —Beso—. Muy fuerte. —Otro beso—. Mi mundo. —Beso—. Mi debilidad. —Y otro más.

Mis bragas caen repentinamente de mi cuerpo, cortesía de mi cuchillo, dejándome una vez más retorciéndome desnuda sobre la encimera.

—Murió y se fue al puto cielo —murmura Seb, frotándose el labio inferior con el pulgar mientras me estudia.

Su dedo recorre la correa de mi muslo, haciéndome estremecer. Ensancho los muslos con la esperanza de atraerlo más arriba.

—Puta —dice con una risita divertida.

—Seré lo que quieras que sea…

—¿Si así consigues lo que quieres? —terminó por mí.

—¿Algún problema? —Jadeo cuando suelta la correa, dejándola caer para que se una a mi falda.

—En absoluto.

Se quita la chaqueta y la tira sobre la encimera antes de desabrocharse la corbata y despojarse de la camisa, quedándose sólo con sus pantalones negros de vestir que cuelgan bajos sobre sus caderas, mostrando la banda de sus calzoncillos bóxer y sus profundas líneas en V.

—Seb —suspiro, mis ojos clavados en su cuerpo, mis dedos enroscándose en el borde de la encimera para impedir que tome las cosas en mis propias manos.

—Dime lo que quieres, nena —gruñe, acercándose un paso más.

Me duele el coño al oír sus palabras, y mis ojos se posan en la tienda de campaña de sus pantalones.

Quiero eso, joder. Pero yo también…

—Boca —jadeo, abriendo más las piernas.

Frunce el ceño mientras permanece de pie ante mí, sin inmutarse.

—Seb —gimo como si me doliera de verdad—, quiero tu boca en mi … ¡SÍ! —grito mientras él se arrodilla, arrastra mi culo hasta el borde y me come como si fuera a morir sin hacerlo.

Mis dedos se retuercen en su pelo mientras su lengua asalta mi clítoris, haciendo que todo mi cuerpo tiemble por mi necesidad de liberación.

Introduce dos gruesos dedos en mi interior y los enrosca. Apenas unos segundos después, estallo a su alrededor y mi cuerpo se convulsiona sobre el duro mostrador mientras aguanto cada poderosa oleada de placer.

Cuando se retira, su cara está brillando por mi liberación y tiene una sonrisa de suficiencia en la cara.

Mis labios se separan para soltar un comentario cortante al respecto, pero me trago las palabras cuando se abre la bragueta de los pantalones y libera su dolorida polla.

La punta brilla con una gota de líquido pre-seminal y mi coño se aprieta, más que dispuesto a sentirlo moviéndose dentro de mí.

—Por favor —gimo tan bajo que ni siquiera yo lo oigo por encima de los latidos de mi corazón y la sangre que me pasa por los oídos.

Pero en cuanto sus ojos se fijan en los míos, sé que sí.

Roza mi humedad con la punta de la polla y se impregna de mis jugos antes de rodearme la cadera con la mano, arrastrándome más lejos del mostrador antes de empujar su polla dentro de mí.

—Por favor, necesito…

Responde empujando con fuerza dentro de mí, llenándome hasta la empuñadura de un solo movimiento y haciendo que se me corte la respiración.

Sus dedos se clavan en mi culo mientras me folla como un puto demonio. El mordisco de dolor de su agarre solo aumenta el placer que crece dentro de mí más rápido de lo que creía posible.

—Estás tan jodido como el resto de nosotros, ¿verdad, Diablilla?

—Seb —gimo, mi cabeza cae hacia atrás cuando sus labios encuentran mi cuello.

—La sangre y la violencia te ponen tan cachondo como al resto de nosotros.

—Más fuerte.

—Joder, nena.

Me saca y grito mi disgusto por haberle perdido, pero enseguida me doy cuenta de su plan antes de que mis pechos desnudos choquen con la encimera de mármol sobre la que estaba tumbada. Me dice que aguante y me arrastra hacia atrás hasta que estoy exactamente donde quiere.

Con los tacones aún puestos, estoy a la altura perfecta para él, y ni un suspiro después de sentir cómo se acerca, vuelve a estar completamente sentado dentro de mí, sólo que en esta posición se siente mucho más profundo.

La cabeza me da vueltas mientras me folla tan fuerte, me golpea tan hondo, que no tengo ni idea de dónde acaba el placer y empieza el dolor.

Lo es todo.

Mi pecho resbala contra la encimera, mi piel resbala de sudor mientras él me folla hasta que soy un desastre sin huesos y jadeante.

—Otra vez —exige tras otra descarga alucinante.

Su mano se desliza alrededor de mi vientre, confiando en que mis piernas soporten un poco de mi peso. Arriesgado.

—Oh, Dios —jadeo cuando sus dedos rozan mi clítoris. Estoy tan sensible que apenas puedo soportarlo.

Pero entonces mueve las caderas, rozando de nuevo mi punto G, y algo se enciende dentro de mí.

Arqueando la espalda, permito que me lleve aún más adentro mientras me rasguea el clítoris como si tuviera un puto manual de instrucciones.

—Córrete para mí, Diablilla. Déjame oírte gritar mi nombre —exige, y sus embestidas se vuelven más rudas a medida que se acerca al final.

Ya tengo la voz ronca de tanto hacerlo.

En cuanto me pellizca el clítoris, caigo de cabeza en otra descarga y grito mientras él gime y se queda quieto detrás de mí, con su orgasmo a flor de piel.

—Stella, joder. JODER —grita, su polla se sacude violentamente dentro de mí.

—Dios mío —respiro, desplomándome sobre la encimera con su peso contra mi espalda.

Su pecho se agita, su respiración me recorre el cuello y me hace estremecer.

—Eres una maldita diosa, nena.

—Tú tampoco estás tan mal.

Se ríe ligeramente antes de levantarse de mi cuerpo y recogerme entre sus fuertes brazos como si no pesara nada.

—Hola —murmuro, con una sonrisa perezosa y saciada en los labios.

—Hola —responde, sus ojos brillan aún con picardía, diciéndome que nuestra noche está lejos de terminar.

Vamos, nena.

CAPÍTULO 31

Sebastian

El timbre de mi teléfono en algún lugar del piso desvía mi atención de mi chica dormida en mis brazos.

Volví a cogerla contra la pared en nuestra enorme ducha, y luego otra vez, sólo que más despacio, después de bajarla a nuestra cama.

No quería follármela allí la primera vez. Quería tomarme mi tiempo, saborearla, demostrarle lo increíble que era.

Y después de hacerla correrse otro puñado de veces, se acurrucó en mi pecho, con el pelo aún húmedo de la ducha, y se desmayó.

Lo entendí. Yo también estaba jodidamente agotado después de las últimas veinticuatro horas. Pero todavía estaba zumbando. Los recuerdos de nuestro lugar subiendo, las imágenes frescas de Stella entregando nuestro mensaje jodidamente a la perfección a los Segadores, la preocupación por lo que Theo volvió, y cómo Toby y los demás se llevaron a cabo me impiden relajarse en absoluto, incluso después de todas esas liberaciones.

Salgo de debajo de ella y atravieso en silencio la habitación en busca del ruido.

Encuentro mi teléfono aún en el bolsillo del pantalón en el suelo de la cocina.

Al sacarlo, miro la isla con una sonrisa en los labios.

Joder, parecía una loca ahí tumbada, esperándome.

Mi polla se hincha sólo de recordarlo, aunque ese subidón se apaga un poco cuando veo el nombre de Theo iluminando mi pantalla.

—Hola, hermano. ¿Cómo te ha ido? —pregunto en cuanto se conecta la llamada.

—Sí, está bien. Papá tiene a Jonas. El maldito testarudo no habla, así que le está dando un poco de tiempo para pensar en sus acciones—. No puedo evitar sonreír ante la diversión en el tono de Theo.

—¿Cómo está Tobes? —pregunto, sabiendo que va a ser una de las primeras cosas que Stella va a querer saber cuando se despierte.

—Está bien. El pequeño cabrón se está ahogando en sed de sangre ahora mismo.

—Bien. Dile que haga que duela, joder—.

—No te preocupes. Está de acuerdo con el plan. ¿Cómo está Stella?

—Ella está bien, hombre. He estado... distrayéndola de todo.

Se burla y me lo imagino negando con la cabeza.

—Por supuesto que sí. No esperaría otra cosa de ustedes dos. Pero no la pierdas de vista, hermano. ¿Recuerdas tu primera muerte? —me pregunta. La imagen de la primera vida que quité me golpea y un escalofrío me recorre la espalda. Era tan joven. Demasiado joven, joder. Aquel día no sólo murió la puta mentirosa que estaba al otro lado de mi pistola, sino también los jirones de inocencia a los que aún me aferraba. Nunca tuve la oportunidad de ser un niño, pero ese momento fue la gota que colmó el vaso. El día en que me convertí en un hombre. Sólo necesitaba que mi cuerpo se pusiera al día con mi mente.

—Sí, como si fuera ayer. Yo me encargo. Va a estar bien.

—Lo sé. Es una maldita diosa.

Me burlo.

—No me voy a acercar a ella. No empieces con esa mierda. A menos claro… que no seas lo suficientemente hombre.

—Sabes muy bien que lo soy. Y tú también… —Estoy a punto de preguntarle si va a ir a buscar a una chica dispuesta a celebrarlo esta noche cuando un grito que hiela la sangre llena el piso—. Joder. Me tengo que ir.

—Ve a estar con ella —oigo decir a Theo antes de cortar la llamada y correr por nuestra nueva casa.

No aflojo el paso al llegar a la puerta del dormitorio y entro volando en la habitación, pero la visión que tengo ante mí me detiene en seco.

Stella está sentada en medio de la cama, con los brazos rodeando sus piernas, todo su cuerpo temblando mientras lágrimas silenciosas corren por sus mejillas.

—Stella, cariño —susurro, sin querer sobresaltarla si no me ha oído.

Me arrastro a la cama con ella y la envuelvo en mis brazos con la esperanza de romper lo que sea que la tiene tan aterrorizada.

Se gira hacia mi cuerpo y hunde la cara en mi pecho, sus lágrimas caen y se posan en mi estómago.

—Hola, cariño. No pasa nada.

Froto mi mano suavemente por su espalda mientras le susurro lo mucho que la quiero y lo jodidamente loca que está.

No dice ni una palabra mientras se acurruca contra mí, pero su cuerpo no deja de temblar. Tiene la piel enrojecida por el sudor, pero se le pone la carne de gallina.

—Cariño, ¿qué…?

No llego a preguntarle qué pasa. Probablemente es algo bueno, porque me empuja y corre hacia el baño.

Cuando entro corriendo detrás de ella, la encuentro de rodillas, vomitando en el retrete.

Recogiéndole el pelo aún húmedo, le froto la espalda hasta que termina.

Sentada sobre sus talones, se aparta algunos mechones sueltos de la cara, manteniendo la mirada fija en sus rodillas.

—Lo siento. Estoy bien —dice débilmente, con las manos temblorosas sobre el regazo.

Me muevo rápidamente, pongo la bañera en marcha y vierto algunas burbujas de la elegante botella del lateral.

Dejo que se llene, me arrodillo ante mi chica y tomo su cara entre mis manos.

—Nunca te disculpes por necesitarme, cariño.

Un sollozo le desgarra la garganta.

—Creía que estaba bien —confiesa en voz baja.

—Lo estás. Se te acaba de acabar la adrenalina y estás en estado de shock —digo con seguridad, más que reconociendo las señales. Diablos, los he vivido más de una vez a lo largo de los años. También lo he presenciado en otros—. Pero todo va a ir bien. Te tengo, ¿vale? Y no voy a dejarte ir. Nunca.

Finalmente, sus ojos llenos de lágrimas se levantan hacia los míos.

—Lo maté —susurra en voz tan baja que probablemente no me habría dado cuenta si no hubiera visto cómo movía los labios.

—Sí, nena. Lo hiciste. —Quiero decirle que también fue jodidamente hermoso, pero no creo que lo aprecie ahora mismo—. Porque te hizo daño. Me hizo daño —digo, señalando la cicatriz de mi hombro—. Porque le hizo daño a Toby.

Sus ojos se endurecen de ira cuando señalo cada uno de ellos, y sé que está empezando a salir de lo peor de su oscuridad.

—Ahora estamos todos a salvo, gracias a ti.

Desenlazando sus propios dedos, alarga la mano y coge los míos.

Le rozo los nudillos con los pulgares y espero a que formule sus palabras.

—¿Qué pasará ahora? —Otro violento escalofrío la recorre a pesar de que estamos sentados en un suelo calefactado.

—Mantén ese pensamiento.

Me pongo en pie y la arrastro conmigo.

—Vamos, vamos a calentarte.

Con las manos en las caderas, la acompaño hasta la bañera casi llena y la ayudo a meterse.

En cuanto se sumerge en el agua, me coloco detrás de ella, la rodeo con las piernas y la atraigo contra mi pecho, estrechándola entre mis brazos.

Se contonea para ponerse cómoda y suspiro satisfecho. Sé que lo está pasando mal y lo odio, pero necesitaba esto.

—¿Y? —pregunta, recordándome que quería algunas respuestas.

—Ahora no pasará nada, cariño. Joker traicionó a Ram con lo que hizo, y a su vez, eso significa que Ram y todo el club traicionaron su acuerdo con Damien. Eso no es algo que Ram tomará a la ligera.

—Así que... los italianos, los *Reapers* y nosotros... ¿todos tenemos un acuerdo para no meternos en el camino de los demás?

—Sí, en términos sencillos. Pero en última instancia, estamos a cargo. Controlamos los envíos que llegan a esta parte de la ciudad, lo que significa que controlamos el dinero. Los Segadores o los italianos no consiguen sus envíos y se hunden. Tenemos el poder de cortarles el grifo. Nosotros manejamos los hilos, así que...

—Rompen las reglas y están jodidos.

—Más o menos. Y al poner esos golpes sobre ti, sobre nosotros, estuviera trabajando para Jonas o no, Joker destrozó esas putas reglas. Si no le hubieras metido esa bala en la cabeza, entonces Ram lo habría hecho él mismo cuando descubrió lo que tramaba su prospecto.

—Vale —susurra, asintiendo.

—En el momento en que decidió tratar de impresionar a Jonas, firmó su propio certificado de defunción, nena.

—¿Y Jonas lo sabía?

—Por supuesto que sí.

—Espero que Toby se esté divirtiendo con él.

No puedo evitar la risita que retumba en mi pecho.

—Oh, lo está.

Se retuerce para mirarme, haciendo chapotear el agua por toda la bañera.

—¿Has hablado con él? —pregunta con ojos esperanzados.

—He hablado con Theo. Ahí es donde estaba cuando tú… —No quiero recordarle lo que pasó allí. —Está con los otros donde tienen a Jonas.

—O-okay. Bien. ¿Theo también está bien? —pregunta preocupada, apretando las cejas.

—Sí. Los *Reapers* no lo habrían tocado, cariño. Todos los que deberían estar bien *están* bien. Puedes relajarte.

Asiente y se hunde contra mí.

—Esto es bonito —susurra tras unos minutos de silencio.

—Sí. Tenía grandes planes para esta bañera cuando la elegí —confieso.

Su muslo roza mi semi.

—Eres insaciable.

—Estás desnuda.

Sacude la cabeza y vuelve a apoyarla contra mi pecho.

—Gracias —susurra.

—No tienes nada que agradecerme, Diablilla.

Asiente contra mí antes de darme un beso en la cicatriz.

—Te quiero —susurra, con la voz quebrada por el cansancio y la emoción.

—Yo también te quiero, Stella. Más de lo que puedas imaginar.

Le doy un beso en la cabeza y nos sumerjo a los dos en el agua.

~~~

Por suerte, los dos dormimos un poco, y cuando me despierto con el sonido de un timbre que no reconozco, Stella sigue inconsciente.

La suelto, la envuelvo en las sábanas para que no pase frío, saco unos pantalones de chándal del cajón y me los subo por las piernas para ver quién ha venido a visitarme.

No es ninguna sorpresa encontrar a una morenita ansiosa saltando sobre las puntas de los pies con cuatro tipos de aspecto molesto detrás de ella cuando doy vida a la pantalla.

Desbloqueo la puerta, la abro de par en par y me llevo el dedo a los labios, ordenándoles que guarden silencio antes de dejarlos entrar a todos.

—¿Está bien? —susurra Calli en cuanto cruza el umbral.

—Sí, está bien.

En mi mente parpadean los recuerdos de su ataque de nervios de la noche anterior, pero en el fondo sé que se pondrá bien. Puede que tarde unas semanas, o incluso meses, pero mi chica es fuerte y superará los acontecimientos de la última noche a su debido tiempo y saldrá de esta incluso más feroz que antes.

—Hemos traído café y desayuno —dice Theo, levantando la bandeja de cafés que lleva en la mano y señalando con la cabeza la bolsa que lleva Alex.

—Bien. Sabes que te habrían echado a patadas si te hubieras presentado con las manos vacías —miento, sacando un café de la bandeja.

—Idiota —murmura Theo.

—Este sitio es bonito —dice Toby, mirando a su alrededor la casa que diseñé para mi chica—. ¿A ella le gusta?

—No pasamos tanto tiempo mirando los muebles, Toby. —Se queja como si mis palabras le causaran dolor físico—. Pero sí, creo que lo aprueba. ¿Y tú? ¿Has pasado la mejor noche de tu vida?

Hace una pequeña mueca.

—Sí, fue… divertido.

Theo se ríe.

—Hermano, eras un puto demonio, y sonreíste todo el tiempo.

—Sí, todavía no estoy del todo seguro de que fuera como… —Él me mira con los ojos entrecerrados—. Tan *placentera* como la noche de Seb.

—Chicos —gimo—. ¿No me digan que no han hecho cola para conseguirle coño a nuestro chico después de toda esa tortura?

Nico se burla.

—¿Quién coño te crees que somos? Claro que sí, joder. No es culpa nuestra que no lo hiciera.

—Era una puta —argumenta Toby.

—No me detuvo —ladra Nico.

—Sí, amigo. Lo sabemos, joder —señala Alex, haciendo que me pregunte exactamente en qué consistió lo de anoche.

—Ignóralos —dice Theo, sobre todo a Calli, que mira a todos con los ojos muy abiertos. Aunque no sé muy bien por qué. Está aprendiendo rápido lo que le hemos ocultado a lo largo de los años.

—¿Y ahora qué? —pregunto, apoyando el pie en el borde de la mesita después de coger un pastelito de la bolsa que Alex ha dejado caer en el centro.

—Volver a la vida normal, con suerte —dice Theo.

—Sí, eso dices, pero tu casa acaba de explotar en una bola de fuego.

Me frunce el ceño.

—Mi casa estará lista en unos días —dice, lanzando una mirada al techo donde su ático espera a su dueño.

—¿Ustedes también se unirán a nosotros? —pregunto a Nico, Alex y Toby.

—Claro que sí. Fiesta central —ladra Nico, mientras Alex niega con la cabeza.

—¿Eso significa que me quedo con tu sótano? —Calli grita.

—Uh…

—Ya lo has dicho. Es hora de que la reina tome tu palacio, Cirillo.

Todos menos Nico soltamos carcajadas ante la expresión seria de Calli. La chica no se anda con chiquitas.

Y algo me dice que está a punto de causar a su hermano mayor -nosotros- algún jodido problema en un futuro próximo.

—La princesa ha hablado —dice Alex con un guiño en dirección a Calli.

Pone los ojos en blanco y cambia de tema.

—¿Alguien ha hablado con Emmie? No contesta al teléfono.

Todas las miradas se vuelven hacia Theo, haciéndole retroceder.

—¿Qué? ¿Por qué iba yo a hablar con ella? —pregunta, completamente ofendido. Pero en cuanto sus ojos se fijan en los míos, leo la verdad. El maldito descarado miente descaradamente.

—Está bien —respondo por él.

—Sí. ¿Así que se las arregló para no meterse en medio de tu mierda anoche?

Levanto una ceja.

—¿Nuestra mierda? —pregunta Theo—. ¿Pediste o no pediste formar parte de esto? —Sus labios se separan para responder, pero él se le adelanta—. Nuestra *mierda* es ahora tu mierda. Puede que no tuvieras el dedo en el gatillo, C, pero ahora formas parte de esto, así que aguántate.

Traga saliva algo nerviosa ante el tono serio de la voz de Theo.

—O-okay…. Cielos. Sólo quiero saber si mi amiga está bien.

—Ella está bien —él dice fríamente, haciéndome preguntar si realmente lo está.

Le miro con los ojos entrecerrados, intentando leer entre líneas.

Volvió allí anoche por ella, apostaría el puto dinero.

Sutilmente, me sacude la cabeza.

—Voy al baño —resopla Calli, saliendo por el pasillo. No necesita preguntar adónde ir, ya que fueron ella y Selene las que ayer llenaron el piso de todo lo que necesitábamos. No sólo fueron a comprar el traje de Stella.

—¿Quién tiene sus bragas en un giro? —Alex pregunta.

—*No* hables de las bragas de mi hermana —ladra Nico.

—Dios —murmura Theo, lanzándole un croissant—. Métetelo en la cara y deja de hablar, joder.

Vuelve a sonar el timbre y me levanto del sofá. Solo hay un puñado de personas que conozcan este lugar, así que no es difícil adivinar quién puede haber venido a acompañarnos.

Al comprobar la pantalla, encuentro exactamente lo que esperaba.

El mismísimo demonio de la muerte.

—Buenos días, sol —canto.

Daemon me mira fijamente con sus ojos fríos y vacíos y ni siquiera esboza una sonrisa.

Joder que raro.

—¿Cómo está? —pregunta, invitándose a entrar.

—Sigue durmiendo, pero se pondrá bien.

—Ey, bro —dice Alex cuando aparezco delante de él—. Satán te dejó salir a jugar hoy, ¿eh?

Daemon le regaña antes de robarle el café y sentarse en el brazo de una silla vacía mientras Calli reaparece por el pasillo.

Sus pasos vacilan un poco antes de asentir a algo, o más bien a alguien detrás de mí.

Me doy la vuelta y veo a mi chica en la puerta, sólo con mi camisa de anoche y una sonrisa perezosa y soñolienta en la cara.

—Stel —respiro, el corazón me da un vuelco en el pecho al contemplar su belleza, su fuerza, su maldita resistencia.

Me levanto del sofá y me dirijo hacia ella, agarro su cara entre mis manos y la miro fijamente a los ojos, buscando cualquier señal de que los efectos de su ataque de pánico de la noche anterior aún puedan persistir.

—Estoy bien —susurra para que sólo yo pueda oírla—. Lo prometo.

—Siento haberte dejado. Estos gilipollas aparecieron.

Me sonríe antes de mirar por encima del hombro a nuestros visitantes.

—No lo haría de otra manera.

—Ven a por tu café antes de que se enfríe, princesa —dice Theo, con orgullo evidente en su tono.

Tomo su mano entre las mías y me doy la vuelta, dispuesto a llevarla hacia los chicos, pero ella me tira de la mano y me echa hacia atrás.

La aprieto contra la pared, presionando la longitud de mi cuerpo contra el suyo y apoyando el antebrazo junto a su cabeza.

—Creo que olvidaste algo —ronronea.

—Joder, otra vez no —se queja alguien, pero estoy demasiado perdido en los ojos de mi chica para reconocer quién es.

—Sí, creo que sí —murmuro, dejándome caer y rozando mis labios con los suyos—. Buenos días, cariño.

Se arquea hacia mí en cuanto reclamo sus labios, agarro su cadera con la mano y la estrecho más contra mí.

Alguien silba como un lobo cuando mi lengua se hunde en su boca, y yo le doy la vuelta a quienquiera que haya sido mientras me ahogo en ella.

La tentación de arrastrarla de nuevo al dormitorio es fuerte, pero ella toma la decisión por mí cuando termina nuestro beso.

—Vamos, necesito ese café.

Con los brazos alrededor de su cintura, escondo mi erección detrás de su cuerpo mientras volvemos al sofá, un movimiento que ninguno de los chicos pasa por alto. Calli nos mira con ojos tiernos de adolescente. Algo me dice que pronto va a experimentar de verdad lo que implica formar parte de esta vida, y esa inocencia que persiste en sus ojos, la que Nico ha intentado proteger durante tanto tiempo, va a marchitarse y morir. Espero por su bien que no sea así, pero sé que, siendo realistas, es inevitable.

Stella se acomoda en mi regazo y acepta su café de Theo y un cuernito de chocolate de Alex, y todos nos acomodamos en nuestra nueva normalidad en nuestro nuevo hogar, mientras todos la miran con orgullo y asombro en los ojos, pero nadie más que yo, porque ninguno de ellos puede apreciar realmente lo jodidamente increíble que es la mujer que tengo entre mis brazos, cómo me pone de rodillas cada segundo de cada jodido día.

Me inclino hacia delante, le doy un beso en la suave piel de detrás de la oreja y respiro su adictivo aroma.

Apartando la mirada de Calli, con quien está manteniendo una conversación, sus ojos se clavan en los míos.

—¿Estás bien? —pregunta.

—Sí. Sólo necesitaba...— Sus cejas se fruncen mientras espera a que termine—. Te amo, Diablilla. — Su expresión se suaviza, una sonrisa de satisfacción se dibuja en sus labios—. Estoy deseando que quememos juntos el resto del infierno.

EPÍLOGO

Stella

—Dios, lo necesitaba de verdad —digo mientras Calli y yo salimos del spa de su madre, el sol bajo de invierno nos hace entrecerrar los ojos.

Subo la cremallera de mi abrigo y me acurruco en su calor mientras la gélida temperatura amenaza con arruinar mi estado de ánimo.

—¿Y ahora qué? —pregunto, recordando que me dijo cuando vino a recogerme esta mañana que tenía planes para todo el día.

Saca el celular y pulsa la pantalla para enviar un mensaje a alguien mientras bajamos hacia su coche.

No responde durante unos segundos, como si esperara confirmación de algo. Luego, tras recibir la respuesta, deja el celular en el bolso y me mira.

—Creo que deberíamos volver. Estoy agotada.

—Oh… eh… vale. Podemos pasar el rato, ¿pedir comida para llevar? —pregunto, sabiendo en el fondo que tiene razón. Me quedé dormida durante el masaje. Estoy más que agotada.

Las cosas desde la noche que maté a Joker, o Joseph como he aprendido desde entonces, han sido raras.

La mayoría de las noches me despierto sudando frío, porque acabo de revivir el momento en que le disparé a sangre fría.

Pero cada vez, Seb está justo ahí, sacándome del momento y recordándome que todo está bien.

Lo odio. Odio cuestionarme lo que hice, sobre todo cuando sé que hice lo correcto. Pero quitarle la vida a alguien, por mucho que se lo mereciera por hacer daño a mis seres queridos, me ha jodido la cabeza.

Mejorará, sé que lo hará. También sé que, aunque Joker haya sido el primero, no será el último, porque si alguien, y me refiero literalmente a cualquiera, vuelve a amenazar o a hacer daño a alguien de mi familia, seré el primero en llegar con mi puta pistola para demostrar mi punto de vista.

Puede que Damian esté un poco inseguro sobre su salto al siglo XXI al permitirme estar junto a los chicos como uno de sus soldados, pero a la mierda. Mi padre me entrenó toda mi vida para esto, y yo voy a ocupar mi maldito lugar.

No seré una mujer que se queda atrás mientras los hombres van y libran nuestras batallas. Quiero participar. Quiero desempeñar mi papel. Quiero estar al lado de mi hombre, de mi padre, de mi hermano, de mi familia, con la cabeza bien alta y mi espada rosa preparada para proteger a los que quiero.

Miro a Calli mientras se aleja de la acera, y la manera en que frunce el ceño me hace detenerme.

Algo le pasa. Ha estado pasando por un tiempo.

Al principio, pensé que los acontecimientos de Halloween eran demasiado para ella y se echó atrás.

Lo tengo. Demonios, lo tengo más que claro. Saber que un lunático enloquecido me perseguía por el patio trasero de aquel lugar con una pistola bastaría para apartar a cualquiera de esta vida, pero empiezo a pensar que es más que eso.

—¿Quieres hablar de ello? —le pregunto, esperando que se abra ahora que está relajada por el spa. El infierno sabe que emborracharla el fin de semana pasado no funcionó.

—¿Qué? Estoy bien. No hay nada de qué hablar —argumenta ella.

—Claro —murmuro, totalmente poco convencida—. Sea lo que sea, sabes que nunca te juzgaría por ello, ¿verdad?

—Claro que lo sé. —Me mira—. Estoy realmente bien.

—De acuerdo —concedo, sabiendo que no voy a llegar a ninguna parte si sigo pinchándola.

Hablará cuando esté preparada y ni un segundo antes.

El viaje de vuelta a nuestro edificio de apartamentos se hace eterno con el ajetreado tráfico de la tarde, y casi vuelvo a dormirme mientras paramos y arrancamos, pero al final, Calli mete el carro en el estacionamiento casi vacío que hay frente a nuestro edificio.

Daemon ya se había mudado antes que nosotros, y ahora Theo está arriba, pero de momento los apartamentos de los demás no están listos. El resto del edificio está vacío y en su mayor parte en obras, así que ahora podemos elegir aparcamiento.

—¿Están aquí los chicos? —pregunto, mirando a los otros coches.

—Ni idea.

Es difícil saber dónde está cada uno de ellos sólo por sus carros, porque siempre están conduciendo los de los demás (el Ferrari de Theo es la excepción, por supuesto). Así las cosas, sólo Seb y yo hemos tenido el placer de conducirlo por la ciudad.

Damien nos presta carros, ya que mi Porsche, mi pobre bebé, y el Aston de Seb quedaron completamente destruidos en la explosión.

Sin embargo, los dos hemos encargado unos nuevos y estoy impaciente por volver a ponerme al volante.

—Vamos, me muero de hambre.

Atravesamos la entrada y entramos en el ascensor que nos espera.

Estudio a Calli con recelo cuando empieza a morderse una uña recién cuidada mientras subimos por el edificio.

—Estás ocultando algo.

—¿Qué? No, no lo estoy —argumenta sin convicción.

Entorno los ojos hacia ella, pero lo dejo pasar.

Nada más salir del ascensor, suspiro aliviada mientras mis pies se hunden en la moqueta. Me encanta estar aquí. Me encanta tener un hogar con mi hombre.

¿Quién iba a pensar que estaría viviendo con aquel chico del cementerio aquella noche a los pocos meses de empezar mi vida aquí? Y no sólo eso, sino que estaría perdidamente enamorada de él.

Al presionar el teclado biométrico con la palma de la mano, el cierre se desbloquea y me permite entrar.

Al principio, mientras me quito los zapatos y cuelgo el abrigo en la hilera de ganchos, no me doy cuenta de que algo va mal. Pero en cuanto entro en el salón, descubro que Calli estaba ocultando algo.

—Feliz día de Acción de Gracias —gritan todos, lo que me hace detenerme mientras un nudo gigante me sube por la garganta.

Seb se adelanta y toma mis dos manos temblorosas entre las suyas.

—Sorpresa, Diablilla.

Parpadeo un par de veces mientras lucho contra las lágrimas que me nublan la vista.

—¿Tú hiciste todo esto? —pregunto, mirando la decoración y la mesa perfectamente puesta.

—Bueno —dice un poco nervioso, lanzando una mirada por encima del hombro—, tuve un poco de ayuda de los expertos.

Sigo su mirada, escudriñando la masa de gente de pie detrás de él, y encuentro a mi padre, Calvin y Angie sonriéndome.

Ese nudo en la garganta no hace más que crecer al verlos.

—Gracias —balbuceo—. Muchísimas gracias.

—Cualquier cosa por ti, cariño. Ya lo sabes. ¿Realmente pensaste que lo dejaríamos pasar? —Asiento mientras se me cae la primera lágrima, porque sí, no creía que se hubiera dado cuenta de qué día era.

Me enjugo la lágrima con el dorso de la mano y me maldigo por ser tan emocional. Antes de enamorarme de Seb, ni siquiera recuerdo la última vez que lloré. Ha ablandado una parte de mi negro corazón y, en secreto, me encanta.

—Hola, cariño —me dice papá cuando me acerco a él y le rodeo la cintura con los brazos—. ¿Sorprendida? —pregunta riendo.

—Sólo un poco.

María—Mamá—está de pie a su lado con una amplia sonrisa en la cara mientras me observa.

—Hola, cariño —me dice mientras me inclino para abrazarla. Aún es pronto para nosotras, pero estamos empezando a conocernos y espero que pronto asumamos plenamente nuestra condición de madre e hija. Se ha mudado con papá ahora que el reinado de terror de Jonas sobre ella ha llegado a su fin, y nunca he visto a mi padre más feliz. Tiene una sonrisa constante en la cara y un brillo en los ojos que no me había dado cuenta de que existía hasta la primera vez que los visitamos.

Saludo rápidamente a Calvin y Angie antes de dirigirme a otra persona que sé que habrá tenido mucho que ver en la organización de esta sorpresa.

—Hola, hermano —le digo, volviéndome hacia Toby.

—Ey, hermanita.

Me abraza y yo le abrazo un poco más de lo que debería, absorbiendo su fuerza.

Resultó que descubrir que Jonas tenía otro hijo no era el único secreto que guardaba ese hija de puta, porque después de investigar un poco más y luego hacer unas pruebas de ADN, resultó que todo lo que sufrieron

Toby y Maria durante años no sirvió para nada. Toby no es hijo de Jonas.

Es el primogénito de mi padre. Mi verdadero hermano.

Algo de lo que todos estamos convencidos de que Jonas era consciente. Fue tan rápido en hacerme la prueba de ADN cuando era un bebé que no hay forma de que no lo hubiera hecho con Toby, pero estaba tan malditamente desesperado por el control, por un heredero, que lo reclamó como suyo y pasó los siguientes diecinueve años torturándolo por algo sobre lo que no tenía control.

Es seguro decir que esa revelación jodió la cabeza de Toby más de lo que esperaba. Odio verle sufrir. Ojalá pudiera hacer algo más por él, aparte de ofrecerle un hombro sobre el que llorar y un oído comprensivo cuando quiere hablar.

Pero confío plenamente en que estará bien, al igual que yo. Jonas, a pesar de sus mejores esfuerzos, no nos romperá.

No tengo ni idea de lo que le ha pasado desde que lo capturaron y, francamente, no necesito saberlo.

Ahora está fuera de nuestras vidas y todos somos capaces de dejarlo atrás. Eso es lo que importa.

—¿Estás lista para tu primer día de Acción de Gracias? —le pregunto, con mariposas revoloteando en mi vientre, sabiendo que estoy a punto de pasar mis primeras vacaciones con mi familia. Mi verdadera familia.

—¿Has visto la cantidad de comida que Angie y mamá han estado preparando? Claro que sí, estoy listo.

Me río de él antes de que dos personas se me acerquen por detrás.

Al darme la vuelta, me encuentro con una Calli de mirada tímida.

—Lo siento. Estuve a punto de decírtelo tantas veces. No soy buena con los secretos.

—No me digas —me río, tirando de ella para abrazarla.

—Vamos, la cena está lista —grita alguien, y todos se dirigen hacia la amplia mesa del comedor.

Reviso la habitación, buscando a la persona que obviamente está ausente de esta pequeña reunión. y me duele el corazón por ella.

Emmie se ha mantenido alejada de nosotros después de lo que pasó en el club de su abuelo. Entiendo por qué. Se siente culpable por no saber lo que estaba pasando delante de sus narices. Pero lo entiendo, y no la culpo en absoluto.

Sólo desearía que dejara de culparse para que no sintiera que tenía que perdérselo.

Seb ocupa su lugar en la cabecera de la mesa, con Theo en el otro extremo. No puedo evitar reírme de los dos.

La comida es increíble, la compañía es asombrosa y todos pasamos la mejor tarde. En algún momento, Seb trajo su tableta a la mesa y pudimos chatear por vídeo con todo el mundo en Estados Unidos y presentarles adecuadamente al resto de nuestra familia. Como era de esperar, los chicos se pasaron la mayor parte de la llamada discutiendo sobre la forma correcta de un balón de fútbol. Esta vez Seb tenía refuerzos, así que se alargó más de lo necesario.

—Hola, nena. ¿Puedo robarte un minuto? —pregunta Seb después de encontrarme en el sofá hablando con papá, María y Toby.

—Sí, claro. Discúlpenme —les digo, cogiendo la mano de Seb y dejando que me arrastre hasta nuestro dormitorio.

—Seb —le advierto. Puede que esté dispuesta a romperle los sesos cuando nuestros amigos estén cerca, pero no me atrevo con toda mi familia. Ya es bastante malo que Toby haya oído y visto demasiado. No necesito extenderlo a papá y María. —No podemos.

—Sólo piensas en una cosa, Diablilla. No te he traído aquí para follarte los sesos. Aunque —dice, dando un paso hacia mí—, pero ahora que lo mencionas…

—Compórtate, Sebastian.

—¿Yo? Siempre.

—Eres una pesadilla. —Pongo los ojos en blanco.

Me tira de la mano y no tengo más remedio que dejarme caer en el borde de la cama a su lado.

—Tengo algo para ti —confiesa.

—¿Oh?

Mete la mano en el bolsillo del pantalón y saca una caja.

—Uh… sabes que no es Navidad, ¿verdad?

Se ríe de mí.

—Sí, princesa. Soy consciente de ello. Sólo quería mostrarte lo agradecido que estoy por ti.

Me desmayo tan fuerte que casi me duele.

—Ábrelo.

Una amplia sonrisa se dibuja en mi rostro cuando arranco el papel plateado del pequeño regalo y encuentro un joyero negro en su interior.

Casi se me para el corazón y mis ojos se cruzan con los suyos.

—Eh… n-no, no es lo que estás pensando. Pero me alegro de saber cuál es tu postura al respecto —bromea.

No hemos hablado del futuro. Llevamos tanto tiempo luchando para asegurarnos de que tenemos uno que nos hemos limitado a vivir el momento.

—Quiero… quiero decir, quiero eso… un día… yo…

—Stella, está bien. Estaba bromeando. Somos demasiado jóvenes para toda esa mierda. —Respiro aliviada. No es que no quiera casarme con él. Es que… quiero tener la oportunidad de asentarme en la vida con él. Quiero que simplemente seamos nosotros sin estar constantemente mirando por encima del hombro—. Pero algún día te lo pediré. Porque esto —dice, envolviendo su mano alrededor de mi nuca—. Es un trato hecho.

—¿Ah, sí? —pregunto con una sonrisa burlona.

—Sí. Escribí mi nombre en ti, así que ahora eres mía.

—Dios mío —me río.

—¿Qué? Es verdad.

Sacudiendo la cabeza, vuelvo a centrarme en mi regalo y le doy la vuelta a la tapa.

Respiro y miro el collar que tengo delante.

—Seb —suspiro—. Es…— No puedo evitar reírme—. Perfecto.

—Me lo imaginaba —afirma orgulloso.

Levanto una mano, paso la yema del dedo por una de las delicadas cadenas y bajo hasta el primer colgante. Un corazón de platino con un diamante negro en el centro.

—Sólo tú me conseguirías un corazón negro —bromeo.

—Porque te conozco mejor que nadie.

Asiento, dándole la razón en silencio, mientras desciendo por la cadena más larga hasta el segundo amuleto.

Es una navaja. Bueno, no, no sólo una navaja, es una daga rosa con diamantes incrustados que imita la mía.

—Me encanta.

—¿Puedo? —me pregunta, cogiéndome la caja y sacando el collar.

Levantándome el cabello de los hombros, permito que me lo coloque alrededor del cuello.

El corazón cae justo sobre mi esternón mientras la daga cuelga burlonamente en mi escote.

Me giro hacia él y le muestro su aspecto.

—Incluso mejor de lo que podría haber imaginado —murmura, sus propios dedos recorriendo la cadena, haciendo que se me ponga la piel de gallina por todo el cuerpo.

—Sí, estaba pensando lo mismo de ti.

—No, cariño. Estoy peor. Mucho, mucho peor.

Su mano me rodea el cuello y me besa con demasiada suciedad, teniendo en cuenta que nuestra familia está al otro lado de la puerta.

—Te amo, Diablilla. Nunca cambies.

—Nunca. Yo también te amo.

EPÍLOGO AMPLIADO

Theo

Su grito de susto cuando cierro la puerta tras de mí hace que se me dibuje una sonrisa en los labios.

Sacudiendo la cabeza, me adentro en la oscura habitación.

Sus ojos grandes y aterrorizados siguen cada uno de mis pasos a medida que me acerco a ella.

—¿Qué es lo que…?

No le doy la oportunidad de terminar su estúpida pregunta. En lugar de eso, le rodeo la garganta con los dedos y la estampo contra la pared.

—Te crees muy lista, ¿verdad, Ramsey?

Entrecierro los ojos y mi mandíbula tics de frustración.

Los demás parecieron perderse el destello de cabello oscuro que salió disparada de la esquina del lugar en cuanto irrumpimos en la sede del club de los *Reapers*. Pero yo no. Vi cada segundo de Cruz arrastrándola lejos y escondiéndola aquí para mantenerla a salvo.

Una mueca me tira de los labios.

Maldito idiota.

Si la quería a salvo, no debería haberla dejado entrar en este recinto en primer lugar.

—Yo no…

—No me mientas, joder. —Mis dedos se aprietan alrededor de su garganta mientras su pulso retumba bajo ellos.

Le gusta fingir que no me tiene miedo, que es inmune a lo que todos ven cuando me miran. Pero yo puedo ver más allá de esa máscara que se pone. Siento el temblor de su cuerpo cuando la toco.

No es estúpida, a pesar de cómo intenta actuar.

Sabe que está equivocada y está jodidamente petrificada.

—No lo estoy —suelta, intentando aferrarse a su valiente fachada—. No tenía ni puta idea de que estarían todos aquí esta noche. De que... —Hace un gesto hacia la pared que conduce a la sede principal del club, donde Stella acaba de poner fin a la vida de uno de los *Reapers*. La pared tiene una ventana en el medio, y a pesar del hecho de que no podíamos verla escondida aquí dentro, yo sabía que ella podía verlo todo.

Y me dieron la razón en cuanto entré aquí y tuve una visión clara del caos que dejamos atrás mientras Ram y el resto de sus hombres se revolvían para quitar el cadáver del suelo.

Los malditos idiotas ni siquiera me vieron entrar aquí, y mucho menos cazar a su princesita.

Una carcajada se me escapa de la garganta.

Princesa.

Jodidamente improbable.

—S-Stella lo mató —afirma fríamente al recordar lo que vio.

Mis dedos se tensan una vez más, forzando sus ojos de nuevo hacia mí.

—¿Qué tienes que ver con esto, Emmie?

Sus ojos se abren de golpe.

—¿Qué?

—Emmie —gruño.

—Yo no… no tenía ni idea de que…

—¿Así que no sabías nada de la noche de la pelea? ¿No tenías ni idea de que ese puto enfermo iba a intentar reventar a mi chica nada más salir de la cochera anoche?

Todo su cuerpo se tensa ante mis acusaciones, sus ojos se entrecierran hasta convertirse en rendijas mientras me mira fijamente.

—Realmente no me tiene en mucha estima, ¿verdad, *Jefe*? —sisea, con una sonrisa condescendiente en los labios.

—Lo único que pienso ahora mismo, *Princesa,* es que eres una cabrona en la que no se puede confiar.

—Mucho cuidado. Podrías herir mis sentimientos.

Lanzo una carcajada ante sus palabras, aunque mi rostro no muestra ninguna alegría al hacerlo.

—¿Tus sentimientos? ¿Y los de Stella? Cree que eres su amiga, y sin embargo la persona que ha estado intentando matarla ha resultado estar relacionada contigo. ¿Coincidencia?

—Sí —escupe—. Es una puta coincidencia. No tenía ni idea de lo que iba a pasar anoche. ¿Y de verdad crees que habría ido a esa puta pelea si hubiera sabido que el local iba a explotar?

Me encojo de hombros.

—No has demostrado ser la más inteligente, así que no me extrañaría.

—Que te jodan, Theodore. —Oírla decir mi nombre completo hace que mis dientes rechinen tan fuerte que estoy seguro de que estoy a punto de romperme uno—. Stella *es* mi amiga. Nunca haría nada para herirla.

La fulmino con la mirada, sin creerme sus palabras ni por un segundo.

Le agarro ligeramente del cuello y me acerco un paso más. Le inclino la cara para que no tenga más remedio que mirarme a los ojos.

—Decide dónde está tu lealtad, Ramsey. Y si no es con nosotros, aléjate. Ambos sabemos que no te quiero en mi puta vida, así que hazle un favor a Stella y déjala seguir con la suya sin una zorra traidora como tú.

Jadea ante mis duras palabras, pero ni siquiera intenta discutir. Su pecho se agita mientras lucha por respirar mientras le oprimo la tráquea. Respira entrecortadamente mientras me mira con incredulidad.

—¿Qué? —pregunto inocentemente—. ¿Creías que iba a… irrumpir aquí, besarte y llevarte a mi cama? Noticia de última hora, Ramsey. Mi cama está hecha cenizas, y quiero estar jodidamente seguro de que tú no has tenido nada que ver.

Su mandíbula se flexiona como si estuviera a punto de responderme con algún comentario cortante, pero no le doy ninguna oportunidad.

La suelto y doy un gran paso atrás, respirando por fin un poco de aire que no esté impregnado de su olor mientras ella se deja caer contra la pared, con la mano rozándole la tierna garganta.

La visión de las marcas rojas que dejó mi firme agarre me provoca cosas que me niego a registrar o reconocer.

—¿Eso es todo lo que querías, Cirillo? —suelta finalmente una vez que mis dedos rodean el pomo de la puerta, más que dispuesta a emprender la huida.

—Esto —digo, señalando entre los dos—. Eso —escupo, señalando lo que ella vio más allá del cristal unidireccional esta noche—. Nunca ha pasado, joder.

—¿O qué?

Respiro para calmarme ante su pregunta, recordando las palabras del Jefe.

—*Mantén el número de muertes al mínimo.*

Mis labios se curvan hacia un lado mientras sigo sosteniéndole la mirada.

—Pruébame, princesa. Te reto, joder.

Lee la primera parte de la historia de Theo y Emmie en
Caballero Pervertido.